M.S Ha

Elin Olofsson

Die Hoffnung zwischen den Zeilen

ELIN OLOFSSON

DIE HOFFNUNG ZWISCHEN DEN ZEILEN

Roman

Aus dem Schwedischen
von Nina Hoyer

C.Bertelsmann

Die Originalausgabe erschien 2017
unter dem Titel *Krokas* bei Wahlström & Widstrand, Stockholm.

MIX
Papier aus verantwortungsvollen Quellen
FSC® C014496

Verlagsgruppe Random House FSC® N001967

1. Auflage

Neumarkter Straße 28, 81735 München
First published by Wahlström & Widstrand, Stockholm, Sweden
Published in the German language by arrangement with
Bonnier Rights, Stockholm, Sweden
Umschlaggestaltung: www.buerosued.de, München,
unter Verwendung eines Motivs von Trevillion Images / Elly de Vries
Satz: Greiner & Reichel, Köln
Druck und Bindung: GGP Media GmbH, Pößneck
Printed in Germany
ISBN 978-3-570-10364-7

Für meine Großmutter

1

Sie spürte die Kälte des Bahnsteigs unter den Füßen. Die Schuhe, die sie anhatte, waren ihr einziges Paar und hatten nur sehr dünne Sohlen. Dafür wärmte der Mantel schön, weshalb sie ihn auf der ganzen Fahrt anbehalten hatte. Jetzt war sie ganz verschwitzt.

Uli schaute sich um. Vielleicht gab es hier am Bahnhof ja ein Hotel? Doch sie konnte keines entdecken. Sie musste jemanden danach fragen. Zwei ältere Männer mit blank gescheuerten Hosenknien saßen auf einer Bank und starrten sie an. Aber sie wollte sich nicht an sie wenden, ansonsten würde sie nur mit jedem Schritt dorthin einer kritischen Musterung unterzogen werden, und dazu hatte sie keine Lust. Neben Uli stand eine mehrköpfige Familie. Die Kinder waren fein angezogen und schienen froh zu sein, ihren Vater endlich wieder bei sich zu haben. Uli spähte aus dem Augenwinkel zu ihnen hinüber, wollte aber nicht stören. Es kam ihr vor, als könnte sie deren große Freude allein schon dadurch trüben, dass sie in ihrem ungewaschenen Zustand zu ihnen trat. Der eine Sohn bat nachdrücklich darum, den Koffer seines Vaters tragen zu dürfen, der andere den Hut. Die junge Frau – sicherlich die Mutter – hielt ein brabbelndes kleines Mädchen auf dem Arm. Jetzt öffnete ihr Mann seinen Mantel, hob das Kind zu sich und bedeckte es mit dem Stoff, um es vor dem eisigen Wind zu schützen.

Uli schloss ihren Mantel und dachte dabei, dass sie recht daran getan hatte, das Kleidungsstück eigenmächtig an sich zu nehmen. Frau Cederstam war nicht darauf angewiesen, sie hatte so viele andere Mäntel, und vor dem Winter würde ihr gar nicht auffallen, dass einer davon fehlte. Und bis dahin hätte sie bestimmt vergessen, dass sie ihr deutsches Dienstmädchen gebeten hatte, ihn in die Wäscherei zu geben, ja, sie hätte vermutlich sogar vergessen, überhaupt jemals für ein paar Monate im Sommer ein deutsches Dienstmädchen beschäftigt zu haben. Eines, das wieder gehen musste, weil es zu laut und zu albern für die stille Malmöer Wohnung gewesen war, in der die gnädige Frau lebte.

Uli hatte den Abholschein von »Wangels Wäscherei« erst am Tag nach ihrem Rauswurf in ihrer Tasche gefunden. Sie hatte sich eingeredet, der Mantel wäre eine Entschädigung für ihre rasche Entlassung, obwohl sie wusste, dass Frau Cederstam ihr extra zwei Wochenlöhne mehr gegeben hatte, um nicht geizig zu wirken.

»Kehren Sie wieder nach Hamburg zurück?«, hatte Frau Cederstam sie gefragt.

»Ja, das ist sicher das Beste«, erwiderte Uli.

Sie hatte gelogen. Stattdessen suchte sie auf einer schwedischen Landkarte nach dem Ort Krokom und fand heraus, dass es einen Zug dorthin gab. Krokom lag ziemlich weit oben im Norden, irgendwo in der Mitte dieses länglichen Landes, und dichter an Norwegen als an Finnland. Und dort konnte man einen gefütterten Mantel gewiss gut gebrauchen – sie hatte gehört, dass in den bergigen Gegenden

Schwedens die Schneewehen bis zu zwei Meter hoch werden konnten, und falls sie bis zum Winter bliebe …

Nein, Uli hatte wegen des Mantels kein schlechtes Gewissen. Sie hatte wegen nichts mehr ein schlechtes Gewissen, denn was nützte das schon?

Was half es, etwas zu bereuen, das man sowieso nicht wieder ungeschehen machen konnte?

Unter dem Vordach des gelben Bahnhofgebäudes stand ein Mann, der beim Bahnhof zu arbeiten schien. Er trug ein Emblem an Jacke und Mütze und schaute auf eine Taschenuhr, als Uli auf ihn zukam.

»Verzeihung, gibt es hier ein Hotel?«

Sie hatte versucht, sich die Worte vorher genau zurechtzulegen, damit ihr bestes Schwedisch zutage träte.

Im Zug, kurz vor ihrem hastigen Ausstieg, hatte sie es falsch gesagt. Sie war fast auf der ganzen Reise wach gewesen und hatte die Landschaft betrachtet – Birken, vergilbte Blätter, kleine rote Holzhäuser, triste Städte mit Bahnhöfen, die sich alle glichen. Hatte Kinder, Greise und Menschen ihres Alters gesehen, wie sie auftraten und sich kleideten, und schließlich Wälder – Tannen und Fichten, die sich stolz aus dem Boden erhoben. Erst am Ende der Fahrt war sie eingeschlafen.

»Sie müssen hier aussteigen«, hatte der Schaffner gesagt und sie hart an der Schulter gepackt, damit sie aufwachte.

»Vielen Dank«, hatte sie verwirrt und schlaftrunken auf Deutsch erwidert.

Der Schaffner hatte sie angestarrt, als glaubte er zunächst, sie zu kennen. Doch natürlich kannte er sie nicht – niemand kannte sie, weder im Zug noch hier, in Krokom.

»Wie bitte?«, sagte der Mann vor dem Bahnhof jetzt.

»Gibt es hier ein Hotel? Oder eine Pension? Jemanden, der Fremdenzimmer vermietet?

Uli lächelte ihn hoffnungsfroh an. Sie hatte immer noch ein gewinnendes Lächeln, das wusste sie, sofern sie dabei ihre mittlerweile schiefen und schlechten Zähne verbarg.

Der Mann fuhr sich mit einem Finger über seinen Schnurrbart, dessen Enden, lang und leicht gekräuselt, bis zu seinen Mundwinkeln reichten. Seine Wangen waren glatt rasiert. Links neben seinem Mund saß ein großer, leicht hervorstehender Leberfleck – vielleicht hatte der Mann sich ja einen Schnurrbart wachsen lassen, um ihn zu verbergen?

Fragend sah er sie an. Sie wurde unsicher. Hatte sie trotz aller Bemühungen wieder etwas falsch gesagt? Eigentlich fand sie, dass sich ihr Schwedisch in den Monaten in Malmö bedeutend verbessert hatte, aber vielleicht hatte sie sich da geirrt, oder man sprach hier einen anderen Dialekt. Aber – Hotel hieß doch sicherlich auch hier Hotel? Jedes Städtchen, an dem der Zug gehalten hatte, schien bisher ein Bahnhofshotel gehabt zu haben.

Ulis Wörterbuch lag im Koffer, aber sie wollte es jetzt nicht herausholen, womöglich fiel ihr dabei noch ihre Unterwäsche heraus. Oder der Brief. Am schlimmsten wäre es, wenn er den Brief zu sehen bekäme.

»Mietzimmer?«, fragte sie noch einmal auf Schwedisch. »Übernachtungszimmer? Zimmer?«, fügte sie sicherheitshalber noch auf Deutsch hinzu.

»Sind Sie Deutsche?«, fragte der Mann mit der Mütze.

Das zu bejahen war wohl unvermeidlich, dachte Uli. Sie nickte.

Sie erinnerte sich daran, was ihr Frau Cederstam geraten hatte – dass man nicht allen Menschen zwangsläufig erzählen müsste, woher man kam. Aber das war erst später gewesen – nachdem ein Junge auf dem Hof hinter Uli hermarschiert und »Hitlerschwein! Hitlerschwein!« gerufen hatte, sodass es auch die Nachbarn gehört hatten. Uli war es leid, Frau Cederstam noch darauf hinzuweisen, dass sie selbst ihre Herkunft gar nicht erwähnt hatte. Es musste Frau Cederstams eigenes Geschwätz gewesen sein, wie preiswert ein deutsches Dienstmädchen jetzt nach dem Krieg doch war, das sich im Viertel verbreitet hatte.

Der Mann vor dem Bahnhofsgebäude sah wieder zur Uhr. Es war Spätnachmittag.

»Erkundigen Sie sich im Ort danach. Ich kenne niemanden, der Zimmer vermietet.«

Das eine Ende des Schnurrbarts, durch das er sich am häufigsten mit den Fingern gefahren war, hatte sich wie ein feuchter schwarzer Strich auf seine Wange gelegt.

»Zumindest nicht an Deutsche«, ergänzte er.

Er kehrte ihr den Rücken zu und ging zu den Männern auf der Bank hinüber, die sie immer noch anstarrten. Röte stieg Uli in die Wangen. Sie musste jemand anderes finden, der ihr helfen konnte, musste ihren Kopf dringend irgendwo auf ein Kissen betten, bevor sich sämtliche Gedanken darin auftürmten und sie krank machten. Sie versuchte, die Worte des Mannes von sich abzuschütteln.

All ihre waghalsigen Unternehmungen, impulsiven Einfälle und hochfliegenden Pläne … All die Stürme, die sie mitgerissen und dann irgendwo fallen gelassen hatten, wo sie restlos verloren war … Wie kam es bloß immer dazu?

Uli sah auf ihre Schuhe herab, die immerzu an neuen Stellen zu scheuern schienen. Dann wandte sie sich in die Richtung, in der eine Ansammlung von kleinen Häusern zu sehen war. Sie war wohl kaum in eine echte Stadt gekommen, womöglich war hier nur ein Dorf.

Das also ist Krokom, dachte sie.

Und irgendwo hier lebt Elsa Pettersson.

2

Elsa war ein paarmal bei Forsens Kontor vorbeigegangen, aber die Tür war immer noch geschlossen. Das war kein gutes Zeichen. Er war im Lauf des Nachmittags zurückgekommen, als sie noch im Laden stand, hatte sich seither aber nicht mehr blicken lassen. Inzwischen hatte sie den letzten Kunden des Tages bedient, ein Stück Hartkäse und ein Pfund Schinken unter ihrem Namen ins Kassenbuch eingetragen und die Lebensmittel schon in ihrem Rucksack verstaut. Sie hatte die Ladentür abgeschlossen, die Tageseinnahmen gezählt und wollte jetzt nur noch, dass Forsen die Bürotür öffnete, damit sie die Einnahmen in den Geldschrank einschließen und nach Hause gehen konnte.

Nachdem sie drei-, viermal an seiner Tür vorbeigehuscht war, öffnete er endlich und rief nach ihr. Sie trat über die Schwelle.

Es war so, wie sie vermutet hatte.

Zwar stand kein Alkohol auf dem Sekretär, doch es gab einen kreisförmigen Abdruck, und Forsens Blick war glasig. Elsa wusste, dass Forsen in seinem Büro trank – das war nichts Neues –, aber wenn die Tür für mehrere Stunden am Tag geschlossen blieb, war er oft besonders schwermütig.

Elsa reichte ihm die Stofftüte mit dem Geld und den Quittungen, so sortiert, wie er es gern haben wollte.

»Setzen Sie sich«, bat Forsen und deutete auf den Stuhl vor dem Schreibtisch. Am liebsten hätte sie es vermieden, aber sie hatte wohl keine Wahl.

Forsen wischte den Abdruck auf dem Sekretär mit der Hand fort, dann fuhr er sich über die Augen.

»Es ist die Wehmut«, sagte er.

»Ach so«, erwiderte Elsa, als ob sie das nicht bereits wusste.

Sie wollte so tun, als würde sie sich nicht um seine Tränen scheren, dann wäre die Situation weniger peinlich. Was ihn belastete, wusste sie nicht, hatte ihn auch ganz bewusst nie danach gefragt. Vielleicht ging es ja um seinen Sohn, denn aus Forsens Kontor waren regelmäßig Fetzen lautstarker Auseinandersetzungen zwischen den beiden zu hören; vielleicht ging es aber auch um Forsens Frau, die kränklich war. Sie sitze jetzt meistens in der Stube, meinte Forsen. Die Schmerzen hätten sich verschlimmert, und es falle ihr schwer, sich auf ihr Bein zu stützen. Als Elsa Forsens Frau zuletzt gesehen hatte, trug diese dicke Handschuhe, weil der Rheumatismus aus ihren Händen verdrehte kleine Klumpen gemacht hatte.

Vielleicht hoffte Forsen, dass Elsa nachfragen würde, weshalb er weinte, aber das hatte sie noch nicht über sich gebracht.

Nun saßen sie sich gegenüber und musterten sich.

Normalerweise versuchte Elsa immer, Forsen aufzumuntern, indem sie ihm Fragen über den Fischfang stellte, denn er konnte sich lang und breit über Forellen, Saiblinge und Barsche auslassen, darüber, wie der Hecht im Schilf stand und der Mond am Himmel, über Oberflächengewässer, Wassertiefen und Strömungen. Heute aber konnte sie im Büro weder seine Angel noch seine Watstiefel entdecken, weshalb sie es bleiben ließ.

Auf dem Sekretär lag ein Stapel rosafarbener Verpackungen. Forsen nahm eine und warf sie Elsa zu. Es waren Taschentücher, »so weich wie Seide«, wie auf dem Karton stand. Elsa konnte sich nicht daran erinnern, jemals echte Seide angefasst zu haben, und dachte, dass das Versprechen bei ihr ins Leere lief.

Dafür wusste sie schon, was Forsen sie als Nächstes fragen würde.

Neulich erst war es um Damenstrümpfe aus Nylon gegangen, einem Material, das das Strümpfestopfen überflüssig machen sollte.

»Glauben Sie, dass das etwas für die Damen in Krokom wäre, Elsa? Sollten wir sie hier verkaufen?«

Jetzt öffnete Elsa die Verpackung und nahm ein Tuch heraus; in eine Ecke war ein Kornblumenstrauß gestickt.

»Sie haben doch einen Blick für dergleichen, Elsa. Für das, was geht und was nicht, meine ich.«

Elsa freute sich immer, wenn Forsen sie lobte. Das tat er häufig. Ihr war klar, dass er sie nur um ihr Urteil bat, damit ihm in seinem Büro nicht nur der Trübsinn und der Alkohol Gesellschaft leisteten, doch er gab immer darauf acht, ihr gleichzeitig auch etwas Nettes zu sagen.

Vor ein paar Wochen hatte er – an einem Spätnachmittag wie diesem und womöglich etwas betrunkener als für gewöhnlich – gesagt, dass es viel besser wäre, wenn Elsa und nicht sein Sohn das Geschäft übernehmen würde.

»Sie sind nicht auf den Kopf gefallen, können rechnen und

wissen die Leute zu nehmen. Sie haben das Zeug zu einem waschechten Kaufmann. Nils dagegen hat kein Händchen dafür«, hatte er gesagt.

Auch wenn Forsen nur herumgeschwafelt hatte, waren ihr seine Worte im Gedächtnis geblieben und hatten sie für einen Moment glücklich gemacht. Er sah sie, dachte sie. Hatte bemerkt, dass sie etwas konnte. Forsen hatte ihr mehrere Fernkurse ermöglicht: einen zur »Geschäftsgehilfin«, einen über Reklame sowie einen über Beschilderung und Beschriftung. Abends hatte sie dafür gelernt. Vieles war für sie schon selbstverständlich gewesen – etwa, dass nur ein zufriedener Kunde wiederkam und dass man Leuten nie etwas von minderwertiger Qualität aufschwatzen sollte, weil man dann einen schlechten Ruf bekam –, aber die Kurse hatten Forsen gezeigt, dass sie wirklich etwas lernen wollte.

Und inzwischen wusste auch Forsen das, was Elsa schon lange wusste – dass sie im ganzen Laden die Tüchtigste war.

Gleich darauf schämte sie sich für dieses Eigenlob.

So durfte man nicht denken, sich selbst so in den Vordergrund spielen. Die anderen Angestellten leisteten schließlich auch gute Arbeit.

Gittan, die immer nur für wenige Stunden im Geschäft war, machte ihre Sache gut, solang sie sich konzentrierte und nicht beim Wechselgeld verrechnete oder den Kunden erzählte, wie ihre Kinder den Rotz an Gittans Ärmeln abstreiften. Anna Karlström – eigentlich schon in Rente – war so schroff, dass die Kundschaft Angst vor ihr hatte, aber wenn die Kunden Schlange standen, ging es wenigstens rasch voran, weil sich keiner mit vielen Worten aufhielt. Weder die jungen Leute noch die, die zufällig einmal erlebt hatten, wie hart sie sich mit strenger Miene über alles und jeden äußerte. Anna Karlström weigerte sich darüber hinaus anzuschreiben, sodass diejenigen, die nicht bezahlen konnten, häufig vor der Bürotür herumstrichen, in der Hoffnung, Forsen würde herauskommen.

War er da und verstand, was Sache war, legte er meistens einen Arm um den Bedrückten, geleitete ihn zum Kassentresen und tönte – damit es auch ja alle hörten –, wie wichtig ebendieser Kunde für Forsens Gemischtwarenhandlung sei. Und dann lag auch urplötzlich das blaue Buch auf dem Tresen, in dem die Namen all jener notiert wurden, die anschreiben ließen, und der Kunde durfte mit dem, was ihm fehlte, den Laden verlassen.

In solchen Momenten konnte Elsa Forsen gut leiden.

Er wollte die Armen und die Vergesslichen nie erniedrigen.

Sie fand es allerdings albern, wie dick er auftrug, wenn die Kunden auch beim nächsten Einkauf kein Geld hatten und stattdessen mit ein paar Schneehühnern oder einem geräucherten Elchherzen ankamen. Es ging für Elsa zu weit, wenn Forsen es beinahe so klingen ließ, als wäre es für ihn von Vorteil, dass sie kein Geld hatten, denn jeder wusste schließlich, dass das auf Dauer so nicht ging. Wie sollte er denn da seine Lieferanten bezahlen?

Nun hatte Forsen eines der Taschentücher auseinandergefaltet, lautstark schnäuzte er sich hinein.

»Ich weiß nicht, ob jemand von hier unbedingt Gebrauch dafür hat«, bemerkte Elsa.

»In Krokom muss also niemand Tränen trocknen?«, sagte Forsen. »Ich bin also der Einzige, der den Trauermantel sieht?«

Er lächelte leicht, um zu zeigen, dass er das Gesagte

nicht ganz ernst meinte. Elsa wusste, dass es sich bei dem Trauermantel um einen Schmetterling handelte, weil früher eine Bildtafel mit einer Darstellung des Falters neben ihrer Schulbank an der Wand gehangen hatte.

»Und Rotznasen, die Verwendung dafür hätten, gibt es hier auch keine?«, hakte Forsen nach.

»Die fänden die Taschentücher viel zu kostbar, und dann würden sie ungenutzt in der Verpackung bleiben«, sagte Elsa.

»Aha«, erwiderte Forsen.

Er klang enttäuscht.

»Aber vielleicht als Mitbringsel?«, fügte Elsa hinzu.

»Das ist ein Wort!«, antwortete Forsen. »Dann sehen die Leute, dass selbst Forsens Gemischtwarenhandlung etwas Flair zu bieten hat!«

Elsa fand, dass er jetzt wieder ein bisschen fröhlicher aussah.

Sie hatte ihn manchmal sagen hören, dass er wie ein Vater für sie sei. Das sagte er zu anderen, nie zu Elsa direkt. Dann erzählte er, wie er sie angestellt, ihr alles beigebracht hatte und dass sie die beste Ladengehilfin zwischen Örnsköldsvik und Krokom sei. Bevor Forsen nach Krokom gekommen war, hatte er nämlich in Örnsköldsvik ein Möbel- und Teppichgeschäft gehabt.

Elsa dachte dann, dass sie ihn daran erinnern müsste, dass sie schon einen Vater hatte – und auch eine Mutter –, Anders und Karin Pettersson aus Gärningsberg. Sie waren ihre Eltern, obwohl sie sie nicht so oft besuchte, wie sie sollte.

Elsa wollte absolut nicht, dass es so wirkte, als käme sie aus dem Nichts, das diente Forsen nur zur Ausschmückung seiner Geschichte. Er wollte es gerne so darstellen, dass er ein Mädchen ohne eine einzige Öre in der Tasche auf der Landstraße aufgelesen, gleich ihr Talent erkannt und es in seine Gemischtwarenhandlung gebracht hatte, wo er sie zu der gemacht hatte, die sie heute war. Dabei war es Elsas Tante Stina, die den Aushang gesehen und Elsa ermuntert hatte, sich als Verkäuferin zu bewerben – obwohl es ihr an Erfahrung mangelte und Forsen skeptisch wirkte, als Elsa ihr Anliegen mit allem Mut vorbrachte.

Aber Forsen war einfach ein Mann, der an schönen Worten und großen Gesten – ein Klopfen auf den Rücken, ein verlässlicher Knuff, eine lustige Anekdote mit guter Pointe – Gefallen fand.

Es war dieses Auftreten, das Fremde glauben ließ, Forsen wäre von heiterer Natur. Elsa hatte das anfangs auch gedacht, hatte sein Verhalten aber mittlerweile durchschaut. Trotzdem wollte sie mit ihm vor allem über die Geschäfte reden, darin lag ihr gemeinsames Interesse: bei den Waren, den Gewinnen und beim Vermeiden von Rückschlägen. In solchen Gesprächen gab es zwischen Forsen und ihr eine engere Verbindung, als sie es jemals mit ihrem Vater erlebt hatte. Was Anders Pettersson nämlich so dachte und meinte, wenn er zu Hause auf seinem Stammplatz vor dem Holzofen saß, war nur schwer zu erahnen. Elsa wusste zwar, dass er stolz auf die Arbeit seiner Tochter war, aber trotzdem hatten sie sich so wenig zu sagen. Er brummte nur vor sich hin, kniff die Augen zusammen und schnitzte neue Holzfiguren.

Dennoch sah Elsa immer häufiger das Gesicht ihres Vaters vor sich, wenn sie über ihr Geheimnis nachdachte. Wenn bekannt würde, was Elsa getan hatte, würde die Wärme aus seinem Blick sofort verschwinden. Wann immer sie sich vorstellte, nach Hause zu fahren und es ihm zu beichten, stach die Scham wie eine stumpfe Nadel in ihr Herz. Um seinetwillen musste sie sich des Geheimnisses entledigen – ein für alle Mal –, um seinetwillen und um ihrer Mutter willen – und nicht zuletzt auch um ihretwillen. Ihr Leben musste wieder das werden, was es einmal gewesen war. Noch einen Winter würde sie nicht überstehen, das wusste sie.

3

Die beiden standen am Fußende des Bettes, als Uli aufwachte. Schnell raffte sie die Bettdecke an sich und zog sie bis über die Brust hoch, um sich zu bedecken. Die Frau war dieselbe, die sie bei ihrer Ankunft empfangen hatte; den Mann kannte Uli nicht.

»Sie haben lange geschlafen«, sagte die Frau.

»Ja«, erwiderte Uli.

»Wir dachten …«, begann die Frau zögernd.

Nachdem Uli die Pension endlich erreicht und ihr Zimmer bezogen hatte, war sie hastig aus ihren Kleidern geschlüpft und sofort eingeschlafen. Der Mantel, das Kleid und die Unterhose lagen auf einem Haufen auf dem Boden, der kleine Koffer stand ungeöffnet neben dem Nachttisch. Uli war zu erschöpft, um sich noch zu waschen, stattdessen hatte sie sich ausgemalt, dass das weiße Betttuch ihre Gerüche aufsaugen und sie wieder rein und sauber machen würde.

Vielleicht hieß die Frau, die sie gerade anstarrte, Björkegren, denn dieser Name stand über der Tür des Hauses, auf das sie am Tag zuvor ein junges Mädchen hingewiesen hatte. Vor lauter Müdigkeit hatte Uli weder nach dem Preis für die Übernachtung noch nach den inbegriffenen Leistungen gefragt. Sie gab der Frau einfach nur ihre sämtlichen Ersparnisse.

»Sie haben fast zwölf Stunden geschlafen. Sie hat gedacht, dass Ihnen etwas zugestoßen wäre und wir nach Ihnen sehen sollten«, erklärte der Mann mit einem Nicken auf seine Frau.

Er war hochgewachsen und breitschultrig, hatte wellige graue Haare, und alles an ihm schien sich nach links zu neigen, selbst sein Kopf. Die Frau war vermutlich seine Ehefrau. Ihr Haar unter dem Kopftuch war noch kräftig und dunkel, aber sie war gewiss schon Anfang fünfzig, dachte Uli.

»Aber nun haben wir ja feststellen können, dass Sie wach sind …«, ergänzte die Frau.

»Es war abgeschlossen, und wir haben mehrmals geklopft, aber Sie haben nicht aufgemacht, da hat Augusta am Ende gesagt, dass wir den Ersatzschlüssel nehmen müssen …«, erklärte der Mann.

»Haben Sie Hunger?«, fragte die Frau. »Frühstück ist im Preis inbegriffen, obwohl jetzt natürlich schon Nachmittag ist. Aber ich könnte Ihnen ein paar Eier braten.«

Uli kniff sich unter der Decke in den Bauch. Sie war schon so lange hungrig, dass sie es inzwischen kaum noch wahrnahm. Zuletzt hatte sie bei ihrer Abreise aus Malmö eine kleine, trockene Butterstulle gegessen.

»Ja bitte«, erwiderte sie.

»Kommen Sie doch in die Küche, wenn Sie so weit sind«, forderte die Frau sie auf. »Die Treppe runter und dann links. Da finden Sie mich.«

Uli spähte in den dunklen Flur. Sie sah eine Reihe geschlossener Türen, aber keine weiteren Gäste. Ihr Kleid hatte sie vom Boden aufgelesen und noch einmal angezogen. Es sah erbärmlich aus, war schmutzig und zerknittert. Zwar hatte sie auch einen Rock dabei, aber keine passende Bluse dazu. Uli betrat zögernd den Gang, erblickte am Ende eine Tür, auf der WC stand, und ging dorthin. Drinnen streifte sie rasch ihr Kleid ab und blieb nackt auf dem kleinen, quadratischen Flickenteppich stehen. Alles war grün gestrichen und sah neu aus. Das Wasser, das in das blitzsaubere Waschbecken floss, war dagegen so kalt, dass die Seife gar nicht richtig schäumen wollte, aber sie schrubbte ihren Körper damit, so gut es ging. Es war doch hoffentlich Absicht, dass man die Seife auch benutzte, wenn sie schon da lag?

Frau Müller, bei der Uli viele Jahre in Hamburg zur Untermiete gewohnt hatte, hatte einen kleinen Vorrat an Seifen in einem Wäscheschrank gehortet, der stets verschlossen war. Uli wusste zwar, wo der Schlüssel lag, hatte es aber nie gewagt, eine Seife herauszunehmen, weil sie annahm, dass Frau Müller genau wusste, wie viele sie besaß, und sie gelegentlich zählte.

Mittlerweile dachte Uli mit einer gewissen Zuneigung an Frau Müller. Uli hatte das Zimmer bei ihr – eigentlich nur eine Dachkammer – schon bewohnt, als sie noch ein junges Mädchen gewesen war. Manchmal hatte sie sich die Kammer mit ein oder zwei anderen Mädchen geteilt – ein Bett an jeder Wand –, aber Uli war von allen am längsten geblieben. Und obwohl Frau Müller immer betonte, dass ihre Beziehung rein geschäftlich war, ahnte Uli trotzdem, dass Frau Müller etwas an ihr lag.

Schließlich war es auch Frau Müller gewesen, die im letzten Winter einen Arzt hatte kommen lassen, als Uli nur dalag und die Wände anstarrte. Er hatte zwar nichts tun können, hatte nur ihre Lungen und ihr Herz abgehorcht und anschließend konstatiert, dass ihr nichts Schlimmes fehle und andere noch viel mehr litten als sie, aber nach seinem Besuch war Uli immerhin aufgestanden und hatte etwas Kartoffelsuppe gegessen.

Sie hatte Frau Müller nicht enttäuschen wollen, nachdem diese sich die Mühe gemacht hatte, in den Ruinen in der Harlsmannstraße zwischen den Arbeiterunterkünften Doktor Lindemann ausfindig zu machen und noch dazu für sein Honorar aufzukommen. Er war zwar einer von den Billigen, aber dennoch …

Von den Pferden hatte Uli ihm nichts gesagt, die sie – wie sie glaubte – meistens leblos in sich trug. Aber davon erzählte sie den Ärzten nie etwas – und auch keinem anderen. Weder wenn sie leblos waren noch wenn sie mit ihr durchgingen. Die Pferde waren schon seit ihrer Kindheit ein Teil von ihr, und niemand würde je verstehen, was es damit auf sich hatte. Frau Müller sollte eigentlich erfahren, wo ich jetzt bin, dachte Uli beim Waschen. Als Uli fertig war, fand sie nichts, mit dem sie sich abtrocknen konnte. Dafür musste ihr Kleid wohl auch noch herhalten, das nun nicht mehr nur zerknittert und dreckig, sondern auch nass und kalt war. Als Uli die Treppe hinunterging, fröstelte sie.

Wie versprochen stand die Inhaberin der Pension mit griffbereiter Bratpfanne am Herd. Als Uli in die Küche kam, gab sie ein großes Stück Butter in die Pfanne, das sofort brutzelte.

»Die Herren essen meistens im Esszimmer, aber wir

Frauen kommen sicher damit zurecht, etwas Abwasch herumstehen zu sehen. Sie können also hier Platz nehmen«, bedeutete ihr die Frau mit einer Geste.

Uli setzte sich.

Auf dem Tisch türmten sich alle möglichen Dinge – ein Paket Zucker, Milchkännchen, Zeitungen –, aber am Tischende war noch etwas Raum für einen Teller. Ein Gewehr mit einem sehr kurzen, abgesägten schwarzen Lauf und einem nussbraunen Holzkolben, verziert mit einem geschnitzten Rautenmuster, lag auf der Küchenbank.

»Mein Mann jagt. Und häuft so einiges an«, erklärte die Frau, als sie bemerkte, dass Ulis Blick auf das Durcheinander fiel.

Uli bekam zwei Spiegeleier nebst Messer und Gabel.

»Vielen Dank«, sagte sie.

»Sie können mich übrigens Augusta nennen. Mir gehört die Pension. Augusta Björkegren«, stellte die Frau sich vor und gab Uli die Hand.

»Ulrike Hartmann«, erwiderte Uli.

Augusta Björkegrens Hand war groß und knotig, aber warm.

»Ich weiß. Ich habe Ihren Eintrag im Gästebuch gesehen.«

Uli nahm das Besteck auf und durchtrennte das Eigelb mit dem Messer. Es war weich in der Mitte, genau so, wie sie es gern hatte. In kürzester Zeit hatte sie beide Eier verspeist und hoffte, dass Augusta ihr noch ein weiteres anbieten würde. Sie schmeckten ein bisschen fischig, vielleicht hatte Augusta die Bratpfanne nicht genügend gesäubert, aber ihr Magen nahm die Nahrung dankbar an.

Uli musterte Augusta. Sie war sich unsicher, ob sie sie schön oder hässlich finden sollte: Augusta Björkegren hatte ein breites Gesicht, dunkle, kräftige Augenbrauen und tief liegende Augen; sie war von kleiner Statur, aber drahtig. Die Schürze hing ihr nur lose um den Hals.

Sie sah sehr verlässlich aus, dachte Uli.

Wie Uli gehofft hatte, fragte Augusta sie, ob sie gerne noch ein weiteres Ei hätte.

»Wir haben ja eigene Hühner hinter dem Haus, Eier gibt es also in Hülle und Fülle. Ich habe allen Hühnern Namen von Frauen aus dem Dorf gegeben, das passt zum Gackern und Sichaufspielen«, sagte Augusta und lachte laut über ihren eigenen Scherz.

Uli salzte ihr drittes Ei und fand, dass das den Fischgeschmack recht gut übertünchte.

»Darf man fragen, was das Fräulein hier tut?«, erkundigte sich Augusta, bevor sie das Gewehr beiseiteschob und sich auf die Küchenbank setzte.

Uli schluckte und überlegte, was sie antworten sollte.

»Ich bin auf der Suche nach Elsa Pettersson«, sagte sie. »Kennen Sie hier in Krokom jemanden, der so heißt?«

Augusta faltete einige der aufgeschlagenen Zeitungen auf dem Tisch zusammen und guckte in das Zuckerpaket, um nachzusehen, wie viel Zucker noch übrig war.

»Elsa Pettersson …«, begann Augusta nachdenklich, »… das ist doch die, die bei Forsens arbeitet? Die so wichtig tut und glaubt, dass sie das Geschäft übernehmen wird, wenn sie nur den Sohn heiratet. Ja, ich glaube, das ist die einzige Elsa Pettersson, die ich kenne.«

4

»Ich habe die Kleine draußen im Wagen, ich kann heute leider nicht bleiben und mit dir schwatzen«, sagte Maj, als sie zur Kasse kam.

Elsa erwiderte nichts. Sie legte die Stoffwindeln zusammen, die Maj kaufen wollte, und kassierte. Elsa wusste gar nicht, ob sie überhaupt länger mit Maj hätte reden wollen. Als sie jünger waren, hatten sie manchmal gemeinsam etwas unternommen, Fahrradtouren gemacht, Theatervorstellungen und ab und zu ein klassisches Konzert besucht, aber nach Majs Hochzeit hatte sie jeden zweiten Satz mit »Mats sagt« begonnen, was Elsa auf die Nerven ging. Der maulfaule Mats Eriksson aus Laxsjö hatte noch nie so viel über alles Mögliche zu sagen gehabt wie nach seiner Heirat mit Maj, so viel stand fest. Davor war er schüchtern gewesen, hatte meistens zu Boden geschaut und – sobald Maj in der Nähe gewesen war – angefangen zu stammeln.

Hinter Maj stand der alte Olsson. Er wollte seine Waren wie üblich in einem stabilen Karton haben, den er auf dem Gepäckträger seines Fahrrads festklemmen konnte. Und am liebsten sollte das Gewicht gleichmäßig verteilt sein. Er fuhr mehrmals in der Woche mit dem Rad nach Krokom, um einzukaufen und den neuesten Dorfklatsch zu erfahren.

»Sie gehen ja geradezu wissenschaftlich an die Sache heran, Elsa«, sagte er, während er sich das Puzzle besah, das Elsa aus den Waren legte.

Der alte Olsson stand so dicht vor ihr, dass sie die schwarzen Poren auf seiner knolligen Nase erkennen und den süßen Bonbongeruch seines Atems wahrnehmen konnte. Seit sie ihn das erste Mal bedient hatte, lobte er Elsa für ihre Packkünste. Da er fast immer das Gleiche kaufte, war es für sie ein leichtes Spiel, aber daran dachte er wohl gar nicht.

Die Frau des alten Olsson hieß Tora und war nach irgendeiner Krankheit erblindet. Sie war so etwas wie eine kleine Berühmtheit, denn die Leute suchten mit ihren Problemen Rat bei ihr. Elsa hatte von einem älteren Mann mit Prostatakrebs gehört, der ganz aus Oviken zu Tora gekommen war, in der Hoffnung, durch sie geheilt zu werden. Das wurde er jedoch nicht, sondern war stattdessen kurz nach seinem Besuch gestorben. Aber er hatte seine Tochter noch vor ihrem Verlobten warnen können, der – wie er von Tora erfahren hatte – für seine Gewalttätigkeit bekannt sein sollte. Die Tochter hatte nicht auf ihren Vater gehört, sondern den Mann trotzdem geheiratet. Ein paar Jahre später erwürgte der junge Ehemann seine Frau und zündete ihr gemeinsames Haus an, um sich des Leichnams zu entledigen. Ganz Oviken versammelte sich zur Beerdigung, und so hatte Tora Olssons Ruf sich weiter verbreitet. Nun kamen die Menschen nicht nur mit ihren körperlichen Gebrechen, sondern auch mit ihren privaten Sorgen zu ihr. Es wurde behauptet, sie könne in die Zukunft sehen.

»Aber Tora ist keine Hellseherin, das weist sie ganz entschieden von sich. Sie dürfen derartigem Klatsch also keinen Glauben schenken, Elsa. Sie hört einfach besser, seitdem sie ihre Sehkraft verloren hat, das ist alles, sagt sie. Sie hört den Stimmen der Menschen an, was sie tatsächlich bedrückt. Außerdem läuft bei ihr ja ständig das Radio, sodass sie auf diesem Wege immer das eine oder andere mitbekommt. Und ich lese ihr stets laut aus der Zeitung vor, Zeile für Zeile, und erzähle ihr alles, was mir im Dorf so zu Ohren gekommen ist. Deshalb weiß sie so viel, dafür lege ich meine Hand ins Feuer«, hatte der alte Olsson gesagt, wenn die Rede auf seine Ehefrau gekommen war.

Er hatte Elsa schon öfter gebeten, sie beide doch einmal in ihrem Häuschen ein paar Kilometer nordöstlich von Krokom zu besuchen, aber bisher hatte sie es immer mit der Begründung abgelehnt, so viel zu tun zu haben.

Das ganze Gerede über Toras Gabe machte Elsa Angst.

Tora Olsson war nichts für jemanden, der etwas zu verbergen hatte.

Manchmal allerdings hatte Elsa Tora während ihrer eigenen Wanderungen im Wald von Weitem gesehen. Einmal hatte sie auf einer Lichtung auf einem großen Findling gesessen, das Gesicht der Sonne zugewandt, und schien sich selbst zu umarmen. Elsa war vorsichtig auf den Pfad zurückgewichen, von dem sie gekommen war, um sich nicht durch Geräusche zu erkennen zu geben. Ein anderes Mal hatte Tora ihre Finger wie beim Lesen einer Blindenschrift über den Stamm einer mächtigen Kiefer wandern lassen. Das hatte so eigentümlich gewirkt, dass Elsa sich nicht von dem Anblick hatte losreißen können. Sie hatte Tora lange beobachtet, bis diese schließlich *Hallo, ist da jemand?*, gerufen hatte. Da hatte Elsa sich schnell entfernt.

Der alte Olsson fischte einen Bonbon aus der Papiertüte,

die im Karton ganz zuoberst lag, und steckte es in seinen Mund. Er knirschte zwischen den Zähnen.

»Und Sie haben Besuch aus dem Ausland, Elsa?«, fragte er, als er mit dem Kauen fertig war.

»Besuch? Nein, das stimmt nicht«, erwiderte Elsa.

Sie überlegte, was er damit meinen könnte. Sie bekam fast nie Besuch, noch nicht einmal von ihrem Bruder Jonas und dessen kleiner Familie aus Västerås. Die Fahrt sei noch zu lang für die Kleinkinder, sagte Jonas dann immer, aber wenn sie größer seien, würden sie alle vier kommen – seine Frau, die Jungs und er.

»Sie kennen die Deutsche also nicht, die bei Björkegrens logiert?«

Elsa merkte, wie sich ihr Herzschlag beschleunigte.

»Eine Deutsche? Nein, das glaube ich nicht.«

»Das ist ja seltsam«, fuhr der alte Olsson fort. »Karl Björkegren hat mir gerade erst erzählt, dass ihre erste Frage nach einem fast zwölfstündigen Schlaf Elsa Pettersson galt«, sagte er mit einem Augenzwinkern.

»Da muss sie sich geirrt haben«, sagte Elsa und schluckte schwer. »Ich bin mit keiner Deutschen bekannt.«

5

Als die Gassen nicht mehr nach Urin stanken und der Frühling in Hamburg Einzug hielt, hatte Uli sich auf die Suche nach ihrer besten Freundin Anne-Marie gemacht. Frau Müller hatte mitgekriegt, dass diese jetzt bei einem Fleischer arbeitete.

»Und sie hat ihren Trauring abgelegt. Sie stellen nur Fräuleins, keine Witwen ein«, hatte Frau Müller ergänzt.

Anne-Marie hatte Uli im Winter ein einziges Mal besucht, als diese bettlägerig gewesen war. Uli brachte damals nicht die Kraft auf, ihr in die Augen zu sehen. Sie richtete ihren Blick lieber auf den Tod; dessen Weg ließ sich allein dadurch nachzeichnen, indem man die Artikel in den Zeitungen las, mit denen die Wände der Dachkammer isoliert waren. Die Druckerschwärze hatte abgefärbt, sodass Ulis Fingerspitzen und auch die Bettwäsche mit der Zeit ganz schwarz geworden waren.

Sterben konnte man auf alle nur denkbaren Arten, wie Uli aus den Zeitungsausschnitten erfuhr. Sich das vor Augen zu führen, war eine Erleichterung.

Jetzt aber, als die Tage heller und die Schritte vor die Tür leichter wurden, wollte Uli Anne-Marie gerne wiedersehen.

An den Vormittagen war die Schlange vor der Fleischerei immer lang, und keiner der grimmigen Frauen vor dem Geschäft fiel es ein, auch nur eine Person an sich vorbeizulassen. An den Nachmittagen aber gab es nur noch Knochenmark und Schwarte, und da drängelte Uli sich zum Verkaufstresen vor und schlang die Arme um Anne-Marie.

»Was tust du?«, fragte Anne-Marie peinlich berührt.

»Ich freu mich nur so, dich zu sehen. Darf man das etwa nicht?«, sagte Uli.

Anne-Marie war zurückgewichen, hatte Uli aber gebeten zu warten, bis sie eine Pause machen konnte. Nach einer halben Stunde kam sie in den hintersten Winkel des Geschäfts, wo Uli stand, und sagte, dass sie für ein Weilchen raus auf die Straße gehen könnten.

Sie lehnten sich an die von der Sonne erwärmte Hauswand.

»Wie geht es dir?«, fragte Anne-Marie. »Du siehst besser aus.«

Uli betrachtete Anne-Maries hochgestecktes Haar und ihre rosigen Wangen und dachte bei sich, dass sie zugenommen hatte. Bei einem Fleischer zu arbeiten, hatte sicherlich so seine Vorteile.

»Und du bist hübscher als jemals zuvor«, sagte Uli, ohne auf Anne-Maries Kommentar einzugehen, und wusste im selben Moment, dass sie zu sehr übertrieben hatte.

Anne-Marie sah zu Boden.

»Was ist eigentlich in Altona passiert? Hast du Hansis Mutter auftreiben können?«, erkundigte sie sich.

Dasselbe hatte Anne-Marie sie schon an jenem fahlen Februartag an Ulis Bett gefragt.

»Im Winter, als ich dich besucht habe, hast du nur herausgebracht, dass du allein sein wolltest. Frau Müller meinte, dass sie versucht hat, mit dir zu reden, du aber immer nur geschwiegen hast. Sie war sich deshalb sicher, dass du ernstlich krank wärst. Etwas mit der Lunge oder den Stimmbändern. Ich dachte allerdings, dass es vielleicht doch etwas mit Altona zu tun haben könnte, dass dir dein Besuch dort wieder alles in Erinnerung gerufen hat …«

Jetzt richtete Anne-Marie einen unangenehm forschenden Blick auf sie.

Uli wollte ihre beste Freundin eigentlich nicht anlügen, tat es aber trotzdem.

»Ich habe gar nicht das richtige Haus gefunden.«

Anne-Marie nickte und sah aus dem Augenwinkel zur Ladentür der Fleischerei. Im Geschäft wurden Messer geschliffen. Morgen früh würde sich wieder die gleiche lange Schlange davor bilden. Ein alter Mann mit einer weißen Schürze hängte ein Schild ins Fenster, dass für heute alles ausverkauft sei, während eine junge Frau einen Scheuerlappen auswrang und sich daran machte, den Fußboden zu feudeln.

»Vielleicht ist das ebenso gut«, sagte Anne-Marie. »Es ist sicher am besten, die ganze Sache zu vergessen.«

»Mm«, bemerkte Uli nur und wünschte, ihre Lüge wäre wahr.

Es wäre einfacher gewesen, wenn sie den Hauseingang niemals gefunden und niemals geklingelt hätte. Wie oft hatte sie das schon gedacht?

Und wie viele Male hatte sie sich einzureden versucht, dass es am besten wäre, die Dinge ruhen zu lassen und nicht jede aberwitzige Idee aufzunehmen, darin herumzustochern und an ihr zu zerren, bis sie sich schließlich zerschlug und sich nie wieder zusammenfügen ließ? Warum konnte nichts wie ein schillernder Traum sein, nichts Bestand haben? Warum musste sie immer alles bloß schlimmer machen?

Uli hatte versucht, den Besuch in Altona aus ihrem Gedächtnis zu löschen. Es gab nur noch das, was in den Briefen stand. Sie lagen versteckt unter der Matratze, denn dort würde Frau Müller wohl kaum herumschnüffeln.

An dem Tag, an dem Uli die Briefe in der Wohnung von Hansis Mutter vom Boden aufgelesen hatte, war der Regen nur so auf die Straßen heruntergeströmt, und die schweren Tropfen hatten die gestochen scharfe Handschrift auf den Kuverts verwischt. Nachdem Uli endlich wieder zu Hause ankam, hatte sie hastig die Briefe gelesen, sie dann beiseitegelegt und bereut, dass sie nach Hansis Mutter gesucht, sich nach den Briefen gebückt und sie mitgenommen hatte.

Die Strümpfe, die wie eine Wurstpelle anlagen, waren das Letzte gewesen, was sie von Hansis Mutter gesehen hatte.

Sie hatte in dieser Frau so gar nichts von Hansi wiederfinden können, weder sein Lächeln noch seinen sanften Blick. Nichts, das ihr liebens- oder liebkosenswert erschienen wäre.

Hansis Mutter strahlte nur eins aus: den Wunsch, dass Uli vor ihr knicksen, kriechen und sich ehrfürchtig zeigen sollte. Das hatte Uli rasend gemacht.

Als Anne-Marie damals angefangen hatte, von Schweden zu sprechen, war es so, als wären die Briefe ein Zeichen gewesen – obwohl Uli argwöhnte, dass Anne-Marie womöglich nur deshalb die Sprache auf Schweden gebracht hatte, weil sie Uli am liebsten loswerden wollte. Nach jenem Winter hatte Anne-Marie Uli nämlich wie einen verlausten Köter angesehen und immer ein wenig Abstand zu ihr gehalten.

»Ich habe gehört, dass die Dienstmädchen es gut in Schweden haben«, hatte sie gesagt. »Sie dürfen mit der Familie unter einem Dach wohnen und dieselben Mahlzeiten essen. Manche dürfen ein eigenes Radio auf dem Zimmer haben. Du als Unverheiratete, die von ihrer Großmutter Schwedisch gelernt hat, solltest dorthin gehen, Uli. Ich musste gleich an dich denken, als ich von den Stellungen gehört habe. Das würde dir guttun, da bin ich mir sicher. Stell dir nur vor, all das hier hinter sich lassen zu können!«, hatte Anne-Marie sie beschworen.

Und so war Uli nach Malmö zu Frau Cederstam gekommen.

Uli besaß so wenig, dass sie beinahe mit einem leeren Koffer abfuhr.

Sie hatte natürlich noch ihren Wollrock, aber der saß in der Taille zu weit, weil sie so abgemagert war. Zumindest hatte sie zwei Paar saubere Unterhosen – dafür hatte Frau Müller gesorgt –, die packte sie ein, und den Stapel Briefe, sorgsam mit einer Schnur zusammengebunden.

Als sie sich von Frau Müller verabschiedete, hatte diese ihr etwas Geld in die Hand gedrückt.

Beide wussten, dass sie sich wohl kaum jemals wiedersehen würden.

»Für Butterstullen und Kaffee und was man so braucht«, hatte Frau Müller gesagt. Sie hatte auch schon Ulis Fahrkarten bezahlt, hatte behauptet, Uli stünde noch ein Rest der Miete zu, nachdem sie die Dachkammer nun für immer aufgab.

Im Schaufenster eines Papierwarenladens am Hauptbahnhof hatte Uli ein deutsch-schwedisches Wörterbuch gesehen und gedacht, dass es gewiss nützlich wäre. Sie war sich nicht sicher, wie weit ihre geringen Schwedischkenntnisse reichen würden. Also hatte sie im Geschäft gefragt, wie viel es kosten solle. Für die richtige Kundin könnte es preiswert sein, sagte der Mann im Laden, nahm das Buch aus dem Schaufenster und reichte es Uli, damit sie darin blättern konnte. Es war gebraucht, aber nahezu alle Seiten waren noch vorhanden, und es beinhaltete sowohl einzelne Wörter als auch ganze Phrasen.

Der Inhaber des Papierwarenladens musterte Uli interessiert. Er hatte einen feucht aussehenden dunklen Bart, und der gesamte Ladenraum roch nach Rasierwasser. Vielleicht habe das Fräulein ja auch noch Interesse an weiteren Waren, sagte er und verschwand kurz hinter einer Tür. Als er wiederkam, hielt er ein Seidennachthemd in der Hand.

Es war unverpackt und hatte gelbe Ränder unter den Achseln, aber Uli hatte seit Jahren nicht mehr etwas so Schönes gesehen.

»Das kann ich mir nicht leisten«, sagte sie und senkte ihren Blick wieder in das Wörterbuch.

Sie müsste das Geld von Frau Müller so gut es ging zusammenhalten, denn es war alles, was sie hatte.

»Habe ich denn einen Preis genannt?«, sagte der Mann mit dem Bart. »Wenn Sie den Koffer abstellen, können wir schauen, ob es passt.«

Er hielt ihr das Nachthemd an.

Den Stoff anzufassen war so, als hätte man einen Finger in eine Kanne mit Sahne getaucht.

»Wenn ich einmal um die Hand des Fräuleins bitten dürfte?«, sagte er und umschloss Ulis Handgelenk.

Sie waren allein im Geschäft. Uli rührte sich nicht.

»Machen Sie es über der Hose, können Sie das Lexikon

mit auf die Reise nehmen. Machen Sie es darunter, gehört Ihnen auch das Nachthemd«, nuschelte er leise und führte ihre rechte Hand an seinen Schritt.

Stand man vor einem Neuanfang, musste es auch etwas Schönes geben, etwas, das einen daran erinnerte, dass nicht alles nur düster war, dachte Uli.

Nichts von dem hier ist von Bedeutung, solange ich nur alles hinter mir lassen und jemand anderes werden kann – ein Dienstmädchen in Schweden ohne Erinnerungen.

Solange mich nur die Schatten nicht länger jagen und die Pferde sich ruhig verhalten.

Uli ließ den Mann ihre Hand so benutzen, wie er Lust hatte. Danach legte sie das Negligé und ihr kleines deutsch-schwedisches Wörterbuch in den Koffer und verließ das Geschäft.

6

Keine Geschichte fängt da an, wo man es erwartet, und hat auch nicht nur einen einzigen Ausgangspunkt. Da war sich Elsa sicher. Jetzt, wo der Herbst gekommen war, änderte sich nicht nur die Farbe eines Blattes und die anderen folgten, nein, überall änderten die Blätter beinahe über Nacht ihre Farben. Und so war es auch im Frühjahr – von einem Tag zum anderen schienen alle Birken Knospen auszutreiben und die Vögel wieder zu singen. Erst dann bemerkte man die Veränderung, wohl wissend, dass sie nicht ohne Vorbereitung eingesetzt hatte: Denn im Frühjahr ist auch schon der Herbst in den Ästen und im Blätterwerk angelegt, in jedem kleinen Zugvogel, der weiß, dass er bald ein weiteres Mal über den Kontinent fliegen wird. Und eben weil alles miteinander verbunden war, konnte Elsa nicht genau sagen, wann ihr Geheimnis seinen Anfang genommen hatte. Sie grübelte oft darüber nach, aber ohne Ergebnis.

Könnte es an jenem Sonntagmorgen im vergangenen Jahr gewesen sein, als sie schon um sieben Uhr früh aufgestanden war, um noch vor dem Gottesdienst spazieren zu gehen? An dem Tag hatte sie – die sonst den Kirchgang vermied – den Gottesdienst besuchen und sich den neuen Pfarrer in Krokom anhören wollen. Schließlich sprachen alle davon, dass er so modern sei und so ungezwungen über alles Mögliche predige. Und obwohl Elsa nie gläubig gewesen war, wünschte sie sich manchmal, sie wäre es. Sie sehnte sich nach Entrückung. Sich jedoch gleich zu Boden werfen und in Zungen reden, wie es die Leute ringsum getan hatten, als sie einmal eine Bekannte zur freikirchlichen Gemeinde begleitet hatte, wollte sie nicht – das hatte ihr Angst gemacht. Aber einen kleinen Moment der Ekstase hätte sie gerne verspürt – einfach nur, um zu wissen, wie es war, wenn einen die Vernunft verließ und Leib und Seele in einen Zustand der Verzückung gerieten. Bei dem alten Pfarrer war das schwierig, hatte er doch stets so starken Heuschnupfen, dass sie bei seinen Predigten immer nur daran denken konnte, wie oft er seine Nase hochzog.

War es also an jenem Tag gewesen?

An dem Tag vor fast einem Jahr, als Elsa es noch einmal mit Gott und dem Christentum versuchen wollte?

Wenn sie damals den Rucksack im Wald zurückgelassen hätte und nach Hause gelaufen wäre, wäre sie allem entronnen. Oder hatte es doch schon früher angefangen?

Womöglich an jenem Augusttag 1940, als Tante Stina aus Åre von einer Asthmakur im Gebirge zurückkehrte? Damals, als sie Elsa bat, ihr beim Auspacken zu helfen und dabei, zu Hause alles wieder ordentlich herzurichten? An eben jenem Tag, als die Sonne noch hoch am Himmel stand und ein lauer Spätsommerwind wehte? Beruhte alles darauf, dass Tante Stina sagte, dass sie sich jetzt viel besser fühle und sich zurzeit so wenig Aufregendes ereigne, dass man das wenige ausnützen müsse, was einem in Krokom geboten werde?

»Die Leute sagen, dass sie Schokolade gegen Zigaretten

tauschen«, hatte Tante Stina gesagt, bevor sie losgegangen waren. »Und manchmal haben sie eine Ziehharmonika oder eine Mundharmonika dabei und spielen den Leuten auf dem Bahnsteig ein bisschen was darauf vor.«

Elsa trug ein neues Kleid, ein tailliertes kurzärmeliges mit einem Gürtel, das ihre Mutter genäht hatte. Mit einem roten Apfelmuster. Sie war sechzehn und hatte an diesem Tag zum ersten Mal das Gefühl, schön zu sein. Vielleicht war gerade dies das Gefährliche.

Hatte das Geheimnis also da seinen Anfang genommen?

Oder schon viel früher?

War vielleicht doch ihr Volksschullehrer der Auslöser dafür gewesen? Konnte sie Almkvist die Schuld dafür geben, weil er in Gärningsberg eine Stelle als Lehrer angenommen und mit Goethe und *Faust* und einem Phonographen dahergekommen und mit viel Tamtam in die Lehrerwohnung eingezogen war? Er hatte schließlich zu Elsas Vater gesagt, dass sie ein schlauer Kopf sei und Sprachen lernen solle, weil sich die ganze Welt trotz des Krieges irgendwann vereinen und sich alle Völker über Ländergrenzen und Gesellschaftsklassen hinweg austauschen und in Frieden und Freihcit miteinander leben sollten.

Man munkelte, dass Almkvist Kommunist sei, aber gleichzeitig hieß es auch, er habe vor seinem Lehrerberuf Theologie studiert, das passte also nicht richtig zusammen. So einen hochgebildeten Lehrer wie ihn hatten sie in Gärningsberg zuvor jedenfalls noch nie gehabt.

In dem ersten Jahr seiner Anstellung bat er Elsas Vater darum, bei der Heuernte mithelfen zu dürfen, um mehr über die Bedingungen der Landwirtschaft zu erfahren, und dieser willigte ein. Alle im Dorf lachten hinter Almkvists

Rücken, doch dafür, dass er keine Erfahrungen damit hatte, vollbrachte er ein recht gutes Tageswerk. Er krempelte nicht nur die Ärmel, sondern auch die Hosenbeine hoch und sprach in der Arbeitspause beim Himbeersaft-Trinken vom echten Leben hinter allem Gekünstelten.

Elsa arbeitet auch mit. Es war eine furchtbare Schufterei, und den ganzen Tag lang brannte ihnen die Sonne ins Gesicht. Nachdem sie fertig waren, ging sie zum Bach hinunter und kühlte sich die Füße ab. Das Wasser kam aus dem Inneren des Berges und war kalt, sodass sie von Kopf bis Fuß erschauert war. Später war Elsa dieser Moment als der einzige in Erinnerung geblieben, an dem ihre Füße mal ebenso kühl gewesen waren wie sonst ihr Kopf.

Almkvist fragte sie, ob sie sich vorstellen könne, ihn ein paar Abende in der Woche als Haushaltshilfe zu unterstützen, da er unverheiratet sei. Als ihre Eltern es billigten, ging sie zu ihm – jedoch erst, nachdem ihr Vater sich umgehört hatte, ob der Volksschullehrer auch wirklich einen unbescholtenen Ruf hätte. Ihr Vater hatte sich später noch mehrmals bei Elsa erkundigt, ob mit dem Lehrer auch wirklich alles stimmte, doch sie fand nur seltsam, dass er so wenig Abwasch hatte. Es lohnte sich wohl kaum, für ein paar Stunden pro Woche eine Haushaltshilfe zu bezahlen, wenn es kaum Arbeit für sie gab?

Almkvists Interesse aber galt eher den gemeinsamen Studien als dem Abwasch. Er sagte, er habe bemerkt, dass Elsa das Lernen leichtfalle, und bot an, ihr abends vertieften Sprachunterricht zu erteilen.

»Abwaschen können Tausende Mädchen, aber wie viele können schon die deutsche Sprache?«, meinte Almkvist, als sie ihn fragte, ob sie das Geschirr im Schrank noch ein weiteres Mal spülen solle. »Na ja, bis auf die deutschen Mädchen natürlich«, hatte er mit lächelnden Augen hinter seiner runden Brille gesagt.

Es mochte ja sein, dass Almkvist ein wenig verrückt war, aber Elsa fand es trotzdem gemein, dass die Leute über ihn herzogen. In seinem tiefsten Inneren war er ein netter Mensch, dessen war sie sich sicher, und er schlug die Schüler auch niemals, noch nicht einmal Oscar, obwohl er in der Garderobe seinen Ski in Brand gesteckt hatte und das ganze Schulhaus in Flammen hätte aufgehen können.

War sie abends bei Almkvist, las er ihr laut aus *Die Leiden des jungen Werthers* vor, erläuterte ihr die Handlung und bewegte Elsa dazu, es ihm nachzutun. Er besaß den Roman auf Deutsch und auf Schwedisch, und sie arbeiteten sich Stück für Stück vor und verglichen den Text. Anfangs fiel es ihr noch schwer, und sie stockte beim Lesen, mit der Zeit aber lernte sie es. Als sie mit dem *Werther* fertig waren, nahmen sie sich den *Faust* vor – ein Theaterstück eigentlich und viel bedeutender noch als *Werther*, weil es von der Seele handelte, wie Almkvist sagte –, aber Elsa verstand *Faust* nie so gut wie *Die Leiden des jungen Werthers*.

Nachdem sie abends mit dem Lesen fertig waren, legte Almkvist meistens noch eine Schallplatte auf. Er hatte ein bisschen kirchliche Musik – was vielleicht darauf hindeutete, dass das mit der Ausbildung zum Pfarrer stimmte –, aber sein Lieblingsstück war Mozarts *Rondo Alla Turca*. Sobald die Musik einsetzte, sauste Almkvist durch die Lehrerwohnung, gab vor, auf Tischen und Bänken Klavier zu spielen, und schrie Elsa »Allegretto!« und »Man muss auch mal etwas Spaß haben!« zu, die sich damit zufriedengab, zur Musik im Takt zu klatschen.

Wann immer ihr in den Sinn kam, wie fröhlich Almkvist dabei gewesen war, schämte sie sich zu denken, dass er Schuld an ihrem Handeln tragen könnte. Außerdem sollte sie sich lieber Gedanken über das Ende als den Anfang machen, denn das war das Einzige, was sie jetzt noch beeinflussen konnte. Das Ende von Dingen hat man selbst schließlich immer mehr in der Hand.

Und diese Deutsche, die – wie der alte Olsson gesagt hatte – nach Krokom gekommen war, hatte gewiss nichts mit ihr zu tun. Vielleicht hatte sie nur etwas zu verkaufen und gehört, dass Elsa sich gut auf Geschäfte verstand. Das hoffte sie jedenfalls.

»Oha, oha, Elsa denkt schwer nach.«

Sie musste sich nicht erst umdrehen, um zu wissen, dass Nils ins Vorratslager gekommen war. Allein seine Stimme ließ schon Wut in ihr aufsteigen. Sie fuhr damit fort, Kaffeepakete zu zählen – aber eigentlich war sie auch hier hergekommen, um einen Moment allein zu sein.

»Haben wir irgendwo Reifengummi? Ulla Rikardsson hat einen Platten, und ich wollte ihr das Rad reparieren.« Nils fand die Tuben mit dem flüssigen Gummikleber.

»Sie kostet zwei Kronen«, sagte Elsa, aber Nils tat so, als hätte er es nicht gehört.

Offiziell hieß es, dass Nils auch bei Forsens arbeitete, aber er glänzte die meiste Zeit durch Abwesenheit, sodass Elsa ihm nicht besonders häufig begegnen musste. Seine laxe Arbeitshaltung war auch meistens der Grund für die Streitgespräche zwischen Forsen und seinem Sohn.

»Was hältst du von Nisse?«, hatte Forsen Elsa mehrmals gefragt.

»Ich mag ihn«, hatte sie erwidert, anfangs und auch jetzt noch, als es nicht mehr stimmte.

Allerdings nannte Forsen Nils inzwischen nur noch selten bei seinem Kosenamen. In Krokom wurde Nils nur mit dem Spitznamen »Oh-Ah!« bezeichnet. Das hatte Elsa ein Arbeiter im Sägewerk erzählt, als einmal die Rede auf Nils gekommen war.

»Das stöhnen die Frauenzimmer in sein Ohr, wissen Sie, kleine Elsa«, hatte er gesagt und so gelacht, dass ihm der Kautabak über die Lippen gerutscht war.

Elsa konnte sich nicht mehr entsinnen, ob sie damals etwas erwidert hatte, aber es prägte sich ihr ein, hatte sie doch zufällig diesbezüglich eigene Erfahrungen gemacht.

Obwohl alles so gekommen war, wie sie es geplant hatte, war es abstoßend gewesen.

Im letzten Sommer hatte sie sich eingebildet, beim Sichverlieben vielleicht genauso methodisch vorgehen zu können wie bei der Arbeit. Sie hatte Nils' Gesicht und Körper studiert, bis sie ihn in- und auswendig kannte, seine Ecken und Kanten, sein Mienenspiel und die Schatten, die sich auf sein Gesicht legten, wie sich seine Muskeln beim Heben anspannten und wie sich seine Brustwarzen unter dem Hemdstoff abzeichneten, wenn er fror. Sie hatte sich Nils wie einem Kunden genähert und versucht herauszufinden, was er suchte. Schließlich hatte Nils ihr Interesse bemerkt.

Er schien natürlich sämtliche Mädchen überall zu kennen und mehreren zugleich den Hof zu machen. Elsa aber hatte an das gedacht, was ihr Vater immer über die Arbeit, ob nun das Beerenpflücken oder die Hausaufgaben, gesagt hatte: »Mach einfach weiter, dann hast du es bald hinter dir« – und so hatte sie weitergemacht. Sie hatte andere Mädchen nachgeahmt und über Nils' Scherze gelacht und bei sich gedacht, dass die Sache mit der Liebe letztlich wohl so sein musste.

Die meisten Frauen hörten ja mit dem Arbeiten auf, wenn sie heirateten, aber wenn Elsa Nils zum Mann nehmen würde, könnte sie bei Forsen weiterarbeiten und mehr und mehr Verantwortung und Entscheidungsgewalt im Laden übernehmen. So hatte sie sich das Ganze zumindest ausgemalt. Sie bekäme die Möglichkeit, ihre Vorstellungen über das Warenangebot und die Kundeninteressen auszuprobieren. Sie würde die Ladeneinrichtung verbessern, es dadurch allen Kunden leichter machen, die Auslagen selbst prüfend in die Hände zu nehmen, und sie außerdem anders präsentieren. Die jungen Frauen aus Krokom waren an Neuem interessiert – wie zum Beispiel Nylonstrümpfe –, doch Forsen war immer der Meinung, sie würden schon von selbst nach den Artikeln fragen, wenn sie sie haben wollten.

Im Nachhinein wusste Elsa nicht mehr, ob sie jene Träume von Nils und der Geschäftsübernahme wirklich gehegt hatte oder ob das alles nur ein Selbstbetrug gewesen war.

Einmal hatten sie das Kino Rote Mühle in Östersund besucht und einen Film mit Greer Garson gesehen. Zweimal waren Nils und sie zum Tanzen ausgegangen, allerdings nicht allein. Dreimal hatte er sie auf ihrer »Langen Runde« begleitet – ihrem Lieblingsweg, obwohl sie am liebsten allein spazieren ging.

Was Nils auf jenem letzten gemeinsamen Spaziergang von sich gab, hatte sie gar nicht mehr gehört, sondern nur gedacht, dass dieses Geschwafel sie womöglich bald für den Rest ihres Lebens begleiten würde; dass es sich in ihrem Kopf festsetzen und ihre Gedankengänge verstopfen würde, sodass sie nie mehr still ihren eigenen Gedanken nachhängen könnte. Wenn sie heirateten, würde er ihr ständig damit in den Ohren liegen, was er alles konnte und für interessant hielt, von amerikanischen Wagen, Bodybuilding mit Eisengewichten und dem gewerblichen Kartoffelanbau.

Trotzdem hatte sie Nils auf ihr Zimmer gebeten, das sie nach dem Tod von Tante Stina bewohnte.

Man musste sich nun mal anstrengen, hatte Elsa gedacht.

Und man musste beenden, was man einmal angefangen hatte.

Man musste alles hinter sich bringen.

Nils hatte sie ein paarmal geküsst, dann hatten sie auf dem Sofa miteinander geschlafen. Nicht im Bett, sondern auf dem Sofa, denn es wäre viel zu peinlich gewesen, das Bett dafür vorzuschlagen.

Das, was Liebe sein sollte, verband Elsa danach mit einem Eimer voll schleimiger Aale. Nils' Hände waren überall, Ellenbogen und Kniescheiben drückten hart gegeneinander, ein paarmal rein und raus, dann war es vorbei. Es hatte noch nicht einmal wehgetan, wie bei einem echten Opfer. Alles war einfach nur peinlich und schmierig gewesen.

Seitdem ertrug Elsa kaum noch Nils' Anblick und ging ihm so gut es ging aus dem Weg. Inzwischen hielt sie ihn für einen Vollidioten. Merkte er denn nicht, dass er groß über Dinge redete, von denen er keine Ahnung hatte? Wollte er ihr wirklich einen Vortrag über den Kartoffelanbau halten, obwohl sie selbst von Kindesbeinen an Tausende Eimer Wasser aus dem Bach herangeschleppt und auf dem Kartoffelkraut entleert hatte? Ihr, die endlos Kartoffelpflanzen anhäufelte und Unkraut jätete, weil ihre Mutter ihr es so beigebracht hatte?

Elsa wollte Nils' dummem Gerede jedenfalls nie mehr Gehör schenken, das hatte sie beschlossen. Sie würde auch nie Kaufmannsfrau werden, das war es nicht wert. Sie konnte ja trotzdem weiter ihr ganzes Leben bei Forsens arbeiten, selbst wenn sie wie Anna Karlström ledig blieb.

7

Nach dem Essen ging Uli mit Augusta Björkegren hinter das Haus zu den Hühnern, um einen Blick auf das – Augustas Meinung zufolge – ach so sagenhafte Federvieh zu werfen. Elsa Pettersson während der Arbeit aufzusuchen, sei reine Zeitverschwendung, sagte sie. Fräulein Hartmann solle lieber erst nach Ladenschluss zu ihr gehen. Augusta hatte Uli vom Hof aus auf das Gebäude hingewiesen, in dem Elsa wohnte – ein grünes, zweistöckiges Haus mit vier Mietwohnungen.

»Aber dieser alte Kasten ist schrecklich zugig, ohne jeden Standard. Sie haben immer noch Plumpsklos draußen«, erklärte Augusta Björkegren. »Wir bekamen immerhin die Erlaubnis, Wasserklosetts in die Pension einzubauen, weil viele der bei uns nächtigenden Herren aus Städten wie Eskilstuna und Huskvarna stammen, wo das längst gang und gäbe ist. Manche von ihnen sollen drüben beim Sägewerk oder in der Zellstofffabrik anfangen, andere wiederum sind Geschäftsreisende. Die Pension steht allen offen. Wir – mein Mann und ich – haben einen Teil unserer Ersparnisse für die neuen Klosetts geopfert.«

Es war ein seltsames Gefühl, Elsa Pettersson auf einmal so nahe zu sein, dass Uli ihr Fenster, ja sogar ihre Gardinen und eine kleine Blume auf der Fensterbank sehen konnte. Vielleicht war es doch keine so gute Idee gewesen, einfach unangekündigt hierherzukommen. Wie Elsa Pettersson wohl reagieren würde, wenn sie so mir nichts, dir nichts bei ihr zu Hause anklopfte?

Bevor sie zu den Hühnern gegangen waren, hatte Augusta Uli gefragt, weshalb sie nach Elsa suche.

Uli log und sagte, dass sie womöglich miteinander verwandt seien. So war es am einfachsten. So musste sie nichts von den Briefen und vor allem nichts von Hansi erzählen. Dafür fehlten ihr noch die richtigen Worte.

Die Hühner liefen frei auf dem Grundstück umher.

Jede Henne habe ihre eigene Persönlichkeit, behauptete Augusta, und eine jede erinnere sie an jemanden. Sie nannte ein paar Namen, aber da Uli die erwähnten Frauen nicht kannte, gab sie ihnen einfach eigene: Die große Getupfte, die um ihre Beine hüpfte, war Frau Müller – wachsam und neugierig. Die weiße Henne dagegen, die für sich allein an der Schuppenwand entlanglief, war Tante Anke. Tante Anke hatte in derselben Straße wie Ulis Mutter gewohnt; nach dem Tod ihrer Großmutter war Uli meistens bei ihr gewesen, wenn ihre Mutter erklärte, dass sie wegfahren und einen Bekannten besuchen müsse.

Als Uli dagegen noch ganz klein war, hatte ihre Mutter sie allein mit Ulis Großmutter in der Wohnung zurückgelassen. Alt und vergesslich, lebte Großmutter Ingeborg aber schon in ihrer ganz eigenen Welt der Erinnerungen und redete in ihrem Sessel in der Zimmerecke von Dingen, unter denen Uli sich nichts vorstellen konnte. Aber sie erkannte die Wörter bald wieder – »Silber«, »Dala-Frauen«, »Schmuck« und »das alte Land«.

Zur Sicherheit hatte ihre Mutter Uli immer noch am Schreibtisch festgebunden, damit sie nicht fortlaufen konnte. Einmal hatte Uli die untersten Schreibtischschubladen durchforstet und dicke Zöpfe aus Menschenhaar gefunden.

Eine Schwester, dachte sie damals.

Ich habe eine geheime Schwester, die sich vor unserer Mutter in einer Schreibtischschublade versteckt hält.

Jetzt muss ich nicht mehr einsam sein.

Als Ulis Mutter wiederkam, hatte sie Uli wegen des Durcheinanders in der Schublade Prügel erteilt, aber Uli hatte dadurch wenigstens erfahren, dass Großmutter Ingeborg einst ein »Haarfräulein« gewesen war und aus einer Region namens Dalarna in Schweden stammte. Genau genommen aus dem Ort Våmhus, der früher das Zentrum dieser Kunsthandwerker war, die aus Menschenhaar kunstvolle Schmuckkreationen schufen. Ingeborg war vor ihrer Heirat nach Russland gegangen, um dort ihre Haararbeiten zu verkaufen. Später war sie nach Hamburg gelangt.

»Ach, ach, ach«, seufzte Großmutter Ingeborg immer am Ende ihres zusammenhanglosen Geredes.

»Gack, gack, gack«, erwiderte dann Ulis Mutter, imitierte den watschelnden Gang einer Gans und drückte der alten Dame mit zwei Fingern die Lippen zusammen, damit sie wenigstens für ein Weilchen Ruhe gab.

Später kam Uli dann zu Tante Anke. Sie war gar nicht mit ihnen verwandt, aber Uli wurde von ihrer Mutter aufgefordert, sie trotzdem Tante zu nennen.

Uli wollte die weiße Henne, die sie an Tante Anke erinnerte, auf den Arm nehmen und über ihre Federn streicheln, so wie Tante Anke immer Uli über das blonde Haar gestreichelt hatte. Aber das Huhn wich ihr immerzu aus, wenn Uli ihm auf dem kleinen Flecken Gras nachlief.

»Ja, sie ist scheu, aber eine gute Legehenne«, bemerkte Augusta Björkegren.

Bevor Uli mit fünfzehn Jahren von zu Hause ausgerissen war und ihrer Mutter für immer den Rücken gekehrt hatte, hatte sie sich immerhin von Tante Anke verabschiedet – eines der wenigen guten Dinge, die Uli jemals zustande gebracht hatte. Tante Anke hatte sie in der Diele lange umarmt und gesagt, dass sie auf sich achtgeben solle, und dabei ein letztes Mal versucht, Ulis zerzauste Haarsträhnen liebevoll zu entwirren. Vielleicht mochte Uli die weiße Henne deshalb so gern.

Ihre Mutter dagegen konnte Uli nirgends unter den Hühnern erblicken. Umso besser. Die Frau, die sie geboren hatte, wollte sie niemals wiedersehen.

Hansis Mutter aber meinte Uli in der dunkelbraunen Henne mit dem gefleckten Gefieder am Hals zu erkennen, die unentwegt mit einer hochmütigen Bewegung den Kopf in den Nacken warf.

Uli hatte geglaubt, gemeinsam mit Hansis Mutter um Hansi trauern zu können. Wer, wenn nicht sie, musste wissen, welchen Verlust sein Tod bedeutete? In ihrer Fantasie hatte Uli sich ausgemalt, wie erfreut Hansis Mutter über ihren Besuch wäre, und gehofft, dass diese sie umarmen, hereinbitten, ja womöglich sogar so etwas wie eine verlorene Tochter in ihr sehen und vielleicht sogar anbieten würde, zu ihr zu ziehen. Auf dem Weg zu ihr träumte Uli bereits davon, noch am selben Nachmittag die Kammer bei Frau Müller zu kündigen und endlich eine Mutter zu bekommen, von der sie erwünscht war.

Lange verharrte Uli dann ängstlich vor der schweren Haustür in Altona. Hier ist Hansi also aufgewachsen, ging ihr durch den Kopf.

Sicherlich hatte er dort auf dem Kiesweg gespielt und darauf geachtet, dass die Dornen der Rosensträucher, die durch den Lattenzaun wucherten, ihn nicht stachen, war unzählige Male die kleine Treppe zur Haustür hoch- und runtergesprungen und hatte den eisernen Türgriff vor ihren Augen angefasst.

Uli holte dreimal tief Luft, bevor sie schließlich klingelte.

Musste sich zuletzt dazu zwingen.

Eine magere Frau mit faltigem Gesicht und Hakennase öffnete ihr. Es war Hansis Mutter.

Zunächst war sie höflich, ließ Uli eintreten und an dem kleinen Teetisch im Salon Platz nehmen. Erst nach einer Weile begann sie von der Desertation und der Feigheit zu sprechen, die auf der männlichen Seite der Familie Becker vererbt wurde.

Wäre Hansis Mutter wütend gewesen, wäre es einfacher gewesen – aber sie war ruhig, fast schon phlegmatisch, und sprach in überheblichem Ton. Gebetsmühlenartig und mit gedämpfter Stimme listete sie Hansis sämtliche Mängel auf und erzählte von seinem Vater, der in Hansis früher Kindheit nach Amerika ausgewandert war.

»Schwächlinge!«, zischte sie. »Verräter, die andere hintergehen und das Weite suchen, wenn die Stunde der Wahrheit schlägt.«

Von dem bisschen, das Hansi von seinen Eltern erzählt hatte, wusste Uli noch, dass sein Vater sich in eine junge Polin aus seinem Büro verliebt und mit ihr vor vielen Jahren das Land verlassen hatte. Hansi war ihr nur ein einziges Mal begegnet und wusste nicht mehr, als dass sie so gut gerochen hatte.

»So herrlich nach Milch und Mandeln.«

Uli war bei diesen Worten beinahe eifersüchtig geworden. Hansis Vater hatte danach nur noch in seltenen Fällen von sich hören lassen. Über seine Mutter hatte Hansi nur gesagt, dass sie ihn so lange wie möglich wie ein Kleinkind angezogen, ihn sogar in Mädchenkleider mit Rüschen und Volants gesteckt hatte, weil er immer ihr kleines Kindchen bleiben sollte.

Für Uli, die sich immer nach Zuwendung vonseiten ihrer Mutter gesehnt hatte, klang das damals wie Liebe. Als Hansis Mutter jetzt aber so am Teetisch saß, fiel es ihr schwer, dieses Bild von ihr aufrechtzuerhalten.

»Und wer sind Sie?«, fragte Hansis Mutter sie letztendlich.

Uli tastete mit der Zunge über ihre Schneidezähne, um zu überprüfen, ob auch kein Lippenstift daran haftete.

»Wir waren ein Paar. Wir wollten heira…«, sagte Uli, brachte aber nicht alle Worte heraus, bevor ihre Stimme brach.

Die Augen halb geschlossen, musterte Hansis Mutter sie missbilligend von Kopf bis Fuß.

»Er hat mich geliebt«, sagte Uli.

»Zu feige«, bemerkte die Frau abfällig. »Wie sein Vater. Zu schmal, zu ängstlich.«

Sie kehrte Uli den Rücken zu und ging in ein anderes Zimmer. Eine Schranktür knarrte. Dann war sie wieder zurück.

»Hier«, sagte sie. »Hier ist die Nachricht von seiner Desertation, falls Sie deshalb hergekommen sind. Ertrunken vor der norwegischen Küste, nur das Boot und seine Mütze wurden gefunden.«

Sie reichte Uli einige verblichene Papiere.

Uli wusste schon von der Fahnenflucht und dem Ertrinken, weil Heinrich Oppelt – Hansis Freund und Angehöriger derselben Kompanie – ihr davon berichtet hatte, als er vorübergehend nach Hamburg zurückgekehrt war. Hansi war mit einem Offizier in Streit geraten, wie dieser mit ein paar norwegischen Hafenarbeitern umgesprungen war. Hansi war von seinem Posten geflüchtet und mit einem gestohlenen Boot aufs Meer hinausgerudert.

Heinrich Oppelt hatte lange in Frau Müllers Treppenhaus gestanden und war von einem Fuß auf den anderen getreten, bevor er über die Lippen gebracht hatte, dass Hansi tot sei.

»Er hat oft von Ihnen gesprochen, deshalb dachte ich, dass Sie gerne Bescheid wüssten«, hatte Oppelt gesagt.

Hansi hatte Heinrich Oppelt offensichtlich viel von Uli erzählt, nicht aber seiner Mutter – denn diese wollte Uli gegenüber um jeden Preis klarstellen, dass sie noch nie von einer Ulrike Hartmann noch von irgendeiner geplanten Hochzeit gehört hatte.

»Hier, die Briefe von seiner anderen Frau«, sagte Hansis Mutter selbstzufrieden und gehässig und warf ihr einen Stoß Briefe zu.

Uli konnte sie nicht so rasch auffangen; sie landeten verstreut unter dem Tisch. Das hat Hansis Mutter also die ganze Zeit beabsichtigt, dachte Uli – dass sie vor dieser Dame jetzt knien und die Briefe einsammeln musste.

Als Uli das Haus in Altona verließ, war sie so verzweifelt und aufgewühlt, dass sie erst einmal vollkommen ziellos umherlief.

Hansi hatte nur selten von sich gesprochen, wenn sie zusammen in dem schmalen Bett in der Dachkammer gelegen hatten. Er war nicht der erste Mann, den Uli die Treppen an Frau Müllers Tür hatte vorbeischleichen lassen. Aber Hansi hatte sich von den anderen Männern unterschieden – er war nie grob zu ihr gewesen. Er hatte sie umarmt und ihren Körper so behandelt, als wäre er zerbrechlich, und er hatte es nach ihrem Zusammensein nie eilig gehabt, wieder zu gehen. Stattdessen hatte sie ihn beinahe vor die Tür setzen, ihn überreden müssen, sich anzuziehen und aufzubrechen, bevor es draußen hell wurde. Das spärliche Licht, das durch die kleinen Dachfenster hereinfiel, schimmerte an den Morgen, wenn Hansi die Nacht bei ihr verbracht hatte, ganz besonders schön.

Uli war Hansi das erste Mal im »Abendkeller« begegnet, wo Anne-Marie und sie regelmäßig hingingen, um nach ihrer Arbeit in der Textilfabrik einen kleinen Sherry zu trinken – falls sie Zeit hatten und es sich leisten konnten. Es war zwischen ihnen zu einer Art Wettbewerb geworden, wie viele Männer sie sich jeweils angeln konnten.

Man saß zum Beispiel wie ein Vamp auf einem Barhocker, um sie anzulocken, oder aber man lächelte, sah lieb und nett aus und wartete ab, bis sie an einen herantraten und einem etwas ausgeben wollten. Beide Methoden waren erfolgreich, doch während Uli am besten in der Rolle der Verführerin war, war Anne-Marie es in der der naiven Unschuld. Anne-Marie war sogar so gut darin, dass Horst – ihr späterer Verlobter und kurz vor Kriegsausbruch dann auch ihr Mann – ernsthaft glaubte, sie wäre so rein und ahnungslos, wie sie sich gab, und Uli ihre Freundin nötigte, sie immer in die Bar zu begleiten.

Aber sie waren doch moderne Frauen, oder etwa nicht?

Das sagten sie sich jedenfalls.

Moderne Frauen, die sich weder schämten noch sich an alle Regeln hielten.

Anne-Marie, die in ihrer Kindheit neben einem Kino gewohnt hatte, prostete Uli immer zu und flüsterte ihr dann Worte ins Ohr, die ihr von Filmplakaten im Gedächtnis geblieben waren – bevor sich dann später alles nur noch um Treue, Schönheit und Aufopferung drehte und weiß gekleidete junge Mädel mit Bällen und Bändern bei gymnastischen Übungen gezeigt wurden.

»Leben wie ein Mann, verführen wie eine Frau«, pflegte Anne-Marie in solchen Momenten zu zischen und daraufhin so zu kichern, dass sie ihren Sherry verschüttete.

Ulis Lieblingssatz von Anne-Maries seltsamen, die Fantasie anregenden Kinoplakat-Sätzen war ein anderer. Was genau er bedeutete, wusste sie nicht, aber sie wusste, dass er irgendwie wahr war. »Lüge bei Tageslicht, aber sprich die Wahrheit im Dunkeln.« Anne-Marie fand den Satz befremdlich: »Aber ist es denn nicht besser, im Dunkeln zu lügen? Dann kann man sich doch verstecken, und niemand sieht, wenn man errötet?«

»Es geht darum, was man verbirgt und was man zeigt«, sagte Uli und dachte dabei an die Pferde.

Anne-Marie und sie saßen immer so lange an der Bar, bis die Männer sie fragten, ob sie sich zu ihnen an den Tisch gesellen wollten. Waren es zwei oder mehr, nahmen sie meistens an. Ein Mann reichte schließlich nicht für sie beide, ganz gleich, ob er nun reich oder fesch war. Manche waren nett, andere vulgär. Manchmal reagierten die Männer verärgert – vor allem, wenn sie den beiden Frauen den ganzen Abend lang etwas ausgegeben hatten und sich an seinem Ende herausstellte, dass sie weder Uli noch Anne-Marie nach Hause begleiten durften. Doch die beiden jungen Frauen hatten sich gegenseitig versprochen, nie Drohungen nachzugeben und sich nie voneinander zu trennen, bevor sie Ulis Hauseingang erreicht hatten – sofern sie nicht beide jemanden kennengelernt hatten, der ihnen gefiel. Anne-Marie bewohnte nur einen Steinwurf von Uli entfernt ein Zimmer zur Untermiete und konnte notfalls das restliche Stück rennen.

War man leise, hörte Frau Müller das Heimkommen auch nicht – selbst dann nicht, wenn man in Gesellschaft war –, solange man die Männer nur dazu bewegen konnte, sich am unteren Treppenabsatz die Schuhe auszuziehen und auf Strümpfen zur Dachkammer hinaufzuschleichen.

Ein einziger Mann hatte sich einmal geweigert, angeblich, weil er so enge Stiefel trug. Uli vermutete dagegen, dass es an seinen Stinkefüßen lag. Sein mit Bartstoppeln übersätes Kinn und seine blassen Lippen hatten sie aber gereizt, und so hatte sie ihm erlaubt, unten in der Gasse ihren Rock hochzuschieben. Man musste natürlich die Beine dabei zusammenpressen, aber es war trotzdem spannend zu erleben, was der Mann dann tun würde, und wie sich das anfühlte.

Hansi hatte sich nie geweigert, seine Schuhe auszuziehen.

Auch seine Kleidung hatte er immer so rasch wie möglich von sich gerissen und sich nackt auf Ulis Bett gelegt. Dabei alberte er so herum und lachte so laut, dass Uli ihm in die Pobacken kneifen musste, um ihn zum Verstummen zu bringen, damit Frau Müller sie auch ja nicht hörte. Das machte ihn aber nur noch ausgelassener. Er wickelte sich einen Zipfel des Betttuchs um den Kopf und mimte die gestrenge, Uli ermahnende Frau Müller. Seine Imitation war nicht besonders gelungen, weil er Frau Müller noch nie persönlich gegenübergestanden hatte und sie nur aus Ulis Erzählungen kannte – aber darüber hinaus war Hansi äußerst begabt darin, Stimmen nachzuahmen und lustige Szenen darzubieten. Er habe als Schulkind ein bisschen Theater gespielt, erklärte er. Er hätte gern mit der Schauspielerei weitergemacht – am liebsten als Komödiendarsteller –, wenn seine Mutter das nicht unpassend für einen jungen Mann gehalten hätte. Uli wusste genau, dass er Talent dafür besaß.

Hansi und Uli verabredeten sich mehrmals und gingen dann vom Abendkeller gemeinsam zu Uli. Nach seinem vierten Besuch führte er, nachdem sie miteinander geschlafen hatten, vorsichtig liebkosend einen Zeigefinger in sie ein und malte anschließend ein feuchtes Herz auf ihren Bauch. Dann lachte er erneut.

»Verlieb dich nicht in mich«, hatte Uli, von plötzlichem Ernst ergriffen, gesagt.

Sie wagte es nicht, ihm dabei in die Augen zu sehen.

»Warum nicht?«, fragte er.

»Weil du bald in den Krieg ziehen wirst.«

»Ich werde aber wiederkommen.«

»Und wenn nicht?«, sagte Uli.

»Ich verspreche es.«

»Das kannst du nicht.«

»Das tue ich aber. Ich verspreche, dass ich zurückkehren werde. Und dann heiraten wir und ziehen zusammen. Irgendwohin, wo man so laut sein darf, wie man will. Irgendwohin, wo man nackt herumlaufen kann, ohne dass einen die Nachbarn sehen. Irgendwohin, wo eine Frau Müller einem nicht hinterherspioniert.«

»Und wenn du nicht wiederkommst? Wie lange soll ich auf dich warten?«

»Na, für immer natürlich«, sagte Hansi und gab ihr einen Kuss auf eine Brustwarze, die sich sofort wieder aufrichtete. »Oder du kommst und holst mich«, sagte er. »Und sagst dem, der mich gefangen genommen hat, dass ich bei dir zu Hause gebraucht werde. Dass ich dein bin, dein Besitz.«

Uli vergrub ihre Nase in seiner Achselhöhle, sog seinen Geruch ein.

»Aber ich bin nicht gut für dich, Hansi«, flüsterte sie. »Ich bin für niemanden gut.«

»Für solche Warnungen ist es jetzt zu spät«, erklärte er und tauchte seine Finger erneut in die Feuchtigkeit zwischen ihren Beinen, als handelte es sich um Tinte für seinen Füllfederhalter.

Nun malte er ein großes H und ein dickes U auf ihren Bauch und verwendete ihren nach außen gewölbten Nabel als verbindendes Herz.

»Da. Bitte schön. Jetzt ist es unmissverständlich. »H liebt U«, sagte er mit einem Grinsen. »Jetzt fehlt mir nur noch meine persönliche Ausfertigung jener simplen Besitzurkunde Hansi Becker und Uli Hartmann betreffend, die ich mitnehmen und bei Bedarf vorzeigen kann.«

Er verstellte seine Stimme und klang nun wie ein Angestellter einer Behörde oder wie einer von Ulis Chefs aus der Textilfabrik. Uli konnte nicht anders, als bei seiner kleinen Inszenierung mitzuspielen.

»Du möchtest also, dass ich dir auch etwas auf den Bauch male?«, fragte sie.

»Nicht nötig, uns steht die neueste Technik zur Verfügung.«

Mit diesen Worten legte er sich bäuchlings auf sie, umarmte sie und gab vor, die noch feuchten Buchstaben auf seine Haut zu kopieren.

Die Spiralen der Matratze quietschten.

»H liebt U. Spiegelverkehrt ist es ja dasselbe«, sagte er.

»Wie praktisch«, erwiderte sie und musste ebenso lachen wie er.

»Erklärt sich das Fräulein mit dem Dokument zufrieden?«, fragte Hansi.

»Sehr zufrieden«, antwortete Uli und schlief Seite an Seite mit ihm ein.

Nachdem Heinrich Oppelt ihr die Nachricht von Hansis Tod überbracht hatte, hatte Uli versucht, die Momente, die sie miteinander geteilt hatten, wiederaufleben zu lassen. Immer und immer wieder legte sie sich auf das Bett und stellte sich vor, er wäre bei ihr. Sie hatte sich sogar wieder nackt ausgezogen – allein – und so getan, als wäre ihr Finger seiner. Wenn sie sich auf diese Weise Fantasien über ihn hingab, gelobte sie stets, für immer auf ihn zu warten und ihn heimzuholen, falls er trotz aller Zusicherungen nicht wiederkäme. Hätte er nur dieses Versprechen mit in den Tod nehmen können, dachte sie. Vielleicht hätte ihn das in dem eisigen Meer, kurz vor seinem Ende, einen flüchtigen Augenblick lang gewärmt. Jetzt aber war alles zu spät.

Uli wusste, dass sie eine von Millionen war, die ihre große Liebe im Krieg verloren hatten, aber dieses Wissen machte es nicht besser.

8

Forsen war wieder einmal angeln gewesen und überreichte Elsa eine Papiertüte mit einer Äsche als Geschenk.

»Was würden Sie von einem Lastwagen halten, Elsa?«, fragte er.

»Einem Lastwagen?«, erwiderte Elsa erstaunt.

»Nils hatte die Idee, dass wir uns einen Laster anschaffen sollten«, erklärte Forsen und nahm hinter seinem Schreibtisch Platz. »Für Warenlieferungen, um unseren Kundenkreis und unsere Dienste auszuweiten, wenn man so will. Die Menschen hier in der Gegend wohnen ja so weit verstreut. Aber wenn wir ihnen die Waren direkt vor die Haustür liefern könnten ...«

Forsen blickte Elsa erwartungsvoll an.

»Nils könnte das Fahren übernehmen, er kennt ja alle Schleichwege hier.«

Elsa versuchte ein spöttisches Lächeln zu unterdrücken. Ja, Nils war mit sämtlichen Schleichwegen und Adressen der Frauen in dieser Gegend vertraut, das konnte man nicht anders sagen. Ihre Finger krallten sich in den Fisch.

»Es ist gut, dass er sich für etwas engagiert, das mit dem Geschäft zu tun hat«, fuhr Forsen fort. Sonst wäre ich, was das betrifft, skeptisch. In gewisser Weise ist das also eine gute Idee. Und auch raffiniert. Nehmen wir zum Beispiel mal den alten Olsson: Würde man ihm alles frei Haus liefern, müsste er nicht jeden zweiten Tag herfahren und seine Frau allein lassen …«

»Er kommt aber gern in den Ort«, wandte Elsa ein. »Nur so kommt er ja überhaupt mal unter die Leute.«

Einen kleinen Protest meinte sie sich leisten zu können.

Forsen lehnte sich auf dem Stuhl zurück.

»Sie halten also nichts davon? In Östersund steht nämlich gerade ein Lastwagen zum Verkauf, der bestens dafür geeignet wäre.«

»Aha. Nun ja, vielleicht. Als besonderer Service für die, die darauf angewiesen sind«, sagte sie widerstrebend und wusste, sie sollte dankbar sein, dass Forsen sie ins Vertrauen zog, obwohl sie nur eine einfache Angestellte war.

»Dann ist das abgemacht! Ich werde gleich mit Nils hinfahren und ihn mir anschauen.«

Elsa gab die Äsche im Ganzen in die Bratpfanne und briet den Fisch für sich selbst. Das schlechte Gewissen nagte an ihr, aber sie hatte für heute Abend schon Brot, Butter und Schinken im Rucksack verstaut.

»Schauen Sie doch bei Ihrer nächsten Wanderung einmal bei uns auf eine Tasse Kaffee herein, hatte der alte Olsson gesagt, als er sie kürzlich mit dem Ranzen auf ihrem Spaziergang getroffen hatte.

Es war ihr irgendwie gelungen, ein weiteres Mal abzulehnen, indem sie behauptet hatte, an diesen dunklen Herbstabenden nur kurze Spaziergänge in eine andere Richtung zu unternehmen.

Eigentlich war sie schon immer gern gewandert, am liebsten für sich allein und weite Strecken. Erst im letzten Jahr hatte sie dann einen Grund gehabt, um über ihr Interesse zu sprechen und andere darüber zu informieren, wann und wohin sie ging. Das würde die ganze Sache glaubwürdiger machen, dachte sie. Falls noch jemand anderes außer dem alten Olsson mitbekäme, dass sie immer in den Wald ging.

Und so ließ sie ihre Wanderstiefel deutlich sichtbar vor der Tür stehen, erzählte von ihren Begegnungen mit Rehen, von Elchen im Dickicht und unter Blaubeersträuchern hervorflitzenden Füchsen und schmückte ihre Erzählungen ganz bewusst aus. Wie ein Zauberkünstler, der sein Publikum in eine ganz bestimmte Richtung lenkt, um damit von etwas anderem abzulenken.

»Im Wald umherlaufen, wenn man stattdessen tanzen und ins Kino gehen könnte, tse, tse …«, pflegte Forsen dazu zu sagen.

»Interessen sind nun mal verschieden«, hatte Elsa nur dazu gesagt und ihn nur das sehen lassen, was er schon wusste.

Ein Mensch ist für sein eigenes Handeln verantwortlich. Und das gilt auch, wenn die Ereignisse ineinandergreifen und einen woanders hinführen als erwartet. War es nicht so? Zu diesem Ergebnis war Elsa jedenfalls gekommen.

Wo auch immer alles angefangen hatte, sie selbst hatte sich darauf eingelassen.

Tante Stina hatte in jenem Sommer vorgeschlagen, sich am Bahnhof die Züge mit den Deutschen anzusehen, aber sie hatte letztendlich den Zettel vom Bahnsteig aufgelesen. Dafür konnte sie niemand anderem die Schuld in die Schuhe schieben.

Die deutschen Soldaten hielten auf dem Weg zum Fronturlaub oder auf dem Rückweg an die Front immer in Krokom, um die Waggons zu lüften und sich etwas die Beine zu vertreten.

»Ich liebe dich, Ich liebe dich!«, riefen sie den Mädchen auf dem Bahnsteig zu, und man musste sich nicht erst durch den *Faust* buchstabiert haben, um zu wissen, was das bedeutete.

Schokolade wurde gegen Zigaretten getauscht. Zwar gab es einige Soldaten, die dafür sorgen sollten, dass die Begegnungen nicht ausarteten, aber niemand griff ein, weder beim Tauschhandel noch beim Austausch von Adress- und Grußzetteln, die auf den Bahnsteig hinabrieselten.

»Der da macht doch einen netten Eindruck«, hatte Tante Stina Elsa zugeflüstert und ihr einen leichten Stoß in die Rippen verpasst. »Los, lauf hin und hol dir seinen Zettel!«

Und das hatte Elsa getan. Hinter dem Zugfenster saß ein junger Mann. Er hieß Johann Becker, wie auf dem Zettel stand. Er lachte weder, noch benahm er sich wie die meisten anderen, die sich aufführten, als wäre ihnen ein zweites Leben geschenkt worden. Er machte vor allem einen nachdenklichen und traurigen Eindruck. Er winkte Elsa vor Abfahrt des Zuges zu, als er bemerkte, dass sie seinen Zettel an sich genommen hatte. Sie erwiderte sein Winken.

»Diese grinsenden Rotzlöffel also sollen das neue Herrenvolk Europas sein? Dass ich nicht lache! Da gibt es wirklich allen Grund, sich vor dem Dritten Reich in Acht zu nehmen. Mit solchen kleinen Jüngelchen an der Macht geht die Sache niemals gut!«, schnaubte ein Mann neben Tante Stina verachtungsvoll.

Wie recht er da behalten sollte!

Nach Kriegsende hatte Elsa in den Zeitungen von ausgemergelten, gequälten Menschen gelesen, die in Lagern gefangen gewesen waren, und Aufnahmen von Massengräbern gesehen. Der Verwesungsgeruch, der von den Gräbern ausging, habe die Erde zum Brodeln gebracht, sodass ganz von allein Steine durch die Luft geflogen seien, hatte in den Reportagen gestanden. Ganze Sippschaften und Städte seien ausgelöscht worden, und die biblische Hölle sei im Vergleich dazu harmlos gewesen, erklärte ein britischer Lord bei der Befreiung eines dieser Lager.

Davon aber wusste Elsa noch nichts an jenem Tag.

Sie wollte Volksschullehrer Almkvist nur beweisen, dass sie die deutsche Sprache, die er ihr beigebracht hatte, auch anzuwenden verstand.

Und ein einziger junger Mann konnte doch wohl nicht für den gesamten Krieg verantwortlich sein?

Und erst recht nicht dieser junge Mann mit dem traurigen Blick?

Elsa fiel wieder ein, wie lange sie an dem ersten Brief an ihn gesessen hatte, damit er auch wirklich fehlerfrei war. *Ich habe ein neues Kleid,* hatte sie geschrieben, das wusste sie noch. Wann immer sie daran dachte, errötete sie. Sie hatte das nur noch hinzugefügt, damit das Ende des Schreibens nicht so kümmerlich war, damit noch irgendetwas dastand.

Sie unterschrieb es mit ihrem Namen, gab aber Tante Stinas Adresse in Krokom an. So würden zu Hause in Gärningsberg keine Fragen aufkommen.

Die Antwort auf ihren Brief fiel noch kürzer aus als ihrer.

Hier tut sich gar nichts. Schreiben Sie bitte mehr, Fräulein Petersson.

Als Elsa den nächsten Brief an ihn verfasste, war ihr Bruder Jonas einberufen worden und in Boden stationiert – obwohl er eigentlich nicht sagen durfte, wo er sich befand –, weshalb sie meinte, etwas vom Leben eines Soldaten zu verstehen. Sie hatte auch mehr über das Leid der norwegischen Bevölkerung unter der deutschen Besatzung erfahren und den schwedischen Ministerpräsidenten Per Albin Hansson im Radio darüber reden hören, wie wichtig es war, Selbstständigkeit und Neutralität zu wahren. Elsa wollte in ihrem Brief an den jungen Mann etwas über die Neutralität klarstellen.

Sie schrieb, dass sie sich wie Schweden neutral verhalten und nicht in den Krieg hineingezogen werden wolle. Sie wollte nur ja keine Zweifel über ihre Position oder über ihre Absichten aufkommen lassen. Die restlichen Zeilen hatte sie mit Geschichten über Kühe und Schweine gefüllt; dafür kannte sie die deutschen Worte.

Damals war sie noch zu jung und einfältig gewesen, um zu erkennen, dass niemand in einem Krieg jemals neutral sein konnte. Alle gerieten früher oder später auf irgendeine Seite.

Ebensowenig war ihr klar gewesen, wie leicht man in Schwierigkeiten verwickelt werden konnte. So dachte sie jedenfalls im Nachhinein darüber. Damals wusste sie nicht, dass der Mensch wie ein See war – durchschaubar und zugleich undurchsichtig – und die Zeit selbst eine Angel mit garstigen Widerhaken …

Gerade noch rechtzeitig, bevor der Kaffee überkochte, zog Elsa die Kanne von der Ofenplatte. Es war gar nicht mal so sehr die Sache mit dem Lastwagen, die sie störte, sondern die Tatsache, dass ausgerechnet Nils die Idee dazu gehabt hatte. Sie war sich außerdem sicher, dass Forsen falsch lag, wenn er glaubte, dass dies für Leute wie den alten Olsson eine Erleichterung sein würde.

Während der Kaffeesatz sank, holte sie schon mal ihre Stiefel. Bevor sie ging, wollte sie noch einen Schluck trinken. Um diese Zeit war es abends ausreichend dunkel, um unbemerkt aufbrechen zu können. Sie hatte sich gerade auf einen Küchenstuhl gesetzt, um sich die Schuhe anzuziehen, als sie Schritte auf der Treppe zu hören glaubte.

Sie horchte.

Ja, jemand hatte die Haustür geöffnet – denn die war niemals verschlossen – und näherte sich jetzt langsam ihrer Wohnungstür.

Das Klopfen war lauter, als sie erwartet hatte. Wer suchte sie denn noch so spät auf? Konnte sie vorgeben, nicht zu Hause zu sein oder zu schlafen? Aber wenn es nun ein Hilfe suchender Nachbar wäre? Die wies sie niemals ab.

Mit raschen Schritten ging Elsa zur Tür.

Es klopfte erneut.

»Ja, bitte?«, sagte sie und öffnete.

Draußen stand eine Frau, die sie noch nie zuvor gesehen hatte. Sie hatte dunkelblondes Haar und schiefe Zähne.

»Sind Sie Elsa Pettersson?«, fragte die Fremde, und da wusste Elsa sofort, wer sie war.

Ihr blieb wohl keine andere Wahl, als die Deutsche hereinzubitten.

9

Uli hatte sich auch bemüht, an Hansi zu schreiben, aber es fiel ihr schwer. Das Reden lag ihr mehr. So war das schon in ihrer Schulzeit gewesen, als ihr abstoßender Lehrer immerzu auf den vor ihr liegenden Text gezeigt und behauptet hatte, sie würde sich nicht genug konzentrieren.

Ihm gegenüber hatte sie die Pferde einmal losgelassen. Sie waren mit einem Schwall hässlicher Wörter aus dem Mund galoppiert, so wie sie es auch regelmäßig bei ihrer Mutter taten.

Uli hatte gehofft, dass die Pferde aus ihm und der großen schwarzen Tafel Kleinholz machen würden, aber als sie aus dem Klassenzimmer geschickt wurde, hatte noch alles so ausgesehen wie immer. Die Pferde gab es nur in ihrem Inneren, sie konnten sie nicht wirklich verteidigen.

Damals hatte Uli Schläge bekommen und war außerdem von ihrer Mutter zu einem neuen Doktor gezerrt worden, der von Elektro- und Insulinschocks als wirksame Therapien bei aufsässigen Mädchen sprach. Während Uli sich nach der Untersuchung wieder anzog, lauschte ihre Mutter ihm interessiert.

»Die Schocks sorgen dafür, dass sie sich fügen«, sagte der Arzt. »Sie zeigen bei fast allen Wirkung. Sie muss nur für eine kurze Zeit in eine Anstalt eingewiesen werden, und es empfiehlt sich, die Behandlung gleich zu Beginn der Pubertät durchzuführen, bevor die jungen Damen allzu hochtrabend werden. Sie sollten darüber nachdenken, Frau Hartmann, aber warten Sie nicht zu lange damit.«

Das war der Anlass, der Uli dazu bewog, die Pferde ein für alle Mal in sich einzusperren. Sie konnte spüren, wie die Pferde auf der Höhe ihres Brustbeins austraten und schnaubten, bemühte sich aber nach Kräften, die Gatter geschlossen zu halten.

Auch beim Schreiben versuchte sie sich zu verbessern, vielleicht würde ihr Lehrer sie dann mögen. Wenn sie sich die Form der Buchstaben fest einprägte und wie sie sich zu Wörtern und Sätzen verbanden, dann konnte sie schreiben. Aber es strengte sie sehr an.

Nach ihrem Schulabgang hatte sie auch nur noch selten etwas schreiben müssen, und so war sie einfach aus der Übung gekommen.

Hansis Antworten auf ihre mühsam verfassten kurzen Briefe während des Krieges waren noch knapper als ihre; er war anscheinend auch kein großer Briefeschreiber. Sie hatte seine Briefe noch nicht einmal aufbewahrt, denn das wäre wie eine endgültige Verabschiedung gewesen.

Von Elsa Petterssons Briefen hatte Uli dagegen etwas anderes erwartet.

Sie hatte angenommen, dass jemand, der des Schreibens mächtig war, etwas über seine Sehnsucht, seine Lust und seine Liebe zu Papier bringen würde, aber die Briefe enthielten bloß trockene Ausführungen über Rationierungen, handelten von Schneefällen und einer Tante namens Stina.

Als Elsa Pettersson jetzt in dem dunklen Treppenhaus vor ihr stand, dachte Uli, dass Elsa genauso war wie ihre Briefe.

Sie hatte struppiges hellbraunes Haar, zu einer praktischen Kurzhaarfrisur geschnitten, braune Augen, schmale Schultern, flache Brüste und trug eine graue Bluse. Ihre Nase war klein und süß, auf die war Uli neidisch, aber insgesamt war Elsa Pettersson keine Schönheit. Wenn Hansi sich in diese Frau verliebt hatte, dann nicht wegen ihres Äußeren.

»Mein Name ist Ulrike Hartmann«, stellte sie sich vor. »Ich komme aus Hamburg in Deutschland. Sie können Uli zu mir sagen.«

Ein verhaltenes Nicken war die Antwort.

»Sie fragen sich vielleicht, weshalb ich Sie aufsuche?«, sagte Uli.

Elsa sagte nichts, zog bloß ihre klobigen Stiefel aus. Vielleicht hatte sie ja gerade die Wohnung verlassen wollen? In der Diele stand ein Rucksack, den Elsa vorsichtig mit dem Fuß zur Seite schob.

Uli sah sich in der kleinen Einzimmerwohnung um. Es gab ein Bett, ein kleines Sofa, einen Tisch mit drei Stühlen und eine Küchenzeile. Augusta Björkegren hatte sicherlich recht in der Annahme, dass Elsa allein hier lebte. Uli hätte sich gern auf das Sofa gesetzt, traute sich aber nicht, solange Elsa sie nicht dazu aufforderte.

»Kaffee?«, fragte Elsa und ging zum Herd.

Uli bedankte sich und nahm auf einem Stuhl Platz. Die kleine Stofftasche mit den Briefen legte sie auf den Tisch.

Elsa kam mit zwei kleinen Porzellantassen mit Blumendekor und einer Kaffeekanne wieder.

»Ich wollte gerade selbst welchen trinken«, erklärte Elsa und schenkte ihnen beiden ein.

Wenn sie sich bewegte, umflog sie ein Seifenduft, dachte Uli, die sich selbst immer schmutzig fühlte. Uli führte die Tasse zum Mund und machte es wie immer – streckte die Zunge ein wenig hervor, damit der Lippenstift keinen Abdruck am Tassenrand hinterließ, bevor sie einen Schluck trank. Der Kaffee war heiß und frisch.

Elsa sagte noch immer nichts. Sie setzte sich noch nicht einmal, stand nur da und starrte Uli an.

»Sie haben Hansi gekannt?«, fragte Uli.

»Hansi?«, erwiderte Elsa erstaunt.

Es schmerzte Uli immer noch, seinen Namen aus dem Mund anderer zu hören, aber deshalb war sie nun mal hierhergekommen – um über Hansi zu sprechen. Um sämtliche Puzzleteilchen aufzusammeln, wie weit sie auch verstreut waren, bis sie ein vollständiges Bild von dem Mann ergaben, der einst ihr Geliebter gewesen war. Sie empfand keine Eifersucht – das wäre nach den vielen vergangenen Jahren ja auch sinnlos. Das zumindest hatte sie sich während der langen Fahrt nach Krokom einzureden versucht. Sie wollte nur alles, was mit Hansi zu tun hatte, festhalten und zusammenfügen, um sich ein vollständiges Bild von ihm bewahren zu können. Außerdem war sie neugierig darauf, um was für eine Person es sich bei Elsa Pettersson handelte und was Hansi ihr bedeutet hatte. Uli wollte in Erfahrung bringen, wie sie sich kennengelernt hatten, ob sie gemeinsame Zukunftspläne geschmiedet und ob er ihr von Uli erzählt hatte, ob sie einander ein Versprechen gegeben hatten. Hatten Sie sich im Bett auch süße Banalitäten zugeflüstert? Hatte er auf ihren Bauch auch ein Herz gemalt?

Jetzt trank Elsa einen Schluck Kaffee und ließ sich dabei viel Zeit.

Sie will sich auch nicht erinnern, dachte Uli.

Sie will sich auch nicht daran erinnern, was aus Hansis lebensfrohem jungem Körper geworden war, ob er an den Klippen zerschellt und auf den Grund des norwegischen Meeres gesunken war oder ob jemand seinen Leichnam geborgen und ihm ein Grab gegeben hatte. Ihre Erinnerung gleicht meiner. Sie scheut vor dem Schlimmsten zurück.

Uli nahm den Stoß Briefe aus der Tasche und reichte ihn Elsa, die ihn im Schein der Deckenlampe drehte und wendete.

»Hansi. An den Sie geschrieben haben. Johann Becker. Die Briefe wurden an seine Mutter geschickt. Sie hat sie mir ausgehändigt«, erklärte Uli.

Hätte Hansis Mutter mehr Gefallen an dieser Frau als an Uli gefunden? Uli bezweifelte das. Elsa Pettersson war sicherlich auch nicht das, was sich Frau Becker für ihren Sohn vorgestellt hatte.

»Ach so. Becker«, sagte Elsa.

Vielleicht wusste sie noch, was sie ihm alles geschrieben hatte, oder sie wollte sie einfach nicht lesen, weil sie kein Blatt aus dem Umschlag nahm. Die Briefe waren in gestochener, gleichmäßiger Schrift verfasst und besaßen immer einen Umfang von exakt zwei Seiten.

»Ich hatte hier in Schweden eine Stellung als Dienstmädchen, in Malmö. Ich dachte mir, ich könnte Sie ja ausfindig machen, sodass wir uns kennenlernen und uns ein bisschen unterhalten könnten«, sagte Uli.

Sich in Einzelheiten über die Umstände ihrer Anstellung

oder Entlassung bei Frau Cederstam zu ergehen, lohnte sich nicht, dachte Uli.

Elsa starrte sie erschrocken an und wurde ganz blass im Gesicht.

»Worüber unterhalten?«, fragte Elsa nach.

»Na, über Hansi natürlich«, erwiderte Uli und fragte sich, ob Elsa Pettersson womöglich etwas schwer von Begriff war.

10

Als die Deutsche schließlich gegangen war, war es viel zu spät, um noch loszugehen, und Elsa war müde. Sie hatte während des Gesprächs so wenig wie möglich gesagt, um Zeit zu gewinnen und herauszufinden, was die Deutsche wirklich wollte. Irgendetwas musste es ja sein, wenn sie den weiten Weg von Malmö hierhergefahren war. Trotzdem hatte die Deutsche sie nicht gerade mit Fragen gelöchert. Sie wollte nur wissen, woher Elsa und Becker sich kannten, ob er ihr ebenfalls Briefe geschrieben hatte und sie diese noch besaß, ob sie geplant hatten zu heiraten. Mehrmals hatte sie nachgefragt, ob Elsa in Becker verliebt gewesen sei, obwohl sie ihr klar und deutlich gesagt hatte, dass sie nie ein Paar gewesen waren.

Die Deutsche hatte so merkwürdige Fragen gestellt, dass Elsa den Verdacht hegte, sie könnte irgendeine Verbrechensermittlerin sein. Hatte Elsa ein Verbrechen begangen? Sie hatte keine Ahnung. Sie hatte sich diese Frage schon mehrmals gestellt, wusste aber nicht, wie die gesetzliche Bezeichnung für ihr mögliches Vergehen lautete und in welcher Form sie dafür von wem verurteilt werden könnte. Nun ja, verurteilt könnte sie sicherlich werden – sowohl von einem Gericht als auch von den Menschen, aber wofür?

In einer Illustrierten mit Bildreportagen, die Forsen häufig las und offen liegen ließ, hatte Elsa von Frau Astrid Dövle-Dahlgren gelesen – auch »Mata Hari des Nordens« genannt –, die dafür gepriesen wurde, während der Besatzung Hunderte von Norwegern gerettet und ihre Deportation oder Erschießung durch die Deutschen verhindert zu haben. Gleichzeitig war sie aber wegen Spionage angeklagt worden, weil sie unter Verdacht stand, für die Gestapo schwedische Militärgeheimnisse ausgekundschaftet zu haben.

So etwas hatte Elsa jedenfalls nicht getan, keine Spionage betrieben oder etwas, das die Sicherheit des Landes gefährdete. Es betraf nur einen einzigen Menschen. Trotzdem flößte ihr der Besuch der Deutschen einen gehörigen Schrecken ein.

War ein Mensch nicht dafür verantwortlich, einem Mitmenschen zu helfen, wenn es nur in seiner Macht stand? Doch welche Folgen hatte das in so einem Fall und wie definierte man einen Menschen?

In der Nacht fand Elsa kaum Ruhe. Sie verhedderte sich unruhig in ihrer Bettdecke und in ihren Gedanken: Sollte sie die Deutsche hier in Krokom bei der Polizei anzeigen? Oder sollte sie eine Selbstanzeige vornehmen? Sollte sie sich wieder anziehen, in die Nacht hinausrennen und die anderen vor der deutschen Feindin warnen? Oder verhielt es sich wirklich nur so, wie Uli Hartmann gesagt hatte? Warum hatte sie Elsa so seltsam angesehen? Und weshalb hatte Elsa bei jeder Frage das Gefühl gehabt, ihr würde eine kalte Pistole an die Schläfe gehalten?

Elsa hatte gedacht, dass die Deutsche die Briefe womöglich dalassen würde, damit sie sie in aller Ruhe lesen konnte, um sich wieder daran zu erinnern, was sie geschrieben hatte. Aber das hatte sie nicht getan. Sie hatte sie wieder mitgenommen.

Bevor sie ging, hatte die Deutsche die Hände auf Elsas Schultern gelegt, als wollte sie sie umarmen und hätte sich dann anders besonnen. In den Albträumen, die Elsa in den wenigen Stunden plagten, in denen sie während der Nacht Schlaf fand, glitten die Hände der Deutschen ihren Hals hinauf und drückten langsam, ganz langsam zu.

11

Als Uli zur Pension zurückging, stieg Feuchtigkeit vom Boden auf, und ein prächtiger Vollmond stand am Himmel. Wenn sie nicht so furchtbar enttäuscht gewesen wäre, hätte sie ihn gern noch länger betrachtet. Elsa Pettersson war abweisend und kurz angebunden gewesen und schien rein gar kein Interesse daran zu haben, über Hansi zu sprechen oder Uli näher kennenzulernen. Das schmerzte Uli beinahe so sehr wie die Abfuhr durch Hansis Mutter.

Weshalb wollte bloß niemand den Kummer mit ihr teilen, obwohl sie alle denselben Mann geliebt hatten?

Weshalb konnten Elsa Pettersson und Hansis Mutter ihr nicht mehr von ihm schenken? Ein kleines Fitzelchen nur von dem, was er mit all seinen Träumen und Vorstellungen gewesen war?

Tränen stiegen ihr in die Augen.

Was sollte nun bloß aus ihr werden?

Um weiterhin in Schweden bleiben zu können und Geld zu verdienen, musste sie sich eine neue Stelle suchen. Sollte sie sich irgendwo in der Gegend als Dienstmädchen oder als Arbeiterin bewerben? Aber Krokom war ein so kleiner Ort, womöglich gab es hier gar keine entsprechenden Stellen? Womöglich hatten die Frauen hier schon genügend

Hilfe? Wenn sie so darüber nachdachte, hatte sie keine hochherrschaftlichen Häuser gesehen. Und auch keine Fabriken.

Sie sollte sich in einer Stadt Arbeit suchen, wusste aber noch nicht einmal, welche am nächsten lag, weil sie dieser Idee während der Zugfahrt keine Aufmerksamkeit geschenkt hatte. Alle Gedanken waren nur um Elsa Pettersson gekreist, und Uli hatte insgeheim gehofft, in ihr eine Freundin zu finden.

Bis auf Anne-Marie hatte Uli nie eine richtige Freundin gehabt, und Anne-Marie war ihr schon lange vor ihrem Zusammenbruch von Horst genommen worden. Jener Zusammenbruch, der Uli in die Knie gezwungen und den Wunsch in ihr geweckt hatte zu sterben.

Horst.

Schon sein Name versetzte sie in Aufruhr.

Horst mit seiner Kartoffelnase und dem schütteren Haaransatz; Horst, der alt wirkte, obwohl er noch jung war.

Horst mit seinem ganzen hochtrabenden Geschwätz über Erhebung, Triumph und Willen, seinem hochroten Gesicht, wenn er sich darüber ereiferte, dass man sich alles wiederholen solle, um das man die Leute seiner Meinung nach bestohlen hatte. Manchmal hatte er fast wie der Reichskanzler persönlich geklungen. Zuerst sprach er leise und murmelte nur vor sich hin, wurde dann aber zusehends lauter, bis die Leute sich an den Tischen nach ihm umdrehten. Manche schämten sich in seinem Namen, andere applaudierten und wollten ihm die Hand schütteln.

Horst hatte Anne-Marie auch den Floh ins Ohr gesetzt, dass gute Mädchen nicht tranken und nicht in den Abendkeller gingen, obwohl er selbst Anne-Marie dort kennengelernt hatte. Er hatte auch behauptet, dass Uli nicht ganz »gesund« sei, wenn man genauer darüber nachdachte. Dass niemand Frauen wie sie heiraten wolle und sie erst recht nicht für die Mutterschaft geeignet seien. Dass ihr unreiner Unterleib, in dem schon so viele herumgefuhrwerkt hätten, niemals lebenstaugliche Kinder gebären könne.

Horst hatte vor dem Krieg Karriere in der Stadtverwaltung gemacht und sich damit von seiner einfachen Herkunft distanziert.

Er wollte Prachtstraßen und Parks und bessere Wohnungen bauen, aber nur für die, die es verdienten, wie er sagte. Nicht für die Unreinen, nicht für die Schwachsinnigen, nicht für diejenigen, die nur eine Belastung für das Gemeinwesen seien, sondern für die, die selbst etwas dazu beitrugen. Für das Volk – das richtige Volk –, das Volk, das das Reich darstellte, das Volk, dem er sich selbst zurechnete.

»Ich lasse ihn … na, du weißt schon«, hatte Anne-Marie Uli zugeflüstert. »Da unten. Von hinten und von vorn. Hinten tut es weh, aber das wäre nicht so schlimm, sagt Horst, weil wir doch heiraten werden.«

»Kann ich mein Kleid denn noch rechtzeitig herausputzen, bevor Frau Kaiser aus dir wird?«

»Er will nicht, dass du zur Trauung kommst, Uli. Er meint, das würde keinen guten Eindruck machen. Sein Chef möchte anschließend zur Feier des Tages sogar Zigarren ausgeben, und Horst möchte am liebsten, dass keiner von meinen Bekannten zur Zeremonie erscheint. Wir können später nachfeiern.«

Horst war im Krieg in der Region Witebsk als im Kampf vermisst gemeldet worden. Anne-Marie hatte um ihn getrauert. Uli nicht. Sie hatte sich nur gefragt, wo denn bei dem Abschlachten all dieser Menschen der Triumph lag und ob Horsts Gesicht auch nach den Kriegserfahrungen immer noch rot vor Eifer gewesen wäre.

»Hallo!«, rief ein Mann Uli auf der Höhe der Pension von seinem Fahrrad aus zu.

»Hallo!«, erwiderte Uli den Gruß.

Er hielt an.

»Sind Sie so spät noch allein unterwegs? Hat Sie der Mond angezogen, so wie die Gezeiten?«, sagte er mit knurrender Stimme, aber sein Gesicht unter der Schirmmütze sah freundlich aus.

»Sie sind nicht von hier, oder? Ich bin zwar selbst ziemlich neu in der Gegend, aber Sie habe ich hier noch nie gesehen.«

Er hat schon von mir gehört, dachte Uli. Nichts verbreitet sich so schnell wie das Gerücht über einen Neuankömmling. So war das überall.

»Das stimmt, ich bin aus … Hamburg.«

»Harry«, stellte er sich vor und reichte ihr die Hand.

»Uli«, erwiderte sie und überlegte, ob es richtig war, nur den Vornamen zu nennen, aber er hatte es ja schließlich auch so gemacht.

Nach der Begrüßung schob Uli ihre Hände in die Manteltaschen. Es war kalt heute Abend. Unter Harrys Jacke blitzte ein Strickpullover hervor, und ein Paar Handschuhe schien in seiner Jackentasche zu stecken. Uli bereute, nicht auch noch die ochsenblutroten Damenhandschuhe mit Pelzsaum aus Frau Cederstams Schublade mitgenommen zu haben. Aber damals war in Malmö noch Sommer gewesen, und Uli hatte noch nicht so weit gedacht. Die Handschuhe wären ihr jetzt sehr gelegen gekommen und hätten gut zu ebendiesem Mantel gepasst.

»Welch ein Glück, dass heute Vollmond ist, sonst hätte ich Sie vielleicht gar nicht bemerkt«, sagte Harry. »Gehen Sie bloß vorsichtig nach Hause, damit Sie von niemandem angefahren werden.«

»Ich muss nur dorthin«, sagte Uli und zeigte zu Björkegrens.

Warum sie dabei lächelte, wusste sie nicht, aber so schien es ihr am höflichsten. Harry schwang sich wieder auf sein Rad und fuhr davon. Uli hörte den Sattel noch ein ganzes Stück in der Ferne quietschen.

Uli wollte noch nicht hineingehen. Sie wusste, sie würde noch nicht schlafen können. Sie lehnte sich gegen die Hauswand, hob die Hände und tat so, als könnte sie mit ihnen den Mond umschließen, als würde er nur für sie allein scheinen. Es war nur ein harmloses Spiel, stimmte sie aber trotzdem traurig. Der sanfte Schein des Mondes rief ihr Doktor Kraus in Erinnerung, den einzigen Arzt, dem sie beinahe einmal von den Pferden erzählt hätte – dem jungen Doktor Kraus wohlgemerkt, nicht dem alten. Vor dem alten hatte sie Angst gehabt, er machte einen so gestrengen Eindruck, so wie er vor sich hin brummte und die Türen hart schloss. Der junge Doktor Kraus aber hatte sie allein ins Sprechzimmer gebeten und ihre Mutter angewiesen, vor der Tür zu warten. Uli war da ein Kind gewesen, vielleicht neun oder zehn Jahre alt, und sie wusste noch, dass sie ihr Haar damals in zwei nachlässig geflochtenen Zöpfen getragen hatte.

Doktor Kraus hatte sie auf eine Pritsche gesetzt und ihr gegenüber auf einem Hocker Platz genommen. Er bat sie, die Hände auszustrecken, und sie folgte der Aufforderung. Er wölbte sie leicht und umschloss ihre Hände dann mit seinen, als würden sie beide etwas halten, das nicht zu sehen wäre. Ihre Kinderhände hatten in seinen großen Händen sehr klein ausgesehen.

»Stell dir vor, dass du eine Kerze mit dir trägst«, sagte Doktor Kraus. »Ein einziges Licht, das dein ganzes Leben lang reichen soll.«

Während er das sagte, blickte er auf ihre Hände, nicht in ihre Augen.

»Du kannst mit der Kerze nicht rennen, dann erlischt die Flamme, du kannst aber auch nicht vollkommen still stehen, dann wird das Wachs über deine Finger rinnen, dich verbrennen, und das wird wehtun. Am Ende macht es noch Flecken auf den Teppich deiner Mutter, und das wollen wir ja nicht.«

Es klang, als würde Doktor Kraus ihre Mutter kennen. Vielleicht war sie schon früher einmal bei ihm in der Praxis gewesen, um ihn um Rat zu bitten. Sie war schließlich ständig auf der Suche nach neuen Ärzten, die etwas gegen ihre ungehorsame, garstige Tochter unternehmen konnten. Gegen dieses Kind, das die Strafe dafür war, dass sie ein einziges Mal beim Zusammensein mit einem Mann unachtsam gewesen war.

»Du musst das Licht ruhig und fest in deinen Händen halten und einen Gehrhythmus finden, der genau zu deinem Licht passt. Darfst nicht losrasen, aber auch nicht stehen bleiben. Du darfst das Licht nicht ausgehen, aber auch nicht hochlodernd in Flammen aufgehen lassen. Was meinst du, kleine Freundin, könntest du das versuchen?«

Uli hatte genickt.

Erst weitaus später – nachdem das Glas in den hohen Medizinschränken und die Fenster der Praxis zerbrochen waren und diese nicht mehr existierte – hatte Uli begriffen, dass der alte und der junge Doktor Kraus Juden gewesen waren. Sie hatte sie nie wiedergesehen.

12

Elsa hatte geglaubt, die Erste im Laden zu sein, aber Nils lag schon im Lager auf einer Bank. Als sie hereinkam, setzte er sich rasch auf und steckte sein Hemd in die Hose.

»Du bist früh dran«, sagte er anstelle einer Begrüßung.

»Ich habe viel zu tun«, erwiderte sie.

»Ja, ja, ich weiß. Vatis liebstes Mägdelein …«

Statt ihn anzufauchen, riss sie nur die Schürze aus dem Schrank und band sie sich so fest wie ein Korsett um die Taille. Sie hatte so wenig geschlafen, dass sie meinte, jeden Augenblick zusammenzubrechen, deshalb brauchte sie etwas am Leib, das ihr Halt gab.

Man stelle sich bloß vor, sie wäre jetzt mit Nils verheiratet.

Man stelle sich bloß vor, jener Abend auf dem Sofa vergangenes Jahr hätte Folgen gehabt und sie hätte ihn heiraten müssen.

»Umschließ ihn fest, dann ziehe ich ihn anschließend raus!«, hatte er ihr ins Ohr geflüstert.

Nils bezeichnete sein Glied als »ihn«, so als wäre es ein anderer, als würde es ein Eigenleben führen. Wie albern! Obwohl sie wohl dankbar dafür sein sollte, dass er getan hatte, was nötig war, damit sie nicht schwanger wurde. Es war ja so üblich, dass Frauen den Männern für alles, was sie taten oder sagten, dankbar sein sollten.

Elsa hatte sich trotzdem einige Wochen lang Sorgen gemacht, bis sie ihre Tage bekam. Sie retteten sie von der gefühlt ewigen Strafe – einer Ehe mit Nils.

Dann hätte sie jetzt sicherlich mit Nils und dem Kind im Haus ihrer Schwiegereltern gelebt, und ihr Alltag hätte ganz anders ausgesehen. Ob das besser oder schlechter gewesen wäre, konnte sie gerade nicht sagen. Alles war so schrecklich verworren.

Elsa hatte nur ein einziges Mal gehört, dass ihre Mutter gegen ihren Vater die Stimme erhoben hatte. Es war, als Polizeidiener Gustaf Åkerman sie besucht und gefragt hatte, ob sie schon von dem Wunder gehört hätten, das in Gärningsberg geschehen sei.

»Das junge Mädchen drüben bei den Rots hat ein Kind gekriegt, hat aber weder einen Mann noch einen Verlobten, und ihr Vater gibt an, sie habe kaum jemals einen Jungen getroffen. Das nennt man dann wohl eine unbefleckte Empfängnis«, hatte Åkerman gesagt.

»Ja, da kann man sich schon fragen, wie das zugegangen ist«, sagte Elsas Vater und kicherte so, dass ihm die Tränen in die Augen traten.

Åkerman und er hatten ein paar Schnäpse getrunken und sich anderen Gesprächsthemen zugewandt, waren hier und da aber immer wieder auf die Geburt zurückgekommen und hatten herauskriegen wollen, wer nur der Kindsvater sein könnte – war der Verdächtige jemand aus dem Kirchspiel oder von außerhalb, falls es doch nicht der Heilige Geist gewesen war?

Mit zunehmender Beschwipstheit hatte sich Elsas Vater

immer stärker über den Scherz von der unbefleckten Empfängnis und dem Mädchen der Rots amüsiert und mehrmals wiederholt, dass man sich wirklich fragen könne, wie das zugegangen sei. Nach Åkermans Aufbruch hatte Elsas Mutter ohne Vorwarnung einen Holzlöffel nach Elsas Vater geschmissen. Er traf ihn mitten auf die Stirn.

»Aha, das fragst du dich also, behauptest du. Na, dann geh doch raus, und stell den Kühen die Frage, wie das zugeht. Die sind auch nicht verheiratet. Oder den Stieren, den Hengsten, den Böcken. Oder, besser noch, stell dir selbst die Frage, Anners Petterssa!«, schrie sie, war in die Schlafkammer gestürmt und hatte hinter sich abgesperrt.

Die ganze Nacht über hatte Elsa dort drinnen das Geräusch von Stricknadeln gehört. Am nächsten Morgen war ihre Mutter mit einem nagelneuen Kinderjäckchen aus dem Zimmer gekommen und hatte gesagt, dass sie mit Brei für das Kleine zu Rots hinübergehen würde. Elsa hatte ihre Mutter nie gefragt, worum es bei diesem Streit gegangen war, dachte aber, dass es etwas mit ihrem großen Bruder Jonas zu tun haben musste, der ein paar Wochen vor der Heirat ihrer Eltern zur Welt gekommen war. Man hatte Anders Pettersson in den Bergen ausfindig gemacht und ihn vor den Pfarrer gezerrt.

Elsa wünschte sich beinahe, ihrer Familie nur diese Art von Schande zuzufügen – ein uneheliches Kind zu gebären. Diese Schande kannte man – in Gärningsberg wie in Krokom. Das war eine alte Geschichte, zu der sich nicht viel Neues hinzufügen ließ. Die Sache, in die sie jetzt hineingeraten war, war dagegen etwas völlig anderes.

Ihr Arbeitstag verlief wie jeder andere auch. Maj kam ins Geschäft und hatte heute Zeit für einen Plausch, aber Elsa war dafür nicht in Stimmung. Die Bankangestellte Ulla Rikardsson, die alle für solch eine Schönheit hielten, kam ebenfalls zum Einkaufen. Sie wolle eine kleine Geselligkeit geben, sagte sie. Nils flirtete mindestens eine halbe Stunde mit ihr, genau wie Ville, der die Milchwaren lieferte. Elsa beobachtete sie von Weitem und wünschte sich wie gewöhnlich, ein bisschen mehr wie sie zu sein – fröhlicher und unbeschwerter, nicht so ernst. Trotzdem stellte sie sich nicht zu ihnen, sondern wischte weiter die Regale ab. Bevor Ville in die Meierei zurückfuhr, kam er aber zu ihr.

»Harry und ich haben uns zusammen einen Wagen gekauft«, erzählte er. »Wir wollen ihn uns teilen. Es ist ein Volvo, so einer, wie auch Forsen ihn fährt. Unserer ist allerdings gebraucht.«

»Wie schön!«, sagte Elsa.

Sie wusste, dass sie kurz angebunden klang. Eigentlich konnte sie Ville gut leiden. Er hatte Sommersprossen, und sein Haar besaß die gleiche Farbe wie ihre gefetteten Wanderstiefel, obwohl es in seiner Kindheit angeblich flammend rot gewesen sein sollte. Richtig gut aussehend war er nicht, aber breitschultrig und hochgewachsen, und in seinem Blick lag oft ein verstecktes Lächeln. Elsa gefiel das. Wäre sie nicht so müde und so beunruhigt wegen des Besuches der Deutschen gewesen, hätte sie sich bemüht, ihm gegenüber freundlicher zu sein.

»Falls Ulla und du eines Tages mal eine Spritztour mit uns machen möchtet, nehmen wir euch mit. Harry und ich wechseln uns am Lenkrad immer mal ab«, sagte Ville.

Es klang, als hätte er das Gleiche gerade erst zu Ulla Rikardsson gesagt, vielleicht hatte er das vorher einstudiert. Natürlich wollten sie in erster Linie Ulla dabeihaben, das war ja klar.

»Ich habe schon etwas anderes vor«, sagte Elsa.

»Und wie wäre es stattdessen mit Kino? In der Stadt? Wir können zwei oder sogar drei mitnehmen. Wenn es Damen sind.«

Elsa stellte sich vor, wie sie zwischen Ulla und jemand anderem wie eine griesgrämige Tante eingezwängt auf der Rückbank sitzen würde.

»Falls Nils nicht …«, begann Ville.

»Was?«, sagte Elsa.

»Falls Nils und du nicht … Ich hatte den Eindruck, dass … dass ihr vielleicht …«

»Was hat Nils gesagt?«

Ville wirkte verlegen. Elsa wurde verärgert. Sie wusste nicht, was schlimmer war: dass über sie und Nils geklatscht wurde oder dass Ville anzunehmen schien, jemand anderes hätte einen Anspruch auf sie – als gehörte sie Nils, bis er ausdrücklich erklärte, nicht an ihr interessiert zu sein, und weitergezogen war. Elsa wusste, dass sie weder süß noch umschwärmt war, hatte aber nicht vor, sich demütigen zu lassen.

Wut stieg in ihr auf.

Sie hatte im Augenblick wirklich keine Lust, mit Nils, mit Ville oder irgendjemand anderem in Verbindung gebracht zu werden. Sie wollte nur eines – in Frieden gelassen werden.

»Was hat Nils gesagt?«, fragte sie noch einmal, diesmal lauter.

»Och, nichts Besonderes …«, druckste Ville herum und kratzte sich am Kopf. »Ich dachte nur … aber das spielt keine Rolle. Das mit dem Auto ist jedenfalls schön. Dass man überallhin fahren kann und etwas zu sehen bekommt …«

Elsa gab noch nicht einmal eine Abschiedsfloskel von sich. Sie ließ Ville stehen, während er noch nach Erklärungen suchte.

Als Elsas Blick beim Nachhausekommen auf den Rucksack mit den Lebensmitteln fiel, dachte sie, dass es jetzt reichte. Sie wollte nichts lieber, als sich schlafen legen, aber das ging nicht. Heute Abend würde sie in den Wald gehen müssen, aber sie hatte nicht vor, das allein zu tun. Bei Einbruch der Dunkelheit lief sie los und klopfte bei Björkegrens an. Augusta Björkegren öffnete ihr.

»Wenn das nicht Elsa Pettersson ist! Was suchen Sie denn noch so spät abends hier?«

»Ist die Deutsche da? Ulrike Hartmann, meine ich. Sie soll hier wohnen.«

Elsa fiel auf, dass Augusta Björkegren Mehl in den Haaren hatte. Sie waren ganz weiß. Entweder war sie gerade beim Brotbacken, oder aber sie machte es wie so viele andere und streute etwas Kartoffelmehl auf den Haaransatz, um sich nicht so häufig die Haare waschen zu müssen. Kartoffelmehl sog Fett und Dreck auf, und man konnte es mit einem gewöhnlichen Kamm auskämmen, musste allerdings Sorgfalt dabei walten lassen, sonst fiel es einem wie Schuppen auf den Kragen.

»Sie wird auf ihrem Zimmer sein. Ich habe sie schon seit ein paar Stunden nicht mehr gesehen, vielleicht schläft sie schon, aber ich kann sie fragen, ob sie Besuch empfängt.«

»Sagen Sie mir einfach, um welches Zimmer es sich handelt, dann gehe ich selbst zu ihr«, sagte Elsa.

»Eine Treppe hoch und den Korridor links hinunter bis zum Ende«, erklärte Augusta Björkegren.

Rasch lief Elsa hinauf. Nachdem sie einen Entschluss gefasst hatte, musste es schnell gehen. Uli öffnete nach dem ersten Klopfen. Schlaftrunken wirkte sie keinesfalls. Eher so, als hätte sie darauf gewartet, dass irgendetwas passierte. Neugierig sah sie Elsa an.

Jetzt aber, dachte Elsa.

Jetzt, ein für alle Mal.

»Ziehen Sie Ihren Mantel an, wir machen einen Spaziergang«, forderte sie Uli auf.

13

Elsa hatte von einem Spaziergang gesprochen, aber sie ging so schnell, dass Uli kaum mit ihr Schritt halten konnte. Und sie antwortete auch nicht, obwohl Uli sie gefragt hatte, wohin sie wollten. Anfangs spendete ihnen noch die Straßenbeleuchtung Licht, doch dann war Elsa zuerst in eine Nebenstraße abgebogen, dann in einen Waldweg, und sie hatten jegliche Ansiedlungen hinter sich gelassen. Mittlerweile bestand der Weg nur noch aus Moos und Reisig.

Ulis Schuhe waren schon lange durchnässt, und eine Sohle drohte sich zu lösen. Elsa konnte sie schon nicht mehr sehen, hörte in der Dunkelheit nur das Geräusch ihrer raschen Schritte und gegen ihren Rucksack peitschende Zweige. Elsa drehte sich weder nach ihr um, noch wartete sie, sie verließ sich einfach darauf, dass Uli ihr folgte. Uli war schon ganz außer Atem, aber da sie befürchtete, von Elsa allein im Wald zurückgelassen zu werden, wagte sie es nicht, stehen zu bleiben. Zu Beginn des Spaziergangs war Elsa noch neben ihr hergegangen. Sie hatte gedacht, dass Elsa reden, ihr vielleicht etwas von Hansi erzählen wollte. Aber schnell war deutlich geworden, dass sie nur gehen, keine Konversation betreiben wollte. Elsa schwieg ebenso still wie der Wald ringsum.

Als aus dem Dickicht ein Vogel aufflog, schrie Uli auf.

Erst da drehte Elsa sich zu ihr um.

»Ich brauche eine Pause«, keuchte Uli zwischen abgehackten Atemzügen.

Ihr war schon ganz schwindelig vor Erschöpfung, und sie stützte ihre Hände auf die Knie und beugte sich vor, um nicht zu fallen.

Elsa trug lange Wollhosen mit breitem Schlag, Uli lange Strickstrümpfe. Je nasser ihre Füße wurden, umso mehr zog die Feuchtigkeit an ihren Beinen hoch. Uli zitterte vor Kälte.

»Wir müssen weiter«, sagte Elsa, wartete aber noch eine Minute ab, bevor sie weiterlief.

Es war draußen genauso kalt und unangenehm wie gestern Abend, nur der Mond war jetzt hinter den Wolken verborgen. Obwohl es stockdunkel war, schien Elsa genau zu wissen, wo sie sich befanden.

»Wohin gehen wir?«, fragte Uli erneut, aber Elsa antwortete nicht, ermahnte Uli nur, leise zu sein.

Uli blieb keine andere Wahl, als ihr nachzueilen.

Diese Dunkelheit frisst mich auf, dachte sie.

Wenn ich hier im Wald verloren gehe, wird niemand nach mir suchen.

Warum bin ich bloß mit ihr gegangen? Warum bin ich nicht in der Pension geblieben? Ob sie mir etwas Böses will?

Augusta Björkegren hatte Elsa Pettersson und sie gemeinsam aufbrechen sehen, aber sie würde sich wohl kaum auf die Suche nach einem Gast in den Wald begeben, wenn dieser nicht wiederkäme, oder? Konnte von jemandem wie Elsa eine Gefahr ausgehen? Von ihr, die so ordentlich und vorbildhaft wirkte?

Uli hielt ihren Blick fest auf Elsa gerichtet und versuchte, das Tempo zu erhöhen.

Nach gefühlten zehn Kilometern blieb Elsa endlich stehen und setzte den Rucksack auf dem Boden ab. Vielleicht hatten sich Ulis Augen mittlerweile etwas an die Dunkelheit gewöhnt, denn sie glaubte, einige Meter vor sich einen schwachen Lichtschein flackern zu sehen. In der Nähe brannte etwas, Rauch stach ihr in die Nase. Elsa ließ den Rucksack stehen und klopfe laut gegen die Tür einer kleinen Hütte. Dann hörte Uli ein Scharnier knarren.

14

Die Deutsche hörte erst auf zu schreien, als Elsa ihr eine Hand auf den Mund legte. Dann schien sie in Ohnmacht zu fallen. Ihr Körper in Elsas Armen wurde schwer, und Elsa musste sie mit ganzer Kraft halten, um sie auf der Bank in der Hütte absetzen zu können. Krokom lag sechs Kilometer weit entfernt, und außer ihnen würde um diese Uhrzeit wohl niemand mehr im Wald unterwegs sein, aber Elsa wollte trotzdem nicht das Risiko eingehen, dass jemand die Schreie hörte. Dafür, dass sie so schwächlich wirkte, hatte sie eine überraschend kräftige Stimme.

»Uli« war alles, was Johann Becker beim Anblick der Deutschen hervorbrachte.

Dann war sie zumindest keine Betrügerin, dachte Elsa. Ihr Name stimmte.

Becker sank auf die Bank hinab und lehnte seinen Kopf schwer gegen die Bretterwand. Die Deutsche starrte ihn fassungslos an. Sie zitterte am ganzen Leib, wie Elsa im Schein des Kerzenlichts sah. Speichel trat aus Ulis Mund; ihre Augen waren blank.

»Ist das sauber?«, fragte Elsa Becker und zeigte auf den Wassereimer.

Er nickte.

Elsa hatte den Eimer mit dem Emaillebecher im Sommer selbst einmal hergebracht. Das Wasser holte Becker aus einem in der Nähe liegenden Bach. Sie hatte den Eimer damals nicht im Rucksack verstauen können und sich Sorgen gemacht, auf dem Weg zur Hütte auf jemanden zu stoßen, der sich wunderte, weshalb sie ihn auf einem Spaziergang bei sich trug. Im Winter allerdings, als sie das Rentierfell zur Waldhütte mitgenommen hatte, das Becker jetzt über die Beine der Deutschen breitete, war sie dem Wildhüter und seinen Kindern beim Langlauf begegnet. Da hatte sie vorgegeben, das graubraune Fell nur als Sitzunterlage für den Verzehr ihres Proviants dabeizuhaben. Tatsächlich aber hatte sie gefürchtet, Becker könnte bei den zu erwartenden Minustemperaturen erfrieren. Dann hätte sie ihn nicht nur versteckt, sondern auch noch seinen Tod auf dem Gewissen gehabt.

In der Hütte gab es zwar einen rußigen Holzofen, aber wenn Becker Feuer darin machte, drang der Rauch ins Innere, und im vergangenen Winter war er auch gar nicht in der Verfassung gewesen, selbst Brennholz dafür zu sammeln. Elsa hatte so viel Kleinholz wie möglich mit zur Waldhütte gebracht. Becker hatte wie eine Leiche auf der Bank gelegen, lang ausgestreckt und reglos. Das einzige Anzeichen dafür, dass er überhaupt noch am Leben war, waren seine dünnen Atemwölkchen gewesen.

Elsa war bei jedem ihrer Besuche erleichtert, ihn noch atmen zu sehen.

Vielleicht hatten die kalten Pfannkuchen, die Käsestückchen oder der Kaffee, den sie ihm gebracht hatte, Becker gerettet – oder doch das Rentierfell. Es gehörte ihrem Vater und war das einzige Erbe, das er noch von seiner samischen

Großmutter besaß, die einem Rentierzüchtergeschlecht aus Jämtland entstammte. Als Kind war Elsa eifersüchtig darauf gewesen, weil er es immer so liebevoll streichelte. Sie selbst berührte er nie so. »Großmutter«, sagte ihr Vater manchmal auf Samisch, wenn er das Fell unter dem Dach der Scheune zum Trocknen aufhängte. Ansonsten erwähnte er seine Mutter, seine Großmutter und seine samische Herkunft nie.

Sie galt als unfein, das war allgemeinhin bekannt.

Es war noch gar nicht lange her, da hatte der schwedische Staat die Schädel der »Lappen« vermessen und behauptet, sie würden einer anderen Rasse angehören. Ein Professor aus Uppsala hatte seinen Assistenten befohlen, die Überreste ihrer verstorbenen Angehörigen zu exhumieren. Sie nahmen Knochen und Schädel mit, um sie zu erforschen und in Museen auszustellen. Was der Professor gestohlen hatte, hatte er den rechtmäßigen Eigentümern nie wiedergegeben.

Elsa hatte ihren Vater an Weihnachten gebeten, das Rentierfell leihen zu dürfen, um sich warm zu halten, wenn das Thermometer draußen unter fünfundzwanzig Grad minus fiel.

Wie sie ihrem Vater beibringen sollte, dass sie es nicht mehr bei sich hatte, wusste sie nicht.

Im Sommer – als er sich draußen bewegen, Fische fangen und sich ordentlich im Bach waschen konnte –, hatte Becker kräftiger ausgesehen. Da waren sein Blick und seine Schritte anders gewesen. Wenn sie in hellen Nächten bei ihm an die Tür geklopft hatte, war er gelegentlich noch nicht einmal dort gewesen. Jetzt machte er einen beinahe so elenden Eindruck wie bei seiner Ankunft in Krokom.

Er war damals nur noch Haut und Knochen und ganz blass, obwohl Elsa so viel Nahrung wie möglich für ihn herbeischleppte. Außerdem stank er. Seine Kleider rochen ranzig, der Kragen seiner Jacke hatte Schimmelflecken. Über Beckers Unterlippe klaffte außerdem eine offene, eitrige Wunde, die nicht heilte und sich immer mehr entzündete. Seine Haut war nach den Erfrierungen im Winter und dem Sonnenbrand des Spätsommers stark gerötet und schuppte sich. Sein Bart war der reinste Wildwuchs und fiel lang und zottig herab.

»Helfen Sie mir«, hatte er sie angefleht, als er vergangenen Herbst plötzlich vor ihr auf dem Weg erschienen war.

Elsa hatte vor Angst der Atem gestockt.

Ein Gewalttäter, dachte sie. Ein Gewalttäter, ein Irrer oder ein Verbrecher auf der Flucht, der sich an ihr vergreifen, ihr die Kehle durchschneiden und ihre Leiche ins Gebüsch werfen würde. Davon hatte sie schon in den Zeitungen gelesen. Oder handelte es sich bei ihm um einen Norweger, der sich verirrt hatte oder dem ein Unglück zugestoßen war? Erneut bat er sie um Hilfe. Seine Bitte war nicht viel mehr als ein gurgelnder Laut, aber norwegisch klang es schon irgendwie, oder?

Als er etwas aus seiner Hosentasche zog, dachte sie zuerst, er würde ein Messer zücken. Doch stattdessen hielt er ein Foto von ihr hoch, das sie ihm während des Krieges von sich geschickt hatte.

»Johann Becker«, hatte er gesagt und dabei auf sich gezeigt.

Er hatte sie schon ein Weilchen ausspioniert und war ihr gefolgt, um sicherzugehen, dass sie auch wirklich Elsa Pettersson war. Elsa hatte bei ihren Wanderungen in den Tagen zuvor schon gemeint, dass sich etwas zwischen den Bäumen rühre, wusste aber auch, dass es im Wald vor Tieren und Geräuschen nur so wimmelte und man sich allzu leicht alles Erdenkliche einbilden konnte.

Er hatte gesagt, dass er Hunger habe. Anstatt fortzulaufen, hatte Elsa ihm ihr restliches Käsebrot gegeben. Da hatte sie angefangen, Verantwortung für den Mann im Wald zu übernehmen. Er schlang die Stulle im Ganzen hinunter und leckte sich anschließend die Butter von den Fingern. Das Butterbrotpapier hätte er sicherlich auch noch abgeleckt.

»Johann Becker, Adolf-Hitler-Kaserne«, sagte er.

Die Nennung der Adresse ließ Elsa vor Schreck erstarren. Sie hatte Becker zuvor nur ein einziges Mal gesehen – noch dazu hinter einem Zugfenster –, aber seine nachdenklichen Augen kamen ihr bekannt vor.

In einem Kauderwelsch aus Norwegisch, Deutsch und Schwedisch machte Becker ihr unter großen Anstrengungen begreiflich, dass er während des Krieges von seinem Posten geflohen war und nur überlebt hatte, weil ihn eine norwegische Bauernfamilie aufgenommen hatte. Seitdem hatte er bei ihnen im Gebirge gelebt. Dritten gegenüber hatten sie ihn als taubstummen Verwandten aus dem Norden ausgegeben, bis es zum Streit zwischen ihnen gekommen und er erneut geflohen war.

Inständig bat Becker Elsa immer wieder darum, ihm zu helfen, und sagte, dass sie die Einzige wäre, die ihn jetzt noch retten könne. Er weigerte sich allerdings, ihr mehr über das Vorgefallene zu sagen. Obwohl Elsa ihn mehrmals danach fragte, brachte er nur heraus, dass die Polizei nach ihm suche. Ständig blickte er sich besorgt um und zuckte beim kleinsten Geräusch zusammen. Elsa erkannte, dass sie nicht einfach so auf dem Weg stehen bleiben konnten. Sie suchten Schutz unter den dicht gewachsenen Fichten. Johann Becker bewegte sich schwerfällig, als litte er am ganzen Körper unter Schmerzen. Falls eine Gefahr von ihm ausging, würde sie ihm sicherlich entkommen können.

Nach einigem Überlegen hatte Elsa ihn zu einer Waldhütte gebracht, bis ihr klar wurde, dass sie zu sehr in Ortsnähe lag, um ein sicheres Versteck darzustellen. Schließlich hatte sie ihm den Weg zu einer anderen, entfernteren Hütte gezeigt. Waldarbeiter hatten sie vor vielen Jahren erbaut. Sie besaß feste Wände und ein richtiges Dach, eine Bank, einen Tisch und einen Holzofen. Elsa hatte im vorigen Jahr auf einer Wanderung einen Blick hineingeworfen.

Beim Anblick der Hütte hatte Becker erleichtert gewirkt.

Elsa hatte ihm nichts mehr zu essen geben können, ihm aber eine Flasche Trinkwasser dagelassen. Tags darauf war sie mit Brot, Speck und Blaubeermarmelade zu ihm gegangen. Er hatte schon auf sie gewartet.

Das also ist aus dem jungen Mann aus dem Zug geworden, dachte sie, während er aß.

Der junge Mann, der nicht für den gesamten Krieg verantwortlich sein konnte.

Jetzt war er nur noch ein gequältes, ausgehungertes Tier, das in Sekundenschnelle das Marmeladenglas geleert hatte.

Elsa fiel wieder der Stempel auf ihrem letzten Brief an ihn ein – jener Brief, der geöffnet wieder zurückgekommen war und auf dessen Umschlag vermerkt war, dass Becker tot sei. Als sie ihn danach gefragt hatte, hatte Becker nur mit den Schultern gezuckt und gesagt, dass er ebenso gut tot sein könne, weil es auf der ganzen Welt niemanden gebe, der um ihn trauere.

Nachdem Elsa Uli dazu bewegen konnte, einen Becher Wasser zu trinken und sich zu beruhigen, wusste sie aber, dass das nicht stimmte.

15

An dem Tag, als Hansis Kamerad Heinrich Oppelt Uli die Nachricht von Hansis Tod überbracht hatte, war ihr sämtliches Blut aus dem Kopf gewichen und sie vor Schock in Ohnmacht gefallen. Als sie wieder zu sich kam – auf Frau Müllers Bett, während diese besorgt im Zimmer auf und ab ging –, schien ihr, als wäre jegliche Farbe aus den Tapeten und Gardinen gewichen.

Wenn Hansi tot war, war alles tot.

Auch Uli.

Und auch Frau Müller – obwohl sie Uli mit offenem, forschendem Blick betrachtete – und Heinrich Oppelt, der sie vermutlich vom Boden aufgehoben und ins Bett gelegt hatte. Er saß starr vor der Tür und wartete. Sie hörte, wie er sein Gewicht dort auf dem Stuhl verlagerte, und sie dachte, wie hellhörig das Haus doch war, dachte an das Geräusch von Hansis Schritten, wenn er mit den Stiefeln in der Hand die Treppe hochgeschlichen war, an sein Lachen, das sie versucht hatte zu ersticken, und daran, dass sein Lachen jetzt auch tot war.

Ich habe dir doch gesagt, dass du dich nicht in mich verlieben sollst, Hansi!

Sieh doch nur, was mir das angetan hat.

Sieh doch nur, wie du mich jetzt um mein Leben bringst.

Weinen konnte sie nicht; alles in ihr war ausgetrocknet und zerstört.

Heinrich Oppelt war gegangen, aber nach einigen Stunden wiedergekommen, und Frau Müller hatte sich höflich zurückgezogen, obwohl sie sie sonst immer ermahnte, dass Herrenbesuch auf dem Zimmer verboten sei und sich Uli jetzt auch noch im Schlafzimmer befand. Oppelt war natürlich kein richtiger Mann – jedenfalls nicht in Frau Müllers Augen –, er war nur der Läufer, der Bote, der mit dreckigen Stiefeln und fehlendem Arm daherkam. Die Munition in seiner Hand sei explodiert, und den gesamten Unterarm zu amputieren sei am einfachsten gewesen, erklärte er. Es schien ihn nicht sonderlich zu stören.

»Schicken sie dich zurück?«

»Ja. Diesmal an die Ostfront«, sagte er.

Er nahm eine Zigarette aus der Schachtel und wollte Uli auch eine anbieten, aber sie lehnte ab. Uli konnte den Blick nicht von dem leeren Jackenärmel abwenden, der wie eine verschmuste Katze auf seinem Schoß lag, als er sich auf einen Stuhl setzte.

»Wie sah Hansi aus, als er tot war?«, flüsterte sie.

Frau Müller lauschte sicherlich an der Tür.

»Ich habe seinen Leichnam nicht gesehen«, sagte Oppelt. »Aber andere, die …«

Andere waren Uli egal. Die hatte sie auch gesehen, wollte aber nicht daran erinnert werden. Sie hatte einmal mitbekommen, wie ein Haufen Männer ein Mädchen mit einem Bootshaken aus der Elbe gefischt hatten. Ihr Körper war schlaff und ihre Haut ganz blau gewesen.

»Er war ständig so wütend; schon der kleinste Anlass

reichte. Aber er war auch mutig. Er hatte die Schnauze voll, widersprach. Er wurde bestraft, nahm ein Boot und ...«, sagte Oppelt.

»Hansi war mutig?«, sagte Uli.

Sie sah seinen nackten Körper vor sich. Mutig. Dafür hätte sie ihn nie gehalten. Sie hatte ihn für eitel gehalten, wenn er sich das Haar vor dem kleinen Spiegel an der Wand – den mit dem vergoldeten Rahmen – gerichtet hatte. Er hatte dann immer das Kinn leicht gesenkt und sich starr in die Augen geblickt, als wollte er sich selbst dazu auffordern zu gehen. Eitel, ja – aber auch zärtlich ... Er wollte nie ohne einen letzten Kuss gehen, und wenn sie sich wegen etwas gezankt hatten, versicherte er sich vor seinem Aufbruch immer, ob sie sich auch wieder vertragen hatten. Manchmal sagte sie Ja, manchmal Nein. Nein sagte sie vor allem, um festzustellen, ob er dann bleiben würde, und an manchen Tagen tat er das auch, jedenfalls noch für ein Weilchen. Ging er trotzdem, wurde sie ernstlich böse auf ihn.

Heinrich Oppelt sagte noch etwas über das Boot, und dass man Hansis Mütze in Landnähe gefunden hatte. Uli hörte nicht zu.

»Leg dich zu mir«, flüsterte sie.

»Das kann ich nicht«, erwiderte Oppelt.

»Aber wenn wir sowieso bald sterben werden? Leg dich zu mir, tu so, als wärst du Hansi.«

Oppelt streifte sich die Jacke ab und hängte sie über das Bettgestell. Sein linker Hemdsärmel war nicht zugeknöpft und durchscheinend. Er zögerte, legte sich dann aber doch neben sie. Sein Gesicht vergrub er in ihrem Haar, so wie Hansi es immer getan hatte. Aber Oppelt roch anders, das unterschied die beiden Männer, dachte Uli. Oppelt roch nach Zigaretten und Mottenschutzmittel. Er wollte etwas sagen, aber aus Worten wurden Küsse. Feuchte Küsse, Küsse unter Tränen – Oppelts Tränen, oder war es der Speichel seiner eifrigen Zunge?

Uli vergaß Frau Müllers Schritte vor der Tür, vergaß die irrsinnige Welt dort draußen, vergaß sich selbst in dieser Welt. Stellte sich vor, dass Oppelt Hansi wäre, so wie sie es gesagt hatte, täuschte nichts anderes vor – sich selbst nicht, und auch Oppelt nicht.

Oppelt schob mit der rechten Hand ihren Unterrock hoch. Das Hemd behielt er an, seine Hose aber zog er bis zu den Knien herunter.

»Wenn wir sowieso sterben werden …«, murmelte er.

Mit einem Mann zusammen zu sein, der nur eine Hand besaß, war irgendwie seltsam. Er legte sich auf sie, vergaß aber, dass ihm die linke Hand fehlte. Das fiel ihm erst wieder ein, als er nach Ulis Brust fassen wollte. Sie umschloss sein steifes Glied und bewegte ihre Hand ein paarmal auf und ab, dann war es vorbei. Er fing wieder an zu weinen. Es war ein stilles Weinen, und Uli unternahm nichts, um es zu lindern.

Nachdem Oppelt sich erhoben hatte und gegangen war, erschien ihr das Bett auf einmal leer. Von ihm blieb nur ein feuchter Fleck auf dem Laken zurück.

Aber Hansi war nicht ertrunken, und er war auch nicht tot. Uli lehnte sich an ihn, damit ihr Zittern nachließ. Er existierte. Er war so real, dass er stank. Seine jungen Züge hatten nichts Sanftes mehr an sich, und sowie er etwas sagen wollte, begann seine Lippenwunde zu bluten, die Haut über den Wangen war trocken und spannte sich, und seine Fingerspitzen waren verfärbt, aber es war Hansi, und er war am Leben.

»Was ist passiert?«, fragte sie schließlich. »Warum bist du nicht wieder nach Hause zurückgekommen?«

Er hustete und suchte nach Worten, um es ihr zu erklären, brachte aber nichts Verständliches heraus. Es schien, als hätte er vergessen, wie man sprach. Er starrte sie nur schwer atmend an.

»Alle halten dich für tot. Heinrich Oppelt war bei mir.

Uli meinte, bei der Erwähnung von Oppelts Namen ein Aufblitzen in Hansis Augen zu sehen, aber Hansi sagte noch immer nichts. Was er wohl sah, wenn er sie so anschaute? Wusste er noch, was sie miteinander geteilt hatten? Würde er jemals begreifen, wie sehr sie um ihn getrauert hatte? Hätte er nicht so krank ausgesehen, hätte sie ihn am liebsten geschlagen, nur um ihn etwas von ihrem Schmerz spüren zu lassen.

»Er ist seit fast einem Jahr hier. Er hat gesagt, dass ihn niemand vermissen würde«, meldete Elsa sich mit einem Nicken Richtung Hansi zu Wort.

Elsa verstand ganz offensichtlich, was Uli sagte, selbst wenn sie Deutsch sprach.

»Ich hätte euch vielleicht vorwarnen sollen, damit der Schock nicht so groß gewesen wäre – für euch beide.«

Elsa bot Hansi etwas von dem restlichen Wasser aus dem Becher an. Er trank. Uli streifte sich die durchnässten Schuhe von den Füßen. Obwohl ein kleines Feuer im Ofen brannte, spendete es kaum Wärme.

»Wir fahren wieder nach Hause, Hansi«, sagte Uli und wagte es endlich, seine vernarbte Wange zu berühren. »Wir fahren wieder nach Hause.«

»Das kann ich nicht. Ich habe jemanden getötet«, sagte er.

Elsa wich hastig zur Tür zurück. Uli aber blieb reglos neben ihm sitzen.

16

Also hatte er jemanden getötet. So viel Deutsch verstand Elsa immerhin. Dann war es so, wie sie vermutet hatte – sie versteckte einen Straftäter. Ja, nicht nur einen Straftäter – einen Mörder, und noch dazu einen deutschen Soldaten. Ein ganzes Jahr lang hatte sie alle Menschen, die ihr nahestanden, getäuscht. Ob er die Straftat in Norwegen begangen hatte? Oder hier in Schweden? Diesseits der Grenze? Handelte es sich bei dem Opfer um einen Mann oder eine Frau? Hatte er von einer Schusswaffe Gebrauch gemacht oder nur von seinen bloßen Händen?

Elsa versuchte, ruhig zu wirken, merkte aber, wie sie von Panik erfasst wurde.

Warum hatte er nichts gesagt, als sie ihn danach gefragt hatte?

Weil er wusste, dass sie ihm dann nicht geholfen hätte?

Das stimmte natürlich, das hätte sie nicht. Aber warum sagte er es jetzt, als Uli Hartmann gekommen war? Und was sollte Elsa als Nächstes tun?

Sie könnte immer noch weglaufen, dachte sie.

Im Dunkeln würde nur sie allein den Weg nach Krokom finden.

Sie könnte sogar bis zu Andersson, dem Polizisten, laufen, denn sie wusste, wo er wohnte. Er war hochgewachsen und kräftig, und alle behaupteten, dass er seinen Beruf verstehe, weil er doch die beiden Post- und Bankräuber geschnappt hatte.

Doch wenn sie die Deutschen anzeigte, würde sie sich gleichzeitig auch selbst etwas anhängen.

Und wie sollte sie ihr eigenes Handeln rechtfertigen?

Das konnte sie nicht, das wusste sie.

Und auch noch etwas anderes hinderte sie daran – der Anblick von Uli und Becker, die sich aneinanderlehnten, als gehörten sie zusammen. Uli streichelte immer wieder Beckers Wange; weder seine Wunde noch sein Gestank schienen sie anzuekeln. Becker weinte. Elsa hatte ihn noch nie weinen sehen. Bei ihren Begegnungen war er immer grimmig und ausdruckslos gewesen. Die beiden auf der Bank waren etwas älter als sie, aber immer noch jung. Sie hatten etwas anderes verdient, keine Elsa, die zur Polizei lief, obwohl Becker ein Verbrechen begangen hatte. Konnte man so argumentieren? Konnte man so über jemanden denken, der getötet hatte? Dass er trotz allem die Chance erhalten sollte, ungestraft davonzukommen? Elsa wusste es nicht. Sie wusste überhaupt nicht mehr, was richtig und was falsch war.

Becker und sie hatten während ihrer Besuche in der Hütte nie viele Worte gewechselt. Jedes Mal hatte sie gehofft, dass er sagen würde, er wolle fortgehen, sodass sie nicht länger für ihn verantwortlich wäre. Er sagte jedoch nur, dass er nicht wisse, wohin er sich wenden solle und dass er nichts von Wert besitze, auf das er zurückgreifen könne. Um Geld hatte er sie nie gebeten, und sie hatte ihm auch nie welches angeboten. Er aß, was sie ihm mitbrachte, sie sah ihm dabei zu, und dann ging sie wieder nach Hause. So sahen ihre Besuche bei ihm aus. Sie zerbrach sich den Kopf darüber, was sie tun sollte, und dachte, dass auch er sich gefragt haben musste, ob sein Leben jemals etwas anderes für ihn bereithalten würde als diese Waldhütte. Aber er hatte nicht viel über seine Überlegungen verlauten lassen. Stattdessen unterhielten sie sich ein bisschen über Norwegen und die Menschen, bei denen er dort gelebt hatte. Sie erfuhr, dass sie Schafe besaßen, die in der kargen Umgebung des Hofes weideten und es Beckers Aufgabe gewesen war, sie zu scheren. Elsa erzählte ihm, dass sie als Angestellte in einer Gemischtwarenhandlung arbeitete und der Großteil seiner Lebensmittel von dort stamme.

Elsa hatte die ganze Zeit über alles darangesetzt, Distanz zu Becker zu wahren.

Nur so konnte man sich davor schützen, in etwas noch Schlimmeres verwickelt zu werden, dachte sie.

Man musste zwischen sich und anderen eine Grenze ziehen und auf der richtigen Seite bleiben.

Über Norwegen zu sprechen, war auch einfacher gewesen als über Deutschland, denn Elsa wollte so wenig wie möglich darüber wissen, was Becker während des Krieges getan hatte. Schon den Gedanken, dass er Soldat gewesen war, fand sie schrecklich. Sie hatte sich natürlich gefragt, weshalb die Polizei nach ihm fahndete, ihn aber nach dem Tag seines Auftauchens nicht mehr darauf angesprochen. Und er hatte dazu ja auch nur gesagt, dass es einen Streit gegeben habe, und sie wollte ihn nicht in die Enge treiben.

Neben dem Rentierfell, dem Eimer und dem Becher hatte Elsa Tante Stinas abgelegte Pelzmütze, eine lange Unterhose aus Forsens Geschäft (angeblich für ihren Vater), einen

Löffel, eine Gabel, einen Blechteller und ein scharfes Messer zur Hütte mitgenommen. Bei dem Messer hatte sie gezögert, aber es erwies einem im Wald gute Dienste. Elsas Vater trug, wohin er auch ging, immer ein Messer, einen Becher und einen Angelhaken bei sich.

Becker hatte das Messer jetzt sicherlich am Gürtel befestigt, weil sie es nirgends entdecken konnte. Bei der Vorstellung, dass sie einem Mörder ein Messer gegeben, dann mit ihm in der Hütte gesessen, ihn mit dem Rentierfell und Brennholz versorgt, ja sich sogar Sorgen um ihn gemacht hatte, verspürte sie einen üblen Geschmack im Mund.

Im vergangenen Winter hatte sie ihn bereits um die Rückgabe ihres Fotos gebeten, das er bei seinem Erscheinen bei sich gehabt hatte. Falls er ebenso schnell wieder verschwinden würde, wie er gekommen war, wollte Elsa nicht, dass es noch in der Hütte herumlag und es jemand im Nachhinein finden könnte. Es war ihr peinlich gewesen, ihn darum zu bitten, aber er hatte es ihr anstandslos ausgehändigt.

»Ich habe es in meiner Hosentasche bei mir getragen, als ich von der Kompanie geflohen bin«, erklärte er. »Alle hatten Aufnahmen von Mädchen dabei. Alle wollten damit angeben, wie viele Frauenbekanntschaften sie hatten.«

Das Foto war an den Rändern wellig, so als wäre es nass geworden.

»Und was geschah, nachdem du der norwegischen Familie, die dir geholfen hatte, den Rücken gekehrt hattest?«

Bei dieser Frage hatte sich Beckers Gesicht verdüstert, und es schien, als schäme er sich.

Damals hatte sie gedacht, dass er sich vor ihr schämte – weil die Aufnahme, die er mehrere Jahre lang bei sich getragen hatte, Elsa zeigte. Heute aber dachte sie, dass es womöglich die Scham über seine Tat gewesen war, die in jenem Moment zutage getreten war.

»Es war das Einzige, was ich noch aus meiner Vergangenheit besaß. Es sagte nichts über mich aus. Meine Uniform und die Schuhe hat die Familie verbrannt. Sie haben mich in andere Kleider gesteckt und mich als ihren Knecht ausgegeben«, hatte er erwidert.

Was davon wirklich stimmte, wusste sie nicht. Es konnte alles eine Lüge gewesen sein, wenn er ihr noch nicht einmal erzählt hatte, dass er jemandem das Leben genommen hatte.

Elsa kehrte dem Paar für einen kleinen Augenblick den Rücken zu, jedoch nur, um von draußen den Rucksack zu holen. Als sie wieder in die Hütte kam, saßen die beiden immer noch so da wie zuvor auf der Bank, nur hatte Becker jetzt die Wange an Ulis Hals geschmiegt. Gedämpft sprachen sie über etwas – weshalb Uli hergekommen war und über jemanden oder etwas, das Uli »Altona« nannte.

Sie deutsch miteinander sprechen zu hören, war eigenartig, fand Elsa. Uli redete dann noch schneller, spuckte die Wörter geradezu aus. Becker dagegen klang auf Deutsch wie ein ganz anderer Mensch. Elsa hatte das unangenehme Gefühl, als würde sie sie belauschen, aber Becker und Uli wussten ja von ihrer Anwesenheit und dass sie Deutsch konnte.

Elsa stellte das bisschen Essen, das sie diesmal mitgenommen hatte – Butter, ein Stückchen Schinken und das trockene Brot – auf den Tisch. Becker, der sonst immer hungrig war, hob kaum den Kopf, aber Elsa ließ die Sachen trotzdem stehen.

»Komm doch bitte mit mir nach Hause«, bat Uli, aber Becker sagte noch einmal, dass das unmöglich sei.

Er würde niemals die Grenze überqueren, sagte er, so ohne Geld und während die Polizei nach ihm fahndete, und ein Zuhause hätte er nicht mehr. Er wollte nicht zurück an einen Ort, der dem Hörensagen nach nur noch ein zerbombter Müllhaufen war.

»Aber weshalb hast du dich nie bei mir gemeldet?«, fragte Uli ihn.

»Ihr dachtet, dass ich tot wäre, und ich dachte, dass ihr vielleicht auch alle miteinander tot wärt«, sagte Becker. »Ich wollte keine Gewissheit haben. Dachte, dass ich alles vergessen müsste. Mein ganzes Leben. Alle, die ich jemals gekannt habe. Dich eingeschlossen. Dass ich nur auf diese Weise überleben könnte.«

»Aber als der Krieg schließlich zu Ende war? Und Zeit vergangen?«, hakte Uli nach.

Becker antwortete nicht.

»Ich hatte auch dort ein Leben«, sagte er zuletzt. »Ich habe mich daran gewöhnt.«

»Ich muss bald gehen. Willst du hierbleiben?«, fragte Elsa an Uli gewandt.

Uli nickte, aber Becker schüttelte den Kopf. Er hatte bemerkt, dass Uli immer noch fror, und rieb das Rentierfell gegen ihre Beine, weit oben am Oberschenkel. Elsa wandte ihren Blick ab. Becker sagte, dass Uli Elsa nach Hause begleiten solle. Uli protestierte und erklärte, dass sie in einer Pension wohne. Sie wollte nicht gehen, aber Elsa bewegte sie dazu, sich trotzdem wieder die nassen Schuhe anzuziehen. Es war schon bald Mitternacht und der Weg nach Krokom weit.

Am Ende gelang es Elsa und Becker, Uli gemeinsam davon zu überzeugen, sich Elsa anzuschließen, indem sie sagten, dass sie ja morgen Abend wiederkommen könnten.

Bevor sie aufbrachen gab Uli Becker einen Kuss auf die Lippen.

»Lass mich nicht wieder allein«, flüsterte sie.

Becker schloss die Tür hinter ihnen. Der Rucksack war jetzt leichter, aber Uli ging langsam und widerstrebend und klagte über ihre schmerzenden Blasen. Sie wollte zur Hütte zurück, aber Elsa zog sie am Arm und versuchte sie dazu zu bewegen, das Tempo zu erhöhen. Sonst würde es eine Ewigkeit dauern, bis sie zu Hause waren.

Später legte Elsa den Arm der Deutschen um ihren Nacken und stützte sie.

»Ist es auch wirklich wahr, dass Hansi lebt? Ich habe das alles nicht bloß geträumt, oder?«, fragte sie Elsa.

Der Schock ist der Grund für ihre Verwirrtheit, dachte Elsa.

Sie versicherte Uli, dass sie wach waren, dass Uli das nicht nur geträumt hatte, dass sie beide gerade erst Hansi getroffen hatten. Dann gingen sie eine ganze Weile schweigend weiter. Manchmal keuchte die Deutsche laut auf, manchmal verzog sie das Gesicht, und Elsa spürte ihre schweißnasse Wange an ihrer. Ab und zu summte Uli etwas. Es war kein richtiges Lied, es waren nur Fetzen einer holprigen Melodie, die ihr über die Lippen kam. Uli sagte, dass sie den vollständigen Text nicht kannte, das Lied aber von der Errettung verlorener Seelen handelte, die man zur Pforte des Vaters trug.

»Meine Tante Anke hat es mir immer auf dem Klavier vorgespielt«, erklärte Uli. »Wenn man etwas singt, fällt einem das Gehen doch leichter, oder? Dann denkt man doch nicht so sehr darüber nach, wie viele Schritte noch vor einem liegen.«

Elsa erwiderte nichts darauf. Für sie war es nicht leichter. Es störte sie vielmehr, diese Melodie ständig direkt ins Ohr gesummt zu bekommen, während sie sich damit abmühte, sie beide wieder zurück nach Krokom zu bringen.

»Sollten wir nicht doch lieber zur Polizei gehen?«, sagte Elsa. »Wenn es wahr ist, dass er jemanden getötet hat?«

»Nicht die Polizei«, erwiderte Uli mit sicherer Stimme.

»Aber hast du denn gar keine Angst? Was wäre, wenn er gefährlich ist?«

»Hansi könnte mir niemals Angst machen«, erklärte Uli entschieden.

Weil Uli einen so geschwächten Eindruck machte und sie ihr etwas kopflos erschien, war es wohl das Beste, sie mit zu sich nach Hause zu nehmen, so wie Becker es vorgeschlagen hatte, dachte Elsa. Sie zu Björkegrens zu schleppen und dort alle Leute aufzuwecken – was sie mit Sicherheit tun würden –, bedeutete außerdem, unnötige Aufmerksamkeit auf sich zu lenken.

Hauptsache, sie fängt nicht wieder zu schreien an, dachte Elsa. Dann würde sie ihr noch einmal die Hand auf den Mund legen müssen.

Endlich sahen sie in der Ferne die Lichter Krokoms.

Uli sagte nichts von Björkegrens. Sie ließ sich von Elsa zur Haustür und die Treppe hinauf in die Wohnung führen. Elsa setzte sie auf dem Sofa ab. Die Strümpfe waren blutig von den offenen Blasen und hatten Zehen und Hacken braunschwarz gefärbt. Elsa half Uli, die Strümpfe abzulegen, und hängte sie in die Rumpelkammer. Sie hätte die Strümpfe in etwas kaltem Wasser einweichen sollen, denn Blutflecken sollte man schließlich sofort auswaschen, aber dann würden die Strümpfe bis morgen nicht mehr trocknen.

Elsa reichte Uli ein Kissen von ihrem Bett und nahm eine zweite Decke aus dem Schrank. Sie war übersät von Flecken und roch nach Pferd. Elsas Vater legte sie im Winter immer seinem geliebten nordschwedischen Arbeitspferd Blecka um. Zurzeit aber zog er meistens mit dem Jungpferd Sixten Holz aus dem Wald. Trotzdem konnte er sich stundenlang im Stall mit Blecka unterhalten, die – wie er immer behauptete –, so gut zuhören konnte. Auf irgendeine Weise aber war die Decke bei Elsa gelandet. Sauber war sie nicht, aber für heute Nacht musste sie reichen.

17

Wie man sich auf Elsa Petterssons Sofa auch drehte und wendete, man spürte unweigerlich das Holzgestell durch die Polsterung. Uli legte sich mit lang ausgestreckten Armen auf den Rücken, wie sie es immer tat. Nur dann fühlte sie sich ausreichend geborgen, um einschlafen zu können.

Alles war jetzt anders. Er lebte. Es wurde ihr zugleich heiß und kalt bei dem Gedanken, und sie fragte sich, was jetzt wohl an die Stelle der Trauer rücken würde, die sie zuvor empfunden hatte. Wohin sollten sie beide sich jetzt wenden, wenn Hansi nicht wieder nach Hamburg fahren konnte oder wollte? Denn sie würden doch sicherlich zusammen bleiben? Sie wusste, dass sie mit ihm gehen wollte – wohin er auch ging.

Am liebsten hätte Uli Elsa darum gebeten, die Decke so um sie festzustopfen, wie Tante Anke es früher immer bei ihr getan hatte, aber sie wagte nicht, darum zu bitten.

Wenn die Bettdecke eng um ihren Körper anlag, fühlte sie sich sicherer; dann fürchtete sie nicht so sehr, während des Schlafs von der Matratze abzuheben und sich in nichts aufzulösen.

»Kleine Mädchen schweben im Schlaf nicht davon, Ulrike«, hatte Tante Anke dann immer erwidert.

»Aber vielleicht bin ich ja die Erste? Wenn ich nun wie ein Heißluftballon am Horizont verschwinde?«

»Dann laufe ich hinter dir her, du wirfst das Seil aus dem Korb, und deine Tante Anke klettert zu dir hoch und rettet dich.«

»Aber wer soll dann den Ballon einfangen und festbinden, wenn wir beide da oben sind?«

Tante Anke beendete die Diskussion, indem sie ihr einen Gutenachtkuss auf die Nasenspitze gab. Das tat sie immer vor dem Schlafengehen. Ulis Nasenspitze wurde dann immer ganz warm.

Als Uli jetzt ihre Nase betastete, war sie eiskalt.

Uli versuchte, Hansis Gesicht vor ihrem inneren Auge heraufzubeschwören, sah aber immer nur Tante Anke vor sich. Als Uli endlich eingeschlafen war, überlagerte sich in ihrem Traum immer wieder das Bild von Tante Anke mit dem von Frau Müller. Es war beinahe so, als würde ihr Gehirn sozusagen ummöblieren, damit wieder Neues – Hansi – Einzug halten konnte. Hansi mitsamt seinem Herzschlag und seinem knöchernen Brustkorb, den sie gespürt hatte. Elsa schlief und hatte das Gesicht zur Wand gedreht. Nur ihr Kopf lugte unter der Decke hervor.

Uli ließ die Finger in ihre Unterhose gleiten und hinein in die feuchte Landschaft zwischen ihren Schenkeln. Das half ihr, zur Ruhe zu kommen. Sie musste an Hansis Tränen und seine lila verfärbten, entzündeten Fingerspitzen denken, die anscheinend kein Gefühl mehr besaßen. Er hatte in jenen Jahren gelitten – so wie sie. Ob wohl wieder Leben in seine Finger käme, wenn sie sie wie jetzt in ihrem Leib erwärmte? Ob jemals wieder etwas so wie früher werden würde?

Ihr fiel ein, dass Tante Anke ihre Hand stets sanft aus der Unterhose geschoben hatte, wenn sie nachts noch einmal nach Uli schaute, während ihre Mutter immer an Ulis Fingern geschnüffelt und sie geschlagen hatte. Doch was bewirkten Schläge schon?

Gegen das Verlangen halfen sie nie.

Als Uli jetzt erneut einschlief, verschmolzen die Bilder von Tante Anke und Frau Müller erneut miteinander, und die beiden Frauen wurden eins. Wie in der Waldhütte roch es nach Rauch, aber nun standen ganze Häuserzeilen in Flammen. Der Feuersturm verschlang ganze Stadtviertel. Frau Müller lag bäuchlings neben ihr auf dem Kellerfußboden, und sie und Uli bereiteten sich gedanklich darauf vor, dass das Leben zu Ende ging. Zwischen stoßweisen Atemzügen murmelte Frau Müller ein kaum hörbares Gebet.

Als sie sich schließlich aus dem Haus und hinaus auf die Straße wagten, war alles von Ruß bedeckt.

»Sieh nicht hin«, sagte Frau Müller.

Uli blickte sich trotzdem um, so lange, bis ihre Augen wegen der Rauchschwaden brannten und ihr nichts anderes übrig blieb, als sie zusammenzukneifen. Ein alter Mann war an einer Ziegelsteinmauer festgebrannt und musste mit einem Spaten abgehackt werden, und eine junge Mutter grub ihren toten Säugling aus den Trümmern. Sie hielt den Körper des kleinen Mädchens anklagend gen Himmel. Die Frau weigerte sich, das Kind loszulassen, obwohl andere Frauen zu ihr hingingen und ihr sagten, dass sie das tun müsse.

»Lass uns mal schauen, ob wir irgendwo helfen können«, sagte Frau Müller zu Uli.

Sie gesellten sich zu einer Gruppe Frauen, die in einer Reihe stehend Wassereimer weiterreichten.

Eine Frau mit einem roten Kopftuch neben Uli trat aus der Reihe und entzündete eine Zigarette an einem kleinen brennenden Papierstoß, bevor sie das Feuer mit dem Fuß austrat.

Wie einfach das doch ist, dachte Uli.

Einfach nur treten, auf der ganzen Stadt und auf uns allen herumtreten, bis wir für immer ausgelöscht sind.

Uli merkte, wie ein Schrei in ihr aufstieg, presste jedoch die Lippen zusammen und weigerte sich, dem Impuls nachzugeben.

Dann wurde sie wach und merkte, dass sie nicht in Hamburg, sondern in Krokom war, und es nicht das Jahr 1943, sondern 1949 war, denn diese Jahreszahl sah sie nun auch auf Elsas Wandkalender. Und dass es auch nirgends brannte. Ihren Kleidern haftete nach dem Besuch in der Waldhütte nur noch ein Rauchgeruch an. Wieder einzuschlafen wagte Uli nicht, stattdessen starrte sie an die Decke. Bald müsste es Morgen sein.

Sie verspürte einen Druck auf der Blase, wusste aber nicht, wo Elsas Klosett lag, und fürchtete sich davor, sich aus der Decke zu schälen. Es war sicherlich irgendwo im Erdgeschoss, womöglich unter der Treppe oder gar draußen auf dem Hof. Dann wäre es sowieso sehr kalt, dort barfüßig hinzugehen, außerdem war es noch dunkel, weshalb Uli den Toilettengang so lange wie möglich aufschieben wollte.

Tante Anke hatte im Innenhof ihres Hauses ein Plumpsklo gehabt, es aber mit niemandem teilen müssen. Der Mann, der über ihr wohnte, gebrauchte immer noch einen Nachttopf, hatte sie Uli erklärt.

An der Wand von Tante Ankes Klo hing ein Ölgemälde, das recht verschwommen ein großes Segelschiff zeigte. Unten am Rand des Bildes stand *Preußen – Brighton. Preußen* war der Name des Segelschiffs und *Brighton* hieß das Turbinendampfschiff, das soeben die *Preußen* gerammt hatte und gerade noch am äußeren Bildrand zu sehen war.

Uli war dabei gewesen, als Tante Anke das Gemälde erworben hatte. Der Künstler stand eines Tages in Tante Ankes Diele und hatte es ihr überreicht. Er war ungepflegt, und es fiel ihm schwer stillzustehen. Zuerst weigerte er sich, Geld für das Bild anzunehmen, aber Tante Anke steckte es ihm direkt in die Hosentasche und sagte, dass sie sehr dankbar sei, und da protestierte er nicht länger.

Er ging nur widerstrebend. An der Haustür drehte er sich noch einmal um und rief etwas. Rief, so würde es eben denen ergehen, die keine Hilfe annähmen; ihnen erging es wie der stolzen *Preußen*, die nach dem Angriff gestrandet und als Wrack geendet war.

»Eine ganze Ladung voll mit Klavieren, Anke! Alle dahin! Samt Kerzenständern aus Messing. Wie dir da das Herz bluten muss, wo du immer so schön gespielt hast! Dir als Pianistin!«, brüllte er noch auf der Straße, nachdem es Tante Anke endlich gelungen war, ihn hinauszukomplimentieren.

Tante Anke hielt das Gemälde vor sich hoch und betrachtete die ungelenken Pinselstriche, die das Meer darstellten.

»Wo willst du es aufhängen?«

»Ich nagle es als Erinnerung an die Wand des Plumpsklos.«

»Als Erinnerung woran? Dass er gebrüllt hat?«

»Nein. Als Erinnerung daran, wie das Leben mit den Menschen verfährt, Ulrike.«

In dem Moment hatte Tante Anke ihren sanften Blick, nicht ihren strengen gehabt.

Deshalb hatte Uli es gewagt weiterzufragen.

»Was meinst du damit?«

»Ich weiß, dass es nur schwer vorstellbar ist, aber dieser abscheuliche alte Kerl war einmal ein junger Mann. Wir gehörten demselben kleinen Orchester an. Er spielte Cello und malte Bilder, und für mich gab es nichts Schöneres als das, was unter seinen Händen entstand. Ich war in ihn verliebt – in sein Spiel, seine Gemälde, seine Träume. Verliebt in das, was er sah, wenn er mich malte.«

»Er hat dich gemalt?«

»Ja, auf einem Sofa, die Fenstervorhänge wie bei einer griechischen Göttin um meinen Körper drapiert. Er sagte, dass ich das zweifelsohne sei – ob mit oder ohne staubigen Vorhang.«

Tante Anke musste beinahe lachen, hielt dann aber inne.

»Du kannst es dir ja selber vorstellen«, sagte sie, aber das konnte Uli nicht.

Sie konnte sich Tante Anke nicht als eine andere Person vorstellen als die, die vor ihr stand, mitsamt den Falten um die Augen und der schlaffen Haut unter ihrem Kinn.

»Sein Handgelenk schmerzte vom vielen Üben auf dem Cello, weshalb er Morphium nahm, um weiterhin spielen zu können. Davon wurde er so schläfrig und träge, dass er zu Kokain griff, um wach zu bleiben und für eine Ausstellung malen zu können, in der er zwei Gemälde unterbringen durfte. Er wurde nie mehr er selbst«, erklärte Tante Anke.

Sie klang bedrückt.

»Ich habe viele Male versucht, ihm zu helfen, obwohl er lange Zeit zu stolz dafür war. Ich habe seine Kleider gewaschen, ihm Essen gekocht, ihm die Haare geschnitten und ihn rasiert – alles, um ihn wieder auf die Beine zu kriegen. Jetzt ist es zu spät dafür. Wofür auch immer er das Geld ausgeben wird, es wird ihm vielleicht vorübergehend die Schmerzen lindern. Und dann ist es trotz allem etwas wert.«

Tante Anke lehnte das Bild gegen die Wand.

»Ich hänge das Gemälde kurz im Plumpsklo auf, und danach feudle ich den Dreck weg, den seine Schuhe hiergelassen haben. Fass so lange nichts an, Ulrike. Man kann nie wissen, in was er vorher hineingetreten ist.«

Wann immer sie nach diesem Tag zu Tante Anke kam, hatte Uli immer irgendwann vorgegeben, aufs Klo gehen zu müssen. Es stimmte nur selten, aber sie wollte das Bild sehen. Manchmal zog sie noch nicht einmal die Unterhose herunter, sondern hob nur den Klodeckel an, setzte sich über das Loch und starrte auf das Segelschiff mit den gebrochenen schwarzen Masten und das Dampfschiff, das alles hinter sich zurückließ.

Preußen – Brighton.

Warum ihr dieses Gemälde ausgerechnet jetzt in den Sinn gekommen war, wusste Uli nicht. Womöglich lag es an der nun hereinbrechenden Morgendämmerung, die dem durch die Bretterwände des Plumpsklos hereingesickerten Licht nicht unähnlich war, oder weil Hansis zottiger Bart sie an den des Künstlers erinnert hatte.

18

Die Deutsche war schon wach, als Elsa aufstand. Die Arme dicht am Körper, die Beine lang ausgestreckt, starrte sie an die Decke, als läge sie in einem Sarg. Das Kopfkissen war zu Boden gerutscht, die Bettdecke aber hatte sie bis zu den Schultern hochgezogen. Elsa zog sich an, kochte Kaffee und bot Uli eine Tasse an.

Nach der nächtlichen Waldwanderung fühlte Elsa sich schlapp und müde. Es kam ihr vor, als hätte sie die Deutsche eher getragen als gestützt. Elsas rechte Flanke schmerzte, sobald sie ihren Arm bewegte.

Sie dachte an Beckers Worte, dass er jemanden getötet hatte, und daran, dass Uli sich trotzdem so sicher war, dass sie keine Angst vor ihm zu haben brauchte.

»Du musst Björkegrens darüber informieren, dass du heute bei mir übernachtet hast, damit sie nicht nach dir suchen«, sagte Elsa zu Uli. »Aber kein Wort über den Wald, verstanden?«

Uli nickte.

»Ich habe ihnen auch nichts von den Briefen erzählt. Habe nur gesagt, dass ich nach dir suchen würde, weil ich annahm, dass wir verwandt seien. Ich kann ihnen aber sagen, dass ich mich da geirrt habe.«

»Sag doch, dass wir gestern Abend einen Spaziergang gemacht haben, deine Füße nass geworden sind und du Blasen bekommen hast und hier bei mir auf dem Sofa eingeschlafen bist. Sonst geben sie womöglich noch eine Vermisstenmeldung auf. Was Fremde betrifft, ist man hier misstrauisch«, erklärte Elsa.

Sie bemerkte, dass noch Fichtennadeln in den Haaren der Deutschen hingen, wollte sie aber nicht rauszupfen. Es wäre ein seltsames Gefühl, ihr so nahe zu kommen.

»Und du bist dir immer noch sicher, dass wir nicht zur Polizei gehen sollten?«

Uli sah sie wortlos an.

»Deine Schuhe stehen im Vorraum, und deine Strümpfe hängen in der Rumpelkammer über dem Waschbecken«, sagte Elsa.

»Schließ nur die Tür hinter dir, wenn du gehst, ich muss mich jetzt beeilen. Wir sehen uns heute Abend wieder, um zu Becker zu gehen. Dann müssen wir entscheiden, was wir tun.«

Elsas großer Bruder hatte sie in ihrer Kindheit immer Käpt'n Pettersson genannt, wenn sie mit dieser Stimme sprach. Aber jetzt ging es nicht länger darum, wer von ihnen es wagte, den Finger in die Rattenfalle zu stecken oder vom Dach des Sudhauses zu springen, es ging um jemandes Leben. Elsa wollte lieber das Kommando übernehmen, damit die Deutsche nicht versehentlich etwas vermasseln würde. Sie hatten beide viel zu verlieren.

»Behalt das mit Becker für dich. Zu deinem und meinem Besten«, schärfte Elsa ihr ein, bevor sie zu Forsens ging.

Elsa war die Erste im Laden, aber nur mit einer Minute Vorsprung. Forsen kam unmittelbar nach ihr, ging aber geradewegs in sein Büro und schloss die Tür hinter sich. Er grüßte noch nicht einmal, und sie war sich auch gar nicht sicher, ob er ihre Anwesenheit überhaupt bemerkt hatte. An Tagen wie diesen störte sie ihn lieber nicht, wartete einfach, bis er wieder zum Vorschein kam. Tat er das gegen zehn Uhr, war das immerhin besser als um zwölf, und kam er gar nicht wieder heraus, sondern schlich sich nur sang- und klanglos davon, dann stand es tags darauf richtig schlimm um ihn.

Elsa wusste nicht, was er außer der Buchhaltung dort drinnen machte, denn die Flasche kam immer erst nach fünf Uhr nachmittags auf den Tisch.

»Man darf nicht das Gesicht verlieren, Elsa. Tut man das, ist es mit einem vorbei«, hatte er einmal zu ihr gesagt, als er sehnsüchtig auf den Minutenzeiger der Uhr starrte und darauf wartete, dass es endlich fünf wurde. Vor fünf Uhr galt man als ein unzuverlässiger Säufer.

Nach fünf Uhr dagegen als ein Partylöwe.

Das zumindest war Forsens Überzeugung.

Wenn er zuvor stundenlang die Tür geschlossen hatte und dann ins Geschäft kam und sich mit den Kunden unterhielt, beobachtete Elsa ihn immer ganz genau und näherte sich ihm baldmöglichst, um festzustellen, ob er eine Fahne hatte. Bisher war das noch nicht passiert. Trotzdem wusste sie, dass es eines Tages so kommen würde. Selbst Menschen, die ihre Grenzen kannten, überschritten diese eines Tages. Das war doch wohl ein ehernes Gesetz, oder?

Hatte sie das nicht selbst auch getan?

Man kannte die Regeln, hatte seine Ansichten und Werte und hütete sich, auf die falsche Seite von ihnen zu geraten, doch dann glitt man aus, stolperte oder beging einfach einen Fehler. Elsa versuchte jeden Gedanken an Becker beiseitezuschieben, indem sie sich an die Arbeit machte. Sie schnitt mit einem Fleischermesser kleine Endstücke gepökelten Rindfleisches ab, das die Kundschaft für Eintopf, Suppe oder Wurst kaufte. Auf diese Weise kam es zu keinem Schwund. Mit dem Schwund verlor sich der Gewinn, das wusste sie. Das hatte sie in einem ihrer Fernkurse gelernt.

In der Eile schnitt sie sich in den Zeigefinger – so stark, dass Blut kam. Es tat weh, aber sie ließ nur das Messer fallen und verfluchte lautlos ihre Ungeschicklichkeit.

»Hast du dich geschnitten?«, fragte Nils, und kam zu ihr herüber. »Warte, ich helfe dir.«

Elsa wollte keine Hilfe, aber er stand schon vor ihr und zog beinahe einen Meter Papier von der Rolle an der Wand.

»Das reicht!«, sagte Elsa.

Nils faltete den Papierstreifen einmal und wickelte ihn ihr vorsichtig um den Finger. Er trug seine Lederjacke, so als wäre er im Aufbruch. Für einen flüchtigen Moment nahm sie Nils' Geruch wahr, und unwillkürlich stiegen Erinnerungen an jene Nacht im vergangenen Jahr in ihr auf, als sie auf ihrem Sofa gelegen und sich davon zu überzeugen versucht hatte, dass sie diese Sache in ihrem tiefsten Innern wollte.

Elsa spürte Tränen in ihren Augenwinkeln brennen.

»Was erhoffst du dir davon?«, fauchte sie.

»Wie bitte?«, sagte Nils.

»Mit dem Finger ist alles in Ordnung«, sagte Elsa, obwohl sie beide sahen, dass das Blut schon durch das Papier quoll.

»Ich wollte nur hilfsbereit sein«, sagte Nils verletzt.

Elsa schämte sich. Nils merkte das. Er hielt ihren Finger länger als nötig umfasst und suchte ihren Blick.

»Kannst du nicht mal mit meinem Vater reden und ihn davon überzeugen, dass das mit dem Lastwagen eine gute Idee ist?«, sagte er. »Er war sich zuletzt unsicher, ob es die Sache wert ist. Aber wenn du auch ein gutes Wort dafür einlegst, ist er sicher davon wieder überzeugt. Er verlässt sich so auf dich.«

Aha, Nils schmierte ihr heute also Honig ums Maul, dachte Elsa. Ihm zu versprechen, mit Forsen zu reden, war allerdings eine einfache Lösung, um Nils loszuwerden. Deshalb willigte sie widerstrebend ein. Sie ging sogar schon eine Stunde später zu Forsen ins Büro, um es hinter sich zu bringen, aber da war er schon fort. Womöglich war er zum Angeln gegangen – das hoffte Elsa jedenfalls –, dann käme er besser gelaunt wieder, selbst wenn die Fische so spät im September nicht mehr so gut anbissen.

Gegen drei Uhr kam Uli herein. Elsa sah sie sofort und war alarmiert. Es waren nur wenige Kunden im Geschäft, aber sie musste trotzdem noch bei einigen abkassieren, bevor sie Uli fragen konnte, weshalb sie hergekommen war. Ulis Wangen waren rosig, und sie wirkte aufgeregt – gefährlich aufgeregt, so als wäre etwas passiert.

»Rasiermesser«, sagte Uli nur, als sie vor dem Verkaufstresen stand.

»Was?«, sagte Elsa perplex.

»Besorg ein Rasiermesser und eine Schere. Ich habe Seife und ein Handtuch aus der Pension mitgenommen.«

»Ich habe Scheren zu Hause …«, erwiderte Elsa zögernd, ohne zu verstehen, worauf Uli hinauswollte.

»Hast du Alkohol?«

Elsa bedeutete Uli, leiser zu sprechen, und blickte sich um, ob sie auch ja niemand belauschte. Ein paar Frauen aus Krokom standen ein wenig abseits und unterhielten sich, schienen sich aber weder um Uli noch um Elsa zu kümmern. Sie betrachteten Forsens Gemischtwarenladen als eine Verlängerung ihres Zuhauses, in dem Elsa nur ein weiteres Dienstmädchen oder eine Haushaltsangestellte war, die am besten daran tat, sich im Hintergrund zu halten. Harry Sallström dagegen, Villes Freund, der in Hissmofors in der Zellstofffabrik arbeitete, beobachtete sie interessiert. Er grinste sogar, als er bemerkte, dass Elsa zu ihm hinübersah, und hob zwei Finger zum Gruß.

»Möchtest du zahlen?«, rief Elsa ihm zu.

»Ich hab's nicht eilig«, sagte Harry und starrte sie beide weiter an.

Uli lehnte sich über den Tresen.

»Ich möchte ihn rasieren, waschen und ihm die Haare schneiden. Damit er wieder er selbst wird«, flüsterte sie. »So wie früher.«

»Wir können hier nicht reden«, sagte Elsa.

»Rasiermesser. Schere. Alkohol«, wiederholte Uli und ging ebenso schnell wieder, wie sie gekommen war.

19

»Wir können erst los, wenn es dunkel ist«, sagte Elsa.

Uli hatte den ganzen Tag über nicht stillsitzen können. Sie war in der kleinen Ortschaft umhergelaufen und hatte sich die Häuser und die Leute angesehen. Kurz war sie auch auf ihr Zimmer bei Björkegrens gegangen, um sich auszuruhen, aber es hatte nicht funktioniert. Ihre Gedanken, ihre Gefühle – alles fraß sie innerlich auf.

Um sechs Uhr hatte sie schließlich bei Elsa geklopft.

»Ich habe einfach gesagt, dass mein Bruder in Västerås Geburtstag hätte und ich ihm ein Rasiermesser schenken wollte. Ich glaube nicht, dass Gittan, die kassiert hat, sich noch weitere Gedanken darüber gemacht hat, sie hat genug mit sich selbst zu tun. Ihr Mann hat schon seit einem Monat kein Geld mehr nach Hause geschickt. Er wollte in Östergötland als Rübenpflücker arbeiten, aber die Saison dafür müsste doch mittlerweile längst vorbei sein, oder?«

Uli erwiderte nichts, da sie gar nicht zuhörte. Für sie war nur von Bedeutung, endlich Hansi wiederzusehen.

Auf Elsas Esstisch lag neben dem Rasiermesser eine glänzende Haushaltsschere. Sie sei die schärfste, die sie besaß, beteuerte Elsa. Weit hinten im Küchenschrank hatte sie außerdem eine Flasche mit einem Rest Cognac gefunden. Aus der Gemischtwarenhandlung hatte sie darüber hinaus eine Tube mit »Jukon Wundsalbe« mitgenommen, die laut Verpackungsaufdruck gegen Verbrennungen, wunde Füße, Juckreiz, Wundinfektionen, Hautreizungen und leichtere Fälle von Erfrierungen helfen sollte.

Über die Salbe freute Uli sich besonders.

Ihr eigener Beitrag waren die Seife und das Gästehandtuch von Björkegrens WC. Das Handtuch aber lehnte Elsa ab, weil es von den Pensionsgästen benutzt worden war und deshalb Infektionen verbreiten könnte. Stattdessen hatte sie eines von ihren hervorgeholt, das sie bereit sei zu opfern, sagte sie.

Es war verschlissen, aber sauber.

»Ich verstehe zwar nicht, weshalb er fesch aussehen muss, wenn er sich doch nur im Wald aufhält, aber es bekommt ihm sicherlich gut, sich mal wieder zu waschen. Damit war es nicht weit her. Nach dem Sommer hat er es im Prinzip gelassen«, erklärte Elsa.

Uli sah Elsa an.

Nein, sie hat es nicht begriffen, dachte sie.

Sie kennt nicht das Bedürfnis, das, was zerbrochen ist, wieder heil machen zu wollen.

Uli hatte die weite Fahrt von Malmö nach Krokom auf sich genommen, um die Puzzleteilchen zusammenzusuchen, die ein vollständiges Bild des Mannes ergaben, der ihr verloren gegangen war. Um ihre Erinnerung an ihn zu festigen, mithilfe jedes kleinen Teilchens, dessen sie habhaft werden konnte – auch wenn es einen Moment beinhaltete, den er bei einer anderen Frau zugebracht hatte.

Jetzt aber war es vielmehr so, als müsste sie Teile von ihm wieder fortnehmen, Schicht um Schicht freilegen, in der

Hoffnung, ihn tief dahinter noch heil vorzufinden. Schließlich hatte sie ihm einmal vor langer Zeit geschworen, ihn holen zu kommen, falls er nicht selbst käme, und zu behaupten, dass er ihr gehörte. Nun ja, es so gut wie geschworen – es sich selbst geschworen, auch wenn sie es nicht offen ausgesprochen hatte. Dafür hatte sie im Nachhinein ihre Erinnerung immer wieder geschönt, um sich selbst zu trösten und davon zu überzeugen, dass sie es tatsächlich getan hatte.

Elsa hatte Uli eine Hose geliehen, damit sie im Wald nicht so fror. Uli trug nur selten Hosen – eigentlich immer nur Röcke oder Kleider – und kam sich darin ganz anders vor. Schon diesen dicken, kratzenden Stoff zwischen den Schenkeln zu spüren, war ungewohnt. Die Hose besaß tiefe Taschen, in die sie die Schere, die Salbe und noch ein bisschen mehr stecken konnte. Uli hatte ein etwas runderes Hinterteil als Elsa, die gerade, schmale Hüften besaß, aber der Hosenknopf ging zu, das war die Hauptsache. Elsa hatte ihr auch einen Pullover gegeben – einen grauen, selbst gestrickten –, den Uli unter dem Mantel anziehen wollte.

»Wer ist A. Cederstam?«, fragte Elsa, als sie zufällig das gestickte Monogramm auf dem Mantelfutter sah.

»Amalia Cederstam. Ich war in Malmö ihr Dienstmädchen.«

»Hast du die Stellung denn jetzt nicht mehr?«

Uli wollte zuerst lügen, ertappte sich aber dabei, den Kopf zu schütteln, bevor sie eine passende Antwort formulieren konnte.

»Ich war zu unordentlich und chaotisch. Und es kam zu Gerede unter den Nachbarn, dass ich Deutsche sei und dass sich das nicht ... schicke.«

Elsa nahm die Sachen vom Tisch. Sie wirkte nervös. Sie besaß kein zweites Paar Stiefel, das sie Uli geben konnte, sodass Uli heute Abend wieder ihre eigenen Schuhe tragen musste, aber Uli hatte bessere Strümpfe von ihr bekommen. In ihrem Zimmer in der Pension hatte Uli Lust gehabt, das Seidennachthemd anzuziehen, um es Hansi zu zeigen, bevor ihr klar geworden war, dass es nicht sonderlich praktisch wäre. Außerdem schämte sie sich dafür, auf welche Art und Weise sie dazu gekommen war. Es musste im Koffer bleiben.

Uli packte die Tube mit Wundsalbe in die Hosentasche, aber Elsa sagte ihr, dass sie sie in den Rucksack tun solle.

»Hat er dir gegenüber erwähnt, wen er …?«, setzte Uli an.

»Er hat berichtet, dass es Streit gegeben hatte, wollte aber nichts Genaueres darüber sagen«, meinte Elsa. »Aber vielleicht erzählt er es ja dir, wenn du ihn danach fragst?«

Elsa schaute aus dem Fenster. Es fing an zu dämmern, aber noch war es zu hell, um rauszugehen.

»Andererseits – welchen Unterschied macht das schon? Wenn es doch sowieso schon geschehen ist?«, wandte Uli ein. »Da, wo ich herkomme, haben viele getötet, und viele sind gestorben.«

Elsa schnappte hörbar nach Luft.

»In Norwegen hasst man seit dem Krieg die Deutschen«, sagte sie. »Und hier auch. Die Grenze liegt nicht weit von hier entfernt, und man hat in Krokom viele norwegische Flüchtlinge aufgenommen. Sie mussten ihre gesamten Besitztümer zurücklassen.«

»Ich verstehe«, konnte Uli nur antworten.

Sie ließ sich aufs Sofa fallen. Elsa setzte sich auf den Stuhl am Tisch. Sie müssten noch eine halbe Stunde warten, bevor sie aufbrechen könnten, sagte sie.

»Forsen, mein Chef, hatte im Frühjahr Besuch von norwegischen Geschäftsfreunden. Sie waren auf dem Rückweg von einer Geschäftsreise nach Stockholm, hielten aber in Krokom und unterhielten sich mit Forsen vor dem Laden. Sie erzählten, dass Stockholm reich und schön sei – aber vor allem reich. Und dann sagten sie, dass das selbstverständlich kein Wunder sei, wenn man wie die Schweden die Röcke gehoben und sich für Deutschland prostituiert habe.«

Als Elsa das erzählte, wurde ihr Hals ganz rot und fleckig.

Hastig stand sie auf, um sich ein Glas Wasser zu holen.

Ulis Gedanken schweiften zu einem anderen Rock. Ihr fiel wieder die Frau ein, die vor Frau Müllers Haus Gefäße und Töpfe aus gehämmertem Kupfer und Messing verkauft hatte. Dass die jungen Männer, die sie weggebracht hatten, von hinten auf ihren Rocksaum getreten waren, damit sie den Rock verlor. Sie hatten sie bewusst demütigen wollen. Sie habe kein Recht, dort zu sitzen und etwas zu verkaufen, hatten die jungen Männer gesagt. Solche wie sie müssten weg. Sie solle wieder in das Land zurückkehren, aus dem sie gekommen sei, und nicht das einfache Volk auf der Straße belästigen.

Uli erzählte Elsa von der Frau. »Frau Müller sagte, dass sie die Frau angeblich deshalb weggebracht hatten, weil sie diebisch sei, auch wenn sie selbst nie etwas davon bemerkt habe«, erinnerte sich Uli. »Und bei den jungen Männern handelte es sich schließlich um Jungen aus dem Viertel. Sie müssen die Straßenhändlerin ja auch gekannt oder schon von Kindesbeinen an dort sitzen gesehen haben.«

Elsa nickte.

»Wir haben nichts getan, um sie aufzuhalten«, sagte Uli und starrte auf den Wandkalender, damit sie Elsa nicht in die Augen sehen musste.

»Warum ist Hansi eigentlich hierher, zu dir gekommen?«, fragte Uli.

»Weil er sich auf seiner Flucht an meine Adresse erinnert hat«, sagte er. Und er besaß ein Foto von mir. Er sagte, dass ich seine einzige Chance sei. Dass er der Bahnstrecke gefolgt sei und sich so weit wie möglich in die Nähe von Krokom begeben habe.«

»Du liebst ihn also nicht?«, fragte Uli noch einmal und versuchte in sich hineinzuhorchen, ob sie den Mann im Wald eher lieben könnte, als den, um den sie so lange getrauert hatte.

Wenn der Hansi, den sie früher gekannt hatte, womöglich gar nicht mehr hinter dem Haar, dem Bart und dem Gestank existierte – was wäre dann? Wenn nun ein anderer Mensch aus ihm geworden war?

Der Gedanke war unerträglich.

»Nein. Ich hasse ihn aber auch nicht. Er ist einfach nur ein junger Mann, der einmal einen Zettel mit seiner Adresse auf den Bahnsteig geworfen hat, den ich aufgehoben habe«, sagte Elsa.

»Und weshalb hast du ihn dann versteckt?«

»Weil ich mir eingebildet habe, so etwas wie eine Verantwortung zu haben«, erwiderte Elsa und seufzte. »Die Verantwortung, einem Hilfesuchenden beizustehen.«

Als Uli heute früh wach auf dem Sofa gelegen hatte, waren ihr unzählige Gedanken durch den Kopf geschossen, und alles hatte so klar und einfach gewirkt. Anders als jetzt. Statt glasklar war jetzt wieder alles undurchsichtig und verschwommen. Alle ihre Gedanken, die um die *Preußen* und die Masten und den Bart gekreist waren, vermischten sich miteinander wie auf dem Gemälde auf Tante Ankes Plumpsklo.

Nur einer Sache war sie sich noch sicher – sie musste Elsa davon überzeugen, mit ihr einen Plan zu schmieden, damit Hansi den Wald verlassen und mit Uli zusammen weiterreisen konnte.

20

Die Kerze in der Waldhütte brannte, aber nicht der Holzofen. Becker sagte, er habe heute tagsüber in der Ferne einen Schuss gehört und es nicht gewagt, Feuer zu machen, falls Jäger im Wald wären. Nun zerbrach Elsa die trockenen Zweige auf dem Boden, legte sie in den Ofen und bat Becker, ihn anzufeuern. Uli reihte währenddessen die mitgebrachten Dinge auf dem Tisch auf.

»Wenn das Feuer brennt, können wir auch ein bisschen Wasser erwärmen. Es muss hier auch irgendwo einen Topf geben«, sagte Elsa, bevor sie nach dem Eimer griff und die Hütte verließ, um Wasser aus dem Bach zu holen.

An diesem Abend hatte Uli weder geschrien, noch war sie in Ohnmacht gefallen.

Sie hatte auf dem Weg hierher nervös gewirkt und fast ununterbrochen gequasselt, beim Wiedersehen mit Becker aber war sie still geworden.

Still und entschieden, dachte Elsa.

Uli hatte ihren Mantel abgelegt und Becker kurz erklärt, was sie vorhatte. Er hatte nicht protestiert.

Elsa war sich nicht ganz sicher, wo der Bach lag, erinnerte sich aber noch an den Verlauf von Beckers Fußspuren im Schnee aus dem Winter und schlug dieselbe Richtung ein.

Ein Stückchen entfernt waren sie nach rechts abgezweigt. Falls es früher am Tag Jäger im Wald gegeben hatte, waren sie jetzt nicht mehr da. Tiefe Stille umgab sie. Noch nicht einmal ein Lüftchen wehte. Becker hatte von Jägern gesprochen, von Schüssen, kläffenden Hunden und bewaffneten Männern, die nach ihm suchten, aber Elsa war sich nicht sicher, ob hier in der Gegend wirklich jemand auf der Jagd war oder ob sich das alles nur in Beckers Fantasie abgespielt hatte.

Saß man tagein, tagaus nur grübelnd in der Hütte und hatte eine Heidenangst davor, entdeckt zu werden, war es kein Wunder, wenn man sich dergleichen einbildete. Sie blickte sich ja schon selbst immer wieder über die Schulter, wenn sie im Wald unterwegs war, und meinte häufig, Schritte und Stimmen hinter sich zu hören. Allerdings nicht heute – nicht heute Abend. Da hörte sie nur in einiger Entfernung den Bach plätschern und wusste, dass sie den richtigen Weg eingeschlagen hatte.

Beim Füllen des Eimers wurden ihre Hände eiskalt, und die Wunde an ihrem Finger brach erneut auf und fing an zu bluten.

Als sie wieder in die Hütte zurückkam, hatte Uli inzwischen Beckers Oberkörper entblößt.

»Wir hätten saubere Kleidung mitnehmen sollen«, bemerkte sie.

Elsa fragte sich, wo sie die hätten hernehmen sollen, sagte aber nichts.

Das Feuer brannte ein wenig, aber der Ofen war noch überhaupt nicht heiß. Elsa machte sich auf die Suche nach dem Topf, den sie im Sommer in der Hütte gesehen hatte, goss Wasser hinein und stellte ihn trotzdem schon einmal auf die Ofenplatte. So würde das Wasser mit etwas Glück wenigstens lauwarm werden. Darauf wollte Uli aber nicht warten. Sie setzte Becker auf die Bank, füllte den Emaillebecher mit kaltem Wasser und entleerte ihn über seinem Kopf. Er schrie auf, gehorchte Uli aber dennoch, als sie ihn bat, so still wie möglich zu sitzen, während sie die Seife zwischen ihren Händen verrieb und sie anschließend sanft in seinem Haar und seinem Gesicht verteilte. Er schrie abermals auf, als das Seifenwasser in seine Wunde an der Lippe rann. Uli schenkte noch einen Becher Wasser ein und kippte ihn über Hansi aus. Dann reichte sie ihm das Handtuch, damit er sich abtrocknen konnte. Danach schnitt sie seinen langen Bart unmittelbar unter dem Kinn ab und die längsten Haarsträhnen kurz.

»Wir hätten einen Kamm mitnehmen sollen«, bemerkte Uli.

Elsa gab noch mehr Kleinholz in den Ofen und fand, dass das Wasser sich zunehmend erwärmte.

Uli fuhr mit dem Haareschneiden fort. Im Nacken schnitt sie sein Haar ganz kurz, auf dem Oberkopf ließ sie es etwas länger.

Rasch trat ein anderer Mann hervor.

Anschließend schnitt Uli seinen Bart vor allem um die Mundwinkel noch kürzer, den Rest nahm sie mit dem Rasiermesser ab. Sie bat Elsa, die Kerze hochzuhalten, und löste ganz behutsam die Barthaare, die in die Wunde gewachsen oder daran festgeklebt waren. Dann befeuchtete sie einen Zipfel des Handtuchs mit dem Cognac. Becker zuckte zusammen, als er das Handtuch auf der Wunde spürte. Uli desinfizierte sie vorsichtig und gab ihm den restlichen Cognac aus der Flasche zum Trinken.

»Das wärmt schön«, sagte sie.

Becker griff nach ihrer Hand, als wollte er ihr danken, aber Uli ließ sich nicht an ihrer Arbeit hindern.

Sie ging sehr effizient zuwege und schien ganz und gar nicht mehr so konfus wie zuvor. Es half natürlich, etwas mit den Händen zu machen. Das dachte Elsa jedenfalls selbst immer, wenn sie sich in den Abwasch stürzte, um nicht ins Grübeln zu geraten.

Sobald Becker den Alkohol getrunken und sogar die Zunge in den Flaschenhals gesteckt hatte, um die restlichen Tropfen herauszulecken, gab Uli einen großen Klecks Jukon-Salbe in ihre Handfläche und schmierte sie ihm sanft ins Gesicht. Jetzt glänzten seine zuvor so rissigen Wangen.

»Und jetzt dein Körper«, wies Uli ihn an und reichte Becker das Handtuch.

Er nahm es nicht. Stattdessen hob er die Arme und wollte, dass Uli ihn weiter wusch.

Er genießt die Berührung, dachte Elsa.

Niemand hatte ihn ein Jahr lang angefasst. Aber sie hatte auch niemand angefasst, wenn sie es richtig bedachte. Sie war sich noch nicht einmal sicher, ob sie das wieder zulassen würde. Es war zu gefährlich und kompliziert.

Uli befeuchtete das gesamte Handtuch und fuhr damit über Beckers Oberkörper. Sie seifte ihn ein, tauchte das Handtuch erneut in den Eimer und wusch die Seife wieder ab. Elsa wurde ganz verlegen angesichts ihrer Zärtlichkeiten und versuchte, in eine andere Richtung zu blicken, aber es fiel ihr schwer. Richtig peinlich wurde es aber erst, als die Reihe an Beckers Unterleib war.

»Wir müssen alles waschen«, flüsterte Uli ihm zu, als er zögerte.

Der Ofen fing wieder an zu qualmen. Uli rieb sich die Augen.

Becker nahm ihr das Handtuch ab und tauchte es vorsichtig in den Topf auf dem Ofen. Er wendete sich ab, zog seine Hosen herunter und wusch sich. Danach goss Uli das restliche lauwarme Wasser in den Eimer und bewegte Becker dazu, Schuhe und Strümpfe auszuziehen und die Füße hineinzustecken. Seine Zehen wiesen dieselben üblen Verfärbungen auf wie seine Finger. Er zitterte vor Kälte.

Uli zog ihren Pullover aus und gab ihn Becker. Er war zu klein zum Überziehen, aber er wickelte ihn stattdessen um seine nackten Füße.

Elsa holte inzwischen den Hartkäse und das kleine Stück Rindfleisch aus dem Rucksack.

»Er braucht neue Kleidung«, sagte Uli noch einmal.

»Aber wie sollen wir das regeln?«, fragte Elsa.

»Habt ihr in Krokom denn in den Gärten keine Wäscheleinen?«, erwiderte Uli. Elsa wurde etwas mulmig zumute.

21

Zurück in Krokom vereinbarten Elsa und Uli, dass Uli heute Nacht in der Pension übernachten sollte. Es würde seltsam wirken, wenn Uli noch eine weitere Nacht bei Elsa schlafen würde, und es gab auch keinen direkten Grund dafür. Elsa schien ihr jetzt zu vertrauen. Sie war beunruhigt über Ulis Frage nach den Wäscheleinen und hatte nicht ganz verstanden, wie das gemeint war, aber Uli hatte ihr versprochen, nichts zu stehlen – und das schien für Elsa die Hauptsache zu sein.

»Ich möchte keine Diebin werden«, hatte sie gesagt.

»Das wirst du nicht«, hatte Uli ihr versichert.

Vor Elsas Tür trennten sie sich. Als Uli Björkegrens erreichte, musste sie feststellen, dass die Haustür verriegelt war. Zuerst erwog sie, doch wieder zu Elsa zu gehen, aber es stimmte ja, dass es seltsam aussehen musste, vor allem, da sie das Zimmer in der Pension schon für mehrere Nächte im Voraus bezahlt hatte.

Uli hatte ihre Manteltaschen und die Kofferfächer nach mehr Geld durchsucht, aber schließlich erkannt, dass sie Augusta Björkegren am Tag ihrer Ankunft wohl doch ihr letztes Vermögen gegeben hatte – die beiden Wochenlöhne, die Frau Cederstam ihr extra gezahlt hatte. Aber Uli wusste nicht, wie viele Übernachtungen die Summe abdeckte.

Uli entschied anzuklopfen – zuerst leise, falls zu dieser Zeit schon Gäste schliefen, dann immer lauter.

Zuletzt kam Augusta Björkegren und öffnete.

»Sie sind abends aber noch ganz schön spät draußen«, sagte sie, als sie Uli einließ und hinter ihr abschloss.

»Ich habe noch einen Spaziergang gemacht. Ich habe Schlafstörungen«, erklärte Uli.

»In dem Fall ist frische Luft natürlich hilfreich. Manchmal macht sie einen allerdings auch nur munter«, erwiderte Augusta Björkegren.

Uli wünschte ihr eine gute Nacht und eilte die Treppe hinauf, während Augusta Björkegren in ihren Privaträumen verschwand.

Das mit den Schlafstörungen stimmte, denn obwohl sie sich auszog und ins Bett legte, fühlte sie sich kein bisschen müde. Sie dachte an Hansi, an seinen nackten Körper, und stand wieder auf. Sie holte das Seidennachthemd aus dem Koffer.

Es war noch genauso weich, wie sie es in Erinnerung hatte.

Sie streifte es über den Kopf und musterte ihre Verwandlung im Wandspiegel. Sie hob ihre Brüste an, posierte und machte einen Schmollmund, als wäre sie Schauspielerin oder Mannequin. Von der Berührung wurden ihre Brustwarzen steif. Wie ein Augenpaar starrten sie sie aus dem Spiegelbild an. Das Negligé war so groß, dass es gerade von ihren Brüsten herabfiel und ihren Bauch sowie einen Teil ihrer Schenkel verbarg. Sie war froh darüber, denn diese Teile ihres Körpers hatte sie nie gemocht, selbst wenn die Männer Gefallen daran gefunden hatten.

Uli machte ein paar Tanzschritte über den Fußboden. Sie hatte sich schon lange nicht mehr amüsiert, schon lange keine Musik oder auch nur Radio gehört, war lange nicht mehr in einem Lokal gewesen … Frau Cederstam hatte eine eigene Köchin gehabt, und es war Ulis Aufgabe, vor den Mahlzeiten den Tisch zu decken und anschließend das Geschirr abzutragen.

Die Köchin namens Berta hatte Uli immer schief angesehen, wenn sie heimlich noch die Wein- und Likörgläser der gnädigen Frau austrank, aber Bertha hatte sie nie bei Frau Cederstam verpetzt. Meistens waren es auch nur ein paar Tropfen, aber der Geschmack erinnerte Uli an Anne-Marie, den Abendkeller und an die Zeit vor dem Krieg.

Gelegentlich gelang es Uli, sich selbst davon zu überzeugen, dass sie damals glücklich gewesen war. Nun ja, vielleicht nicht richtig glücklich, aber zumindest annähernd.

Die Pferde in ihr hatten sich ein paar Jahre lang ruhig verhalten, und Anne-Marie und Uli hatten viel zusammen gelacht. Das war vor Horst gewesen. Ja – auch vor Hansi. Aber vor allem war es vor dem Zeitpunkt gewesen, als Horst Anne-Marie und ihr dargelegt hatte, dass mit Uli etwas nicht stimme. Dass sie zu schnell und zu laut spreche, zu wild und unangenehm sei. Uli hatte etwas bekommen, das Frau Müller im Nachhinein einen »Anfall« genannt hatte – und das hatte Horst Angst gemacht. Danach lag immer Verachtung für sie in seinem Blick.

Sie hatte sich damals an einigen Tagen so gefühlt wie jetzt auch – als würde die Temperatur in ihr immer höher steigen, wie bei einem Thermometer, das der prallen Sonne ausgesetzt war.

Uli hatte wie gewöhnlich Sherry im Abendkeller getrunken und gespürt, wie der Alkohol diese aufgeheizte Stimmung in ihr, dieses Gefühl, das in ihrem Inneren hochzukochen drohte, dämpfte. Dieses Gefühl, das dafür sorgte, dass sie alles haben wollte, und das am liebsten sofort. Aber jenes Mal waren ihre Gefühle schließlich doch entgleist. Aus Wut oder Frustration über irgendetwas hatte Uli ihr Glas genommen und es an die Wand geschmissen, sodass es in tausend Stücke zerbarst. Horst sprang auf, packte und schüttelte sie, genau so, wie ihre Mutter es immer in der Kindheit mit ihr getan hatte, und er schrie, dass die Splitter Anne-Marie hätten verletzten können. Anne-Marie dagegen sagte gar nichts, brachte Uli nur nach Hause zu Frau Müller.

Anne-Marie hatte Uli schon früher so erlebt, für Horst war es das erste Mal.

Deshalb war er wohl auch so gemein geworden.

Für Frau Müller waren weder das Glas noch Horst der Auslöser für den Anfall gewesen, denn mit diesen Details war Anne-Marie sehr sparsam umgegangen. Nein, das, was Frau Müller später als »Anfall« bezeichnete – falls sie überhaupt jemals dachte, dass man darüber sprechen müsse –, war das, was im Nachhinein geschah.

Anne-Marie hatte bei Frau Müller angeklopft, weil Uli ihrer Meinung zufolge nach diesem Zwischenfall nicht allein in ihrer Kammer bleiben sollte. In dem Moment, als Frau Müller ihre Tür öffnete, sank Uli auf ihrem Flurteppich zu Boden und hatte nicht mehr die Kraft, wieder aufzustehen. Uli wollte nichts lieber, als dort liegen bleiben und den Teppich streicheln, als wäre es der Kopf eines kleinen Kindes und sie selbst Tante Anke. Selbst heute noch erinnerte sie sich an dieses Gefühl. Der Teppichläufer war in der Mitte abgetreten und verschlissen gewesen, aber die dunkelblauen, fest gezwirnten Fransen am Rand hatten beinahe wie neu ausgesehen. Man konnte sie um den Finger wickeln, sie loslassen und zusehen, wie sie sich von selbst wieder entwirrten. Sie waren wie dafür gemacht, sich immer wieder zu verdrehen, und mussten sich nicht zwingen, etwas anderes zu sein, als sie es waren. Könnte man auf Teppichfransen eifersüchtig sein – Uli wäre es gewesen.

Frau Müller hatte versucht, sie hochzuheben, aber es war ihr nicht gelungen. Schließlich gab sie es auf und stellte eine Tasse dampfenden Tee auf den Läufer, damit Uli irgendetwas zu sich nahm.

Uli wünschte sich, dass ihr auch jetzt jemand so eine Tasse servieren würde, denn sie hatte Durst und Hunger – ja, wenn sie genauer darüber nachdachte, war sie geradezu ausgehungert.

Uli konnte weite Strecken gehen, ohne sonderlich viel zu sich zu nehmen, aber ihr Magen hatte schon in der Waldhütte geknurrt, das musste sie zugeben. Trotzdem hatte sie nichts von dem gegessen, was Elsa eingepackt hatte, weil Hansi die Nahrung nötiger hatte als sie. Er war so schrecklich mager. Seine Brust war tief eingesunken, und Uli hatte beim Waschen seine Rippen durch das Handtuch gespürt.

Ob sie vielleicht in die Küche hinuntergehen und sich etwas zu essen nehmen könnte? Sich vielleicht ein Ei braten, von denen Augusta Björkegren ja mehr als genug hatte? In dem Fall musste Uli ja niemanden aufwecken, müsste einfach bloß leise und vorsichtig sein.

Nachdem sie erst einmal angefangen hatte, an die Eier zu denken, konnte sie nicht mehr damit aufhören. Sie waren so herrlich weich gewesen ... Die Eier, die gelbe Butter, Brot,

Fisch, Speck, was auch immer essbar war – Uli wollte alles haben und konnte beinahe schon ihren Geschmack auf der Zunge spüren.

Vorsichtig öffnete sie die Tür zum Korridor, spähte hinaus und hastete zur Treppe. An den Beinen verspürte sie einen kalten Luftzug. Lautlos ging sie in die Küche hinunter. Dort sah es aus wie beim letzten Mal. Das schmutzige Geschirr türmte sich auf, benutzte Pfannen standen auf dem Herd, und der Tisch war mit Zeitungen und Kochbüchern übersät. Statt des Gewehres lagen eine angefangene Strickarbeit und eine Fahrradkette auf dem Sofa.

Eier konnte Uli jedoch nirgends entdecken. Sie fand aber eine Schale gekochter Kartoffeln in der Speisekammer. Die musste reichen. Kalte Kartoffeln hatte sie früher schon gegessen, und sie konnte um diese Uhrzeit ja schließlich nicht zu den Hühnern rausgehen, um nachzusehen, ob sie Eier gelegt hatten.

Sie pellte die Kartoffeln mit einem Messer, das auf der Spüle lag, und stopfte sie sich beinahe im Ganzen in den Mund. Lecker. Sie nahm noch eine und verfuhr ebenso damit. Mit etwas Soße hätten sie noch besser geschmeckt, aber sie sah nirgends welche. Doch in der Pfanne auf dem Herd war noch Bratfett. Uli halbierte die dritte Kartoffel und nahm damit die Butter auf. So machte sie es auch mit der vierten. Nachdem sie erst einmal mit dem Essen angefangen hatte, konnte sie kaum mehr damit aufhören. Die restlichen Kartoffeln pellte sie nicht einmal mehr, sondern aß sie einfach so. Am Ende war die Schale leer. Da brach sie sich ein paar Stücke von dem Brot ab, das auf der Küchenbank lag, wischte die Pfanne damit aus, kaute und schluckte. Im Anschluss daran verspürte sie ein Verlangen nach etwas Süßem. Uli steckte sich einen Finger in den Mund und stippte ihn in das Zuckerpaket aus der Speisekammer. Der Zucker knirschte zwischen den Zähnen. Er schmeckte so herrlich, dass sie die Packung am liebsten mit sich auf ihr Zimmer genommen, sich damit ins Bett gelegt und, wann immer ihr während der Nacht der Sinn danach stand, einen Finger hineingesteckt hätte. Aber sie zwang sich, den Zucker zurückzustellen. Genug war genug. Sie schämte sich ein wenig, als ihr Blick auf die leere Schale fiel, in der die Kartoffeln gelegen hatten, aber jetzt war es zu spät, etwas dagegen zu unternehmen. Uli schlich wieder aus der Küche.

Im Vorraum am Fuß der Treppe stand ein Paar große Herrenstiefel. Als sie früher am Abend aus dem Wald zurückgekehrt war, hatte sie die noch nicht dort gesehen, aber jetzt waren sie da – blank gewienert, damit die Schuhcreme über Nacht ins Leder einziehen konnte. Ein strenger Geruch stieg von ihnen auf.

Uli hielt ihren nackten Fuß gegen den rechten Stiefel.

Sie könnten die passende Größe haben, dachte sie.

Als sie sich gerade vorbeugte, um sich die Schuhe genauer anzusehen, hörte sie Schritte aus den Privaträumen der Björkegrens. Jemand legte seine Hand auf die Türklinke. Schnell raffte Uli die Stiefel an sich und lief mit ihnen im Arm die Treppe hinauf.

Erst als sie sich im Spiegel sah, bemerkte sie, dass ein Teil ihres Seidennachthemds pechschwarz geworden war.

22

Elsa verließ Forsens Büro so schnell es ging. Zuvor hatte er sie hereingerufen und gesagt, dass er ihr etwas Fantastisches zu erzählen habe. Elsa hatte gehofft, dass es sich um etwas Bemerkenswerteres als die geleistete Anzahlung für den Lastwagen handelte. Das war es auch – Forsen zufolge. Aber nicht Elsa zufolge.

Das Fantastische sei, dass er beschlossen habe, Elsa ebenfalls den Lkw-Führerschein machen zu lassen. Sie könne mit Nils Übungsfahrten unternehmen und danach ihre ersten Fahrstunden nehmen. Es sei zwar nicht so, dass Nils die Frei-Haus-Lieferungen nicht auch selbst bewältigen könne oder dass Elsa nicht länger im Laden gebraucht werde – denn das wurde sie selbstverständlich. Aber es sei nur gut, wenn sie sich bei den Arbeitsaufgaben untereinander abwechseln könnten – und außerdem wäre es auch nützlich für Forsens Gemischtwarenhandlung, wenn sie als ein Unternehmen aufgefasst würden, das mit der Zeit ging.

»Sie sind den Männern in jeder Hinsicht ebenbürtig, Elsa, da bin ich mir sicher. Da muss man sich nur mal das Lotta-Fuhrunternehmen ansehen; die Frauen wissen mit schweren Fahrzeugen umzugehen! Und wenn Sie ab und zu die Waren bringen, Elsa, wird allen in ihren Häusern die Spucke wegbleiben, und sie werden mit unserem Service hochzufrieden sein.«

Elsa ertrug es kaum, Forsens Begeisterung zu sehen.

Sie hatte gehofft, er würde ihr mitteilen, dass er gedenke, etwas kürzer zu treten, ihr mehr Verantwortung für den Gemischtwarenladen übergeben und sie zur Geschäftsführerin oder dergleichen machen wolle – und sie endlich Gelegenheit bekäme auszuprobieren, wie sich ihre Vorstellungen über Warenpräsentation, Verpackung und Reklame auf den Verkauf auswirken würden. Stattdessen wollte er ihr eine Chauffeursmütze aufsetzen und sie als Aushängeschild für einen modernen Laden benutzen – ausgerechnet sie, die noch nicht einmal viel von der Idee mit dem Lkw hielt.

Sie wusste, dass sie Forsen enttäuscht hatte, als sie nicht ganz so enthusiastisch reagierte, wie er gehofft hatte.

Den alten Olsson hatte sie auch verletzt.

Er war zum Einkaufen ins Geschäft gekommen, aber nur für Dinge, die er eigentlich nicht brauchte, wie Bonbons und Schmerzmittel. Elsa wusste, dass er im Grunde nur ein wenig mit ihr plaudern wollte, mehr über die Deutsche und was in Krokom so los war erfahren wollte, aber sie hatte weder die Zeit noch die Kraft dafür – und auch nicht den Mut. Falls der alte Olsson seiner Frau Tora doch alles weitererzählte und diese daheim herumspekulierte, wer was und warum tat, wollte sie nichts übereilt von sich geben. Was könnte sie sagen, damit deren Neugierde ausreichend gestillt wäre, ohne ihr Geheimnis zu verraten?

Geschwind hatte Elsa ihn abgewiesen, als er Anstalten machte, sich mit ihr zu unterhalten, und sich dem nächsten Kunden zugewandt. Als sie jedoch sah, dass der alte Olsson am Ende des Verkaufstresens stehen blieb und geduldig darauf wartete, bis sie Zeit für ihn hatte, bekam sie ein schlechtes Gewissen. Er behandelte sie schließlich stets freundlich. Die ganze Situation setzte sie so unter Druck, dass sie sehr laut sagte, dass es wohl bald an der Zeit für ihren längst versprochenen Besuch bei den Olssons wäre. Und dann hörte sie sich selbst äußern, dass sie morgen Abend einen Spaziergang zu ihnen plane. Daraufhin hatte der alte Olsson seinen Hut gezogen, sich verbeugt und Elsa gefragt, zu welcher Uhrzeit sie wohl kommen könne. Sie einigten sich auf sieben Uhr abends.

Elsa beteuerte mehrmals, dass Tora sich für ihren Besuch bitte keine Umstände machen solle. »Ich werde auch nur kurz kommen«, fügte sie hinzu, »es ist abends ja schon so dunkel, und ich brauche ausreichend Zeit für den Rückweg.«

»Wie schön! Ich habe Tora schon so viel von Ihnen erzählt, Elsa, und sie fragt mich oft nach Ihnen und wie es Ihnen geht«, erwiderte der alte Olsson.

Elsa schluckte schwer.

Gerade das hatte sie ja schon befürchtet.

»Fein. Morgen um sieben dann«, sagte sie.

Bis dahin musste sie sehr genau überlegen, was sie erzählte.

Als Anna Karlström eintraf und sie den Platz hinter dem Verkaufstresen einnahm, schlich Elsa zur Hintertür hinaus und setzte sich auf einen umgestülpten Eimer. Ville fuhr mit dem Meiereiwagen vorbei. Er hielt nicht an und winkte auch nicht. Vielleicht hatte er es eilig, oder aber er war noch immer sauer, dass sie ihm gegenüber neulich so kurz angebunden gewesen war.

Sie bereute es ein bisschen. Es war so, als könnte sie zur Zeit nicht mehr nett, fröhlich oder zuvorkommend sein. Ihre Gedanken kreisten nur noch um Becker und die Deutsche und wie sie sich selbst von all dem befreien könnte.

Falls sie Ville geliebt hätte und er im Krieg gefallen wäre, auf welche Weise hätte sie dann um ihn getrauert? Falls sie Briefe erhalten hätte, die eine andere Frau in einem anderen Land geschrieben hätte, wäre sie doch nicht dorthin gefahren und hätte nach ihr gesucht, oder doch? Um die Puzzleteilchen zusammenzusuchen, wie Uli dazu gesagt hatte. Und welche Gefühle hätten sie, Elsa, umgetrieben, wenn sie herausgefunden hätte, dass er doch noch am Leben wäre und sie ihn sogar wiedersehen könnte? Wäre sie daran nicht auch innerlich zerbrochen, oder hielt der Mensch alles Erdenkliche aus?

Elsa fiel wieder ein, wie Becker im Winter, ohne sich zu rühren, tagein, tagaus in der Hütte gelegen, gefroren und vor sich hin gestöhnt hatte. Trotzdem hatte er nicht aufgegeben. Sein Herz, seine Lungen, ja sein ganzer Körper hatte weitergelebt.

Die Deutsche hatte etwas Unstetes an sich – vielleicht sogar etwas Unzuverlässiges –, aber als Elsa gesehen hatte, wie sie Becker wusch, dachte sie, dass das Liebe sein musste. Das und nichts anderes war Ulis Vorsatz – Liebe. Und das war nicht verbrecherisch. Und wenn das Liebe war, war sie womöglich doch schön. Sofern sie nicht nur das war, was Elsa bisher geglaubt hatte – zu knicksen und sich klein zu machen und seinen eigenen Gedanken und Vorstellungen einen Maulkorb zu verpassen, um jemandes adrette Gattin zu sein. Wenn sie nicht von Ansprüchen handelte, die an einen gestellt wurden, von schleimigen Aalen und leblosen Augen, von Kniescheiben, die auf einem unbequemen Sofa gegeneinanderschlugen, sondern von etwas anderem. Wenn sie von Fürsorge handelte. Von Zärtlichkeit. Wenn sie davon handelte zu pusten, damit das Böse verschwand, und davon, das Hässliche durch Streicheln zu vertreiben. Wenn sie davon handelte, dem eigenen Dasein und dem eines anderen Hoffnung zu verleihen.

»Du musst kommen, Elsa! Mein Lars hat sich im Unterricht übergeben, ich muss ihn abholen. Ich gehe jetzt«, sagte Gittan, als sie Elsa hinter dem Geschäft fand.

Elsa nickte, stand auf und ging mit Gittan zurück zur Kasse.

23

Es war schon spät, als Augusta Björkegren an Ulis Zimmertür klopfte und fragte, ob sie reinegemacht haben wolle. Ohne zu öffnen antwortete Uli, dass das nicht nötig sei. Sie hatte nicht so besonders geschlafen und wurde nach ihren Ausschweifungen in der Küche von Bauchschmerzen geplagt. Sie sprang aber vom Bett auf und versteckte die Stiefel darunter, falls Augusta Björkegren trotzdem hereinkommen würde, aber das wollte sie offenbar nicht. Sie schien sich damit zufriedenzugeben, dass Uli wach war.

Beim Anblick der Flecken auf dem Nachthemd wurde Uli erneut ganz niedergeschlagen, aber die Schuhe waren natürlich wichtiger als die Seide. So war es immer – das Praktische hatte Vorrang vor dem Schönen, wie sehr man auch wünschte, die Welt wäre andersherum gestrickt. Und Hansi hatte Schuhe dringend nötig. Sie hatte nur aus einem Impuls heraus gehandelt, als sie die Stiefel an sich genommen hatte, war aber trotzdem zufrieden. Falls überhaupt jemand ihr Fehlen bemerkte, waren das Sachen, für die sich Ehepaare wie die Björkegrens immer gegenseitig beschuldigten – Dinge an andere Orte und Stellen zu räumen –, und falls die Stiefel einem Pensionsgast gehören sollten, würde es sicherlich ein, zwei Tage dauern, bis man danach suchte. Niemand würde sie verdächtigen, sie genommen zu haben, war sie in ihren Augen doch die Letzte, die etwas mit einem Paar großer Herrenschuhe anfangen konnte.

Uli zog das Nachthemd aus und wollte in ihr Kleid schlüpfen, stellte jedoch fest, dass sie es bei Elsa vergessen hatte. Aber Ulis Wollrock lag noch im Koffer. Also zog sie das Negligé wieder an, den Rock und Elsas Pullover, streifte ihre Strümpfe mit den getrockneten Blutflecken wieder über und darüber Elsas Stricksocken.

Der Rock war mittlerweile zu weit in der Taille, aber das war bei den Bauchschmerzen ganz angenehm. So zusammengewürfelt sah die Kleidung ziemlich dämlich aus, aber Uli wusste noch nicht einmal, ob sie überhaupt rausgehen wollte. Sie hatte nichts anderes vor, als darauf zu warten, dass Elsas Arbeitstag endete.

Die Gedanken waren ihr in der Nacht wie Sternschnuppen durch den Kopf geschossen. Waren aufgeblitzt, hatten für eine kurze Erleuchtung gesorgt und sich gleich darauf wieder in der Dunkelheit verloren.

Dann hatte Uli den Schnarchlauten eines anderen Gastes gelauscht – eines Mannes, der im Zimmer neben ihr wohnen musste – und seinen Schritten auf dem Korridor, als er in nur kurzem Abstand dreimal hintereinander aufstand, um auszutreten. Sie überlegte, wie er wohl aussehen mochte. Kräftig musste er sein, sonst wäre sein Schnarchen wohl kaum so laut gewesen.

Am Morgen war Uli selbst auf Zehenspitzen zum WC geschlichen und hatte ihren Bauch massiert, aber das hatte nichts geholfen. Sie war zurück auf ihr Zimmer gegangen und hatte sich wieder auf das Bett gelegt.

Jetzt zog sie ihre Schuhe an, betrat den Korridor und traf

auf Augusta, die einen Haufen Bettwäsche auf dem Arm trug.

»Der Herr, der in diesem Zimmer übernachtet hat, wird irgendeine Art Geschäftsführerposten in der Fabrik übernehmen, ist intelligent und kennt sich aus, ist aber offenbar nicht gescheit genug, um zu wissen, dass man im Bett keine Schokolade isst. Dass sie schmilzt. Wie ich diese Flecken seiner Ansicht nach wohl wieder rausbekommen soll?«, sagte Augusta und hielt demonstrativ einen Bettbezug hoch.

Uli zuckte mit den Schultern.

»Sie kommen und gehen, diese Herren, verschwenden aber nie auch nur einen Gedanken daran, was sie zurücklassen«, sagte Augusta. »Und als ob das nicht schon genug wäre, haben wir Ratten im Haus. Sie sind geradewegs in die Speisekammer spaziert und haben meine gesamten Pellkartoffeln und Stücke vom Brot gefressen. Ich hab zu meinem Mann gesagt, dass wir Gift auslegen müssen, und er meinte, dass er sich heute Nachmittag darum kümmern will. So geht das ja wohl nicht!«

Uli nickte und eilte die Treppe hinunter, um nicht noch mehr über die Ratte hören zu müssen. Vor der Pension begegnete sie Augusta Björkegrens Mann. Er hatte sich fein gemacht und sein Haar sorgfältig mit einem nassen Kamm frisiert.

Beim Anblick des Gewehrs in seiner Hand fuhr sie zurück.

»*Kaputt*«, sagte er grinsend. »*Kaputtgegangen*. Heißt das nicht so auf Deutsch?«

Es dauerte einen Moment, bis Uli begriff, dass er von der Waffe sprach.

»Mit der kann man nicht mal mehr Ratten erschießen. Es ist defekt.«

»Verstehe«, erwiderte Uli nur und rang sich ein Lächeln ab.
Als sie davonging, spürte sie seinen Blick in ihrem Nacken.

Manchmal hatte sie Frieden darin gefunden, die Leute und das ewige Menschengewimmel vor sich zu betrachten, manchmal war ihr dieses Gewimmel unerträglich gewesen. Vier Häuserblöcke von Frau Müllers Haus entfernt hatte es einen kleinen Park mit einigen Bänken gegeben. Dort hatte Uli früher viele Tage zugebracht. Hinter einer Bank hatte ein üppiger Rosenbusch mit spitzen kleinen Dornen gestanden. Auf dieser Bank saß Uli besonders gern, wenn er blühte. Die rosafarbenen, schweren Blüten hingen über die Lehne, und man roch ihren Duft, während man gleichzeitig den Unterarm gegen die Dornen drücken und verfolgen konnte, wie sie die Haut durchlöcherten. Schönheit und Schmerz verwoben sich miteinander und gaben Uli ein Gefühl von Frieden und Beruhigung. Im Winter dagegen, wenn der Regen nur so herunterströmte und der Himmel von Bleistiftstrichen übersät war, verspürte sie zuweilen Sehnsucht nach den Rosen, aber da bot der Busch keinen besonderen Anblick. Die Zweige blieben auf dem Boden liegen, und Schädlinge nagten an den Wurzeln. Dann bevorzugte Uli die Hafenkais, selbst wenn es stark wehte. Wenn das eigene Dasein einem unerträglich würde, könnte man ins Wasser springen – obwohl sie das nie getan hatte. Sie hatte sich nur an den Pollern festgeklammert, versucht, bis auf den Grund zu sehen, und sich Frau Müllers Gesichtsausdruck vorgestellt, wenn jemand ihr sagen würde, dass Ulrike Hartmann sich ertränkt hätte. Man sollte jedenfalls darauf achtgeben, sich nicht allein dort aufzuhalten. Waren um einen herum Leute, fiel es leichter, auf einer Bank in Kainähe sitzen zu bleiben – das Leben der Leute, ihre Schritte, ihre spielenden Kinder und die alten Großväter, all das konnte zu einer Symphonie verschmelzen, die ihre Gedanken untermalte und dafür sorgte, dass sie trotz aller Widrigkeiten nicht ins Wasser sprang.

Die Menschen in Krokom reichten allerdings nicht dafür aus.

Uli setzte sich auf eine Bank vor dem Postamt, war darauf aber nicht unsichtbar wie in der Großstadt. Es war vielmehr so, als säße sie auf einer Bühne. Die Menschen ringsum sahen sie genauso an, wie Uli sie ansah. Hier war sie jemand Besonderes, sie war die Deutsche auf der Bank, die beurteilt werden musste, über die geklatscht wurde und die Fragen aufwarf, sowie man nach Hause kam – wie sie dasaß, wie sie aussah und zu sein schien und was sie überhaupt in Krokom suchte. Man sah es ihnen an ihrer Kopfhaltung an, wenn sie an ihr vorbeigingen und sich dabei bemühten, sie nicht anzustarren, sie nicht zu grüßen, nicht zu ihr zu gehen, um sich mit ihr zu unterhalten.

Uli stellte sich vor, sie würde mit sich selbst als Hauptfigur ein Theaterstück inszenieren oder einen Film mit unterschiedlichen Szenen aus verschiedenen Perspektiven produzieren. Schließlich stand sie hier sowieso schon im Scheinwerferlicht. Dieser Fantasie hatte sie früher schon viele Stunden gewidmet. Trotzdem war sie jedes Mal wieder neu und spannend: Im Hintergrund sollte Klaviermusik ertönen. Sie war dann wieder der Vamp aus dem Abendkeller oder die Heldin oder die gefallene Frau, die am Schluss unwillkürlich dem Untergang geweiht war. Und Anne-Marie konnte aufhören, bei dem Fleischer zu arbeiten, bei ihr in Krokom sein und eines ihrer Lieblingszitate von den alten Filmen äußern: »Leben wie ein Mann, verführen wie eine Frau.«

Dabei würde sie wie früher kichern, wenngleich nur ein bisschen.

Uli dagegen würde mit sinnlicher Stimme die schönste Replik zum Besten geben: »Lüge bei Tageslicht, aber sprich die Wahrheit im Dunkeln.«

Ein Ausschnitt der Umgebung konnte womöglich auch im Film gezeigt werden, aber nur als Milieu. Die Frau am Eingang des Postamtes zum Beispiel – die mit dem Kinderwagen und dem blassblauen Mantel –, auf sie könnten die Zuschauer unmittelbar vor Beginn des Dramas den Blick heften. Und der Mann, der ohne Jacke auf dem Fahrrad ankam, wer wäre er? Würde er gleich an der Bank der Heldin anhalten?

Das tat er tatsächlich.

»Hier sitzen Sie also? Dann besteht ja nicht das Risiko, dass ich sie heute anfahre!«

Uli sah auf, konnte im Gegenlicht aber nicht sein Gesicht erkennen, sah nur die Umrisse seiner Figur. War das noch im Film, oder geschah es in Wirklichkeit?

»Ich habe Sie neulich Abend doch beinahe angefahren«, erklärte er. »Und Sie ... Sie sind doch die Deutsche, die nach Krokom gekommen ist? Ihr Name war doch Uli, oder? Ich heiße Harry, falls Sie sich noch daran erinnern.«

Es wäre besser gewesen, wenn sie sich nicht schon einmal kennengelernt hätten. Dann hätte die Heldin jetzt eine kühle Hand ausstrecken und einen Handkuss von ihm empfangen können.

»Es ist ein schöner Tag für September«, sagte er. »Nicht direkt warm, aber klar.«

Uli nickte. Sie hatte sich noch gar keine Gedanken über das Wetter gemacht. Deshalb trug Harry auch keine Jacke, sondern bloß einen Strickpullover, mit einem Muster aus über die Brust tanzenden Tieren. Auf Schulterhöhe saß auch ein Spielmann mit Geige. Komischer Pullover für einen Mann, dachte sie.

Das war doch sicherlich ein Zeichen dafür, dass er im Film nicht den Liebhaber spielen konnte, denn der würde doch niemals solche Kleidung tragen. Was sollte sie jetzt sagen? Etwas Vernichtendes über die Viecher auf seinem Pulli? Etwas über den süßen kleinen Hasen am Rand, der besser darauf achtgeben sollte, dass der Fuchs ihn nicht holte? Füchse aßen doch wohl kleine Hasen, oder? Vieles aus ihrer Schulzeit war ihr nicht mehr im Gedächtnis geblieben, aber für Tiere hatte sie sich immer interessiert. Vor allem Füchse fand sie spannend, mit ihrem spähenden Blick und dem buschigen roten Schwanz.

Der Fuchs nimmt seine Beute ins Maul, dachte Uli.

So viel wusste sie noch aus einem Lexikon über die »Tiere des Waldes«.

Zuerst saß er reglos da und wartete, bis er blitzschnell zum Angriff überging.

Und falls der Fuchs selbst zur Beute wurde, lag er um den Hals einer reichen Dame. Uli hatte solche mit Fuchsfell gesäumten Mäntel gesehen, bei denen der ganze Fuchskopf noch intakt gewesen war, einschließlich Augen. Vielleicht waren es aber auch nur Glassteine gewesen, die man im Nachhinein in die Augenhöhlen gesetzt hatte.

Einen solchen Kragen könnte die Filmheldin tragen. Ja,

sie könnte sogar selbst eine Füchsin sein oder zumindest am Schluss dazu werden – wenn ihre List und ihre Schönheit denen aller anderen überlegen wären. Obwohl ihr Haar dann rot hätte sein müssen. Ulis Haare dagegen waren blond.

»Ich kenne Elsa. Elsa von Forsens, meine ich. Sie sind anscheinend Freundinnen?«, fragte Harry.

Uli nickte.

»Ich arbeite bei Hissmofors. Mit Schwefeldioxid«, sagte er.

An dieser Stelle hätte die Heldin sicherlich eine schneidende Antwort parat, dachte Uli. Wäre sie jedoch die Füchsin, wartete sie noch auf den richtigen Moment für den Angriff.

»Am Samstag ist Tanz im Bürgerhaus, falls Sie mit dorthin kommen möchten. Sie und Elsa Pettersson, meine ich. Lindvalls Orchester spielt. Wir könnten Sie beide vorher abholen, dann müssten wir allerdings das Fahrrad nehmen oder zu Fuß gehen. Wir haben uns zwar ein Auto gekauft, mein Freund Ville und ich, wagen es aber nicht, es mit dorthin zu nehmen. Es könnte ja eine Schlägerei geben, oder jemand fährt den Wagen an oder was auch immer. Er hat uns jede Krone unseres hart verdienten Geldes gekostet, deshalb haben wir uns die Hand darauf gegeben, gut auf ihn achtzugeben.«

Uli bewegte die Füße, um festzustellen, ob sie noch tanzen könnte. Es war inzwischen so lange her, dass sie mit einem Mann getanzt hatte, dass sie sich nicht sicher war, ob sie dem Tanz noch folgen könnte.

»Das klingt nett«, erwiderte sie.

»Sie kommen also mit? Versprechen Sie mir das? Und Sie fragen auch Elsa?« Uli tauchte wieder in ihre Filmfantasie ein. Natürlich musste die Heldin tanzen, sie würde sich in sämtliche Herzen tanzen und wieder hinaus. Alle anderen

Figuren würden mitgerissen werden, sich um sie herum im Kreise drehen und sie bewundern, aber niemand würde ahnen, dass bald ihr Geliebter aus dem Wald kommen und sie mit sich nehmen würde.

Uli musste mit Ja geantwortet haben, weil Harry so fröhlich lächelte, als er wieder auf sein Rad stieg.

Kleiner Hase ... dachte sie. Du unschuldiges Hasenjunges, das die Füchsin hat laufen lassen, ein Junges, das die Füchsin nie gebissen hat. Harry wusste noch nicht einmal, dass sie die Füchsin war. Er hielt sie nur für eine junge Frau, die auf einer Bank saß. Kleiner, süßer, wolliger Hase ... Ob sein Fell wohl weich oder rau war?

Nachdem Uli den ganzen Nachmittag auf der Bank gesessen hatte, kehrte sie zur Pension zurück. Sie wagte es nicht, zu Forsens zu gehen und Elsa zu stören, also konnte sie ebenso gut bei Björkegrens warten. Für dieses Mal war sie aus der Fantasiewelt des Films wieder in die Realität zurückgekehrt. Aber die Erinnerung an Anne-Maries Zitate hatten etwas in Uli geweckt – einen flüchtigen Gedanken oder eine Idee, die sie nicht ganz greifen konnte.

Leben wie ein Mann, verführen wie eine Frau.

Lüge bei Tageslicht, aber sprich die Wahrheit im Dunkeln.

Es war, als hätten sich die Worte in ihrem Kopf in einer Endlosschleife festgesetzt. Uli horchte in sich hinein, um festzustellen, ob sie womöglich mit sich selbst redete, vernahm die Worte aber nur in ihrem Innern. Sie fühlte sich fiebrig. Für ein Weilchen stellte sie sich hinter das Haus, wo die Hühner herumliefen und im Gras pickten. Sie wirkten genauso beschäftigt wie neulich. Die weiße Henne, die Uli so an Tante Anke erinnerte, lief auch diesmal allein umher, aber noch weiter entfernt als beim letzten Mal, gefährlich nah an der Straße. Vereinzelt kamen hier durchaus Autos vorbei, sodass sie überfahren werden könnte.

Uli lief hinter der Henne her, um sie einzufangen und zu den anderen zu bringen, aber da flüchtete sie. Uli gab es auf und betrat stattdessen die Pension.

Augusta Björkegren kam mit umgebundener Schürze aus ihrer Privatwohnung. Sie war endlich fertig mit dem Reinemachen und dankte Uli, dass sie deren Zimmer nicht auch noch hatte putzen müssen.

»Frauen ferkeln nicht so herum wie die Männer«, sagte sie. »Mein Mann ist da genauso wie die Gäste. Nimmt sich immer wieder ein neues Glas, wenn er etwas trinken will, und geht quer durch den Raum, wenn man gerade erst den Fußboden gescheuert hat. Er macht sich keine Gedanken darüber, wie viel Arbeit mir das macht, obwohl er hier wohnt und kein zahlender Gast ist. Jetzt musste er plötzlich los und sich eine neue Jagdwaffe anschauen, statt, wie versprochen, Rattengift zu streuen.«

Uli war erleichtert, dass Augusta Björkegrens Mann nicht zu Hause war. Er war irgendwie unangenehm. Es lag etwas in seinem Blick, das sich nicht abschütteln ließ. Obwohl er in seiner Jugend sicherlich fesch gewesen war. Das konnte man noch sehen: Hochgewachsen, schlank und breitschultrig mit einer selbstsicheren Haltung, trotz seines schiefen Rückens. Sie konnte verstehen, weshalb Augusta sich in ihn verguckt hatte.

Leben wie ein Mann, genau.

Und lüge bei Tageslicht.

Lüge bei Tageslicht, weil dann niemand so auf der Hut war wie nachts. Begeh deine Untaten im Schutz des Lichts, nicht in der Dunkelheit. Wenn die Sonne, so wie heute, hoch am Himmel stand. Komm und geh, so wie die Herren in der Pension kommen und gehen.

Lüge bei Tageslicht.

Uli spürte den Worten nach.

Lüge jetzt.

Hinter Augusta Björkegren stand die Tür zur Privatwohnung halb offen.

»Die Hühner laufen auf die Straße«, rief Uli. »Sie wurden aufgescheucht.«

»Oh, verdammt!«, schrie Augusta und rannte auf den Hof.

Uli machte ein paar hastige Schritte in die entgegengesetzte Richtung. Sie konnte sehen, dass die privaten Räumlichkeiten aus zwei Zimmern bestanden. Eines war mit zwei Sesseln möbliert, das andere mit einem Doppelbett. Darin stand ein Schrank. Uli lief hin und öffnete ihn. Welche Hälfte dem Mann gehörte, war leicht ersichtlich. Augustas Kleider waren allesamt bunt oder gemustert, während die ihres Mannes grau oder schwarz waren. Lebe wie ein Mann, sieh aus wie alle anderen, dachte Uli. Als befänden sie sich ständig im Krieg und müssten Uniform tragen.

Uli horchte, um festzustellen, ob Augusta schon wieder auf dem Rückweg ins Haus war, hörte aber nichts. Das Risiko, entdeckt zu werden, war groß, aber sie brauchte Kleider für Hansi.

Außerdem konnte derjenige, der viel hatte, gut und gerne etwas abgeben.

So hatte sie auch von Frau Cederstams Mantel gedacht.

Das verstand man doch wohl unter Gerechtigkeit, oder?

Uli nahm einen Anzug samt Bügel aus dem Schrank, der weit hinten hing. Es handelte sich um einen typischen

Abendanzug, mit verstaubten Schultern und altmodischem Kragen, vermutlich nur selten in Gebrauch, aber so kostspielig in der Anschaffung, dass man ihn niemals wegwarf. Uli verteilte die anderen Herrenkleider ein wenig anders im Schrank, damit die Lücke einem nicht so auffiel, faltete den Anzug einmal in der Mitte und lief so leise wie möglich die Treppe hinauf. Auf ihrem Zimmer zog sie den Bügel heraus und stopfte ihn unter die Tagesdecke. Den Anzug tat sie in ihren Koffer und schloss ihn sogleich. Sie war ganz atemlos und aufgewühlt, dachte aber noch einmal an Hansi und dass sie es seinetwegen tat, und bei dem Gedanken beruhigte sie sich etwas.

Dann eilte sie wieder die Treppe hinunter.

An der Haustür traf sie auf Augusta.

»Sie hatten recht. Ich musste die Weiße wieder einfangen, sie war ein gutes Stück weggelaufen, aber jetzt habe ich die Hühner gezählt, und sie sind wieder alle da«, sagte Augusta Björkegren. »Sorgt man sich nicht um den Fuchs, dann darum, dass die Hühner ins Dorf laufen. Und Sie glauben ja nicht, was man dann von den Frauen in der Gegend zu hören bekäme! Sie halten mit Worten nicht hinterm Berg, wenn es um die Ordnung bei Björkegrens geht, das kenne ich schon von früher her«, sagte sie mit einem Kopfschütteln.

24

Als Uli zu Elsa kam, hatte sie einen Koffer bei sich.

»Willst du verreisen?«, fragte Elsa.

»Hol Stift und Papier und notiere alles, was ich sage«, erwiderte Uli nur.

Sie zog ihre Schuhe nicht aus, stellte nur den Koffer ab, betrat Elsas Wohnung und setzte sich auf das Sofa. Ihre Wangen waren stark gerötet, und sie sah beinahe aus, als wäre sie krank. Elsas Hose trug sie nicht, dafür den Pullover und die Socken.

»Ist irgendwas passiert?«, fragte Elsa. »Fühlst du dich nicht gut?«

Uli sah sie verwirrt an.

»Hol Stift und Papier und schreib«, wiederholte sie.

»Du hast doch wohl nicht erwartet, dass wir heute wieder zur Hütte gehen, oder? Du machst auf mich einen nicht ganz munteren Eindruck, und ich glaube, ehrlich gesagt, nicht, dass ich es heute schaffe«, sagte Elsa. »Und wir haben ihm ja auch noch etwas zu essen dagelassen.«

Elsa machte sich auf die Suche nach ihrem schwarzen Notizbuch mit dem weichen Einband, das sie kaum jemals benutzt hatte. Einen Bleistift trieb sie auch auf. Sie reichte beides Uli, aber Uli meinte, es wäre besser, wenn Elsa schrieb.

»Was soll ich denn überhaupt aufschreiben?«

»Alles, was nötig ist«, sagte Uli.

»Was Becker benötigt?«, fragte Elsa nach.

Uli nannte ihn immer nur Hansi, aber sie waren ja auch ein Paar oder zumindest eines gewesen, das war also etwas anderes. Für Elsa war er Becker.

»Hemd. Schreib das«, forderte Uli Elsa auf.

»Ich habe dir doch gesagt, dass ich keine Herrenkleidung besorgen kann. Das weckt zu viele Fragen«, sagte Elsa.

»Es fehlt nur noch ein Hemd.«

Uli stand wieder auf, um den Koffer aus dem Flur zu holen. Sie humpelte ein wenig. Elsa dachte, dass es wohl wegen ihrer Blasen war. Uli hob den Koffer auf den Tisch und öffnete ihn. Als Elsa sah, was darin lag, zerbrach sie vor Schreck den Bleistift. Uli holte ein Paar große schwarze Stiefel ohne Schnürbänder hervor. Darunter lag ein grauer Anzug.

»Ich habe dir doch gesagt, dass ich nicht zur Diebin werden will!«, fauchte Elsa Uli an.

»Das wirst du auch nicht. Ich habe beides genommen, und ich bin schon eine«, sagte Uli. »Aber ich habe den Anzug von jemandem genommen, der ihn sowieso nicht gebraucht.«

»Und was ist mit den Stiefeln?«

»Die standen bei Björkegrens im Hausflur. Jetzt fehlt nur noch ein Hemd. Und Strümpfe. Er braucht saubere, trockene Strümpfe. Du hast seine Füße ja selbst gesehen.«

»Soll er im Wald einen Anzug tragen? Der wärmt doch kein bisschen!«, wandte Elsa ein.

Sie merkte, wie ihr vor Wut die Stimme versagte.

»Nicht im Wald«, sagte Uli. »Das sollst du ja auch noch aufschreiben. Er soll nicht wie ein Mann auf der Flucht aussehen. Wir wollen Hansi richtig einkleiden und nach Krokom bringen. Danach reisen wir weiter. Er und ich können von hier den Zug nehmen.«

»Das wird niemals funktionieren. Wie soll das gehen? Soll er einfach so aus dem Nichts in Erscheinung treten? Und mit dir zusammen den Zug besteigen?«

»Wir nehmen denselben Zug, aber nicht zusammen. Wir warten weit voneinander entfernt ein jeder für sich auf dem Bahnsteig.«

»Noch ein Deutscher? Das wird bei allen Misstrauen wecken. Das geht nicht.«

»Kein Deutscher – ein Norweger«, sagte Uli. »Ein Norweger auf Geschäftsreise. Du hast doch selbst gesagt, dass manchmal norwegische Geschäftsleute durch Krokom kommen. Und hat Hansi nicht versucht, Norwegisch mit dir zu sprechen?«

Elsa musste nachdenken. Der Plan hatte etwas Vernünftiges an sich, auch wenn er ihr Angst machte. Von dem Tag an, an dem Becker vor ihr auf dem Weg aufgetaucht war, hatte sie alles daran gesetzt, seine Existenz zu verschleiern. Wenn sie im Wald jemanden in der Nähe zu hören glaubte, hatte sie sich versteckt, hatte sich in Tarnfarben gekleidet, war im Schutz der Dunkelheit rausgegangen. Im Winter hatte sie sich bemüht, im Schnee besonders große Schritte zu machen, damit ihre Spuren wie Elchspuren aussahen, falls jemand diese wider Erwarten zu Gesicht bekommen würde. All das hatte sie getan, um nicht entlarvt zu werden.

Becker jetzt nach Krokom zu bringen, war genau das Gegenteil davon.

Es widersprach all ihren Instinkten.

Sie selbst hatte bislang aber auch keine bessere Idee.

»Ich kümmere mich um die Schnürsenkel«, sagte Elsa zaghaft.

»Und was ist mit dem Hemd?«

»So etwas habe ich nicht.«

»Vielleicht eine weite Bluse?«

Elsa sah in ihrem Schrank nach. Sie besaß nicht viele Blusen, und weil sie selbst so zierliche Schultern hatte, waren sie alle ziemlich schmal geschnitten. Sie hatte ein etwas luftigeres Hemd, das sie anzog, wenn sie in Gärningsberg beim Mähen oder bei den Kartoffeln half, aber selbst das war über der Brust nicht weit genug für Becker.

Tief hinten im Schrank hingen noch ein paar Kleider von Tante Stina, die sie nach ihrem Tod nie aussortiert hatten. Aus diesem Fundus stammte auch die Pelzmütze für Becker. Tante Stina war ebenfalls keine große Frau gewesen, sondern dünn und abgemagert, vor allem gegen Ende ihres Lebens, als sie Probleme mit der Atmung bekam. Von einem Krankenhausaufenthalt besaß sie aber noch einen großen, auf der Rückseite offenen Kittel unter ihrer Garderobe.

»Und was ist mit dem hier?«, fragte Elsa und hielt den Kittel hoch.

»Er wird im Nacken nur geknotet, aber wenn er den Anzug anhat, sieht man das ja nicht. Oder ich säume ihn hinten zusammen. Wenn er dann ein Halstuch von mir trägt, sieht man nicht, dass der Kragen fehlt.«

Uli nickte.

»Ja, tu das, aber näh ihn nur ein Stückchen zusammen. Hansi muss ihn noch über den Kopf ziehen können.«

Elsa holte eine Schere und fing an zu schneiden. Der Kittel war trotzdem noch lang, aber dann musste er ihn eben in den Hosenbund stecken. Elsa zog auch ein langes, unauffälliges dunkelgrünes Halstuch hervor. Während Uli noch weiterredete, machte sie sich ans Nähen. Uli erzählte von einem Schiff namens *Preußen*, und dass man Menschen in Not immer helfen müsste. Was sie da genau erzählte, begriff Elsa nicht, aber sie stimmte ihr trotzdem zu. Die Stiche waren lose und hässlich, aber niemand würde sie ja genauerer Betrachtung unterziehen, darum ging es ja gerade.

»Und morgen Abend probieren wir aus, ob es ihm passt«, sagte Uli.

Elsa fiel ein, dass sie dem alten Olsson versprochen hatte, sie morgen zu besuchen und sie deshalb nicht konnte. Sie sagte es Uli, verriet ihr aber nicht, dass sie sich dazu genötigt fühlte, weil sie heute so viele Menschen enttäuscht hatte.

»Dann geh ich allein. Ich möchte Hansi unbedingt von meinem Plan erzählen«, sagte Uli.

»Wirst du denn allein dorthin finden?«, fragte Elsa.

Uli riss die Augen auf. So weit hatte sie offenbar noch gar nicht gedacht.

»Du kannst mir ja eine Karte zeichnen.« Das versprach Elsa zu tun. Bevor sie morgen zu Olssons gehen würde, würden sie sich noch einmal bei Elsa treffen. Bis dahin würde Elsa die Kleider für Hansi im Rucksack verstaut haben, und Uli konnte ihn zur Waldhütte mitnehmen. Uli würde in Elsas Wohnung warten, bis es dunkel war, und sich dann hinausschleichen. Entweder würde Elsa dann schon wieder von Olssons zurückgekehrt sein, oder sie würden hintereinander aufbrechen. Aber das täte in diesem Fall nichts zur Sache, sagte Uli. Sie war sich sicher, allein den Weg zur Hütte zu finden, sofern sie nur eine Karte hätte.

Elsa wiederum war erleichtert, nicht selbst mit dem Anzug zu Becker gehen zu müssen.

Sie schämte sich für den Diebstahl, obwohl sie ihn nicht selbst genommen hatte. Für Diebe hatte sie nicht viel übrig – niemand hatte das. Doch als sie die Deutsche mit dem leeren Koffer in der Hand und gekleidet wie eine Lumpenpuppe davonschlendern sah, konnte Elsa nicht anders, als Mitleid mit ihr zu empfinden. Und sie war auch widerwillig von ihr beeindruckt. Uli setzte Dinge in Bewegung, das konnte man ihr nicht nehmen.

Am nächsten Tag trafen sie sich wie vereinbart bei Elsa. Elsa hatte ein Paar Schnürsenkel sowie Speck und Pellkartoffeln in den Rucksack getan. Auf einem Einzelblatt aus dem Notizbuch hatte sie Uli eine Karte gezeichnet. Viel wichtiger aber war, dass sie ihr gesagt hatte, worauf sie achten solle – wo der Weg endete und dass sie bei einem großen Findling links abbiegen müsse.

»Wenn du an einen Bach kommst, bist du zu weit gegangen, dann musst du wieder umdrehen, versprich mir das«, schärfte Elsa Uli ein. »Und geh vorsichtig, damit du dir nicht den Fuß verstauchst oder dir ein Bein brichst.« Uli versprach es ihr.

»Ich gehe jetzt zu Olssons. Falls sie mir Fragen über dich stellen, sage ich, dass du dachtest, wir wären Verwandte, dich aber geirrt hast und bald wieder fahren wirst. Ganz bald.«

Uli nickte. Elsa hätte gerne eine bestimmte Uhrzeit für Ulis Rückkehr mit ihr abgesprochen, aber Uli besaß keine Uhr.

»Und woher soll ich dann wissen, dass du dich nicht verirrt hast?«

»Vielleicht bleibe ich auch bis morgen bei Hansi. Dann kann ich im Hellen zurückgehen und besser die Karte lesen.«

»Werden sie dich bei Björkegrens denn nicht vermissen?«

»Augusta weiß, dass ich nicht gut schlafen kann und spazieren gehe, um leichter einzuschlafen. Sie ahnt nichts. Sie kümmert sich nur darum, dass die Gäste keine unnötige Unordnung anrichten und dass sie bezahlt haben. Und bezahlt habe ich.«

Als sie das erfuhr, war Elsa einigermaßen beruhigt und ließ Uli auf dem Sofa zurück.

Die Wegbeschreibung des alten Olsson stimmte bis ins kleinste Detail. Es war ein gewöhnliches Häuschen mit blauen doppelflügeligen Türen und einer kleinen weißen Holzveranda.

Der alte Olsson öffnete einen Türflügel und begrüßte sie schon von Weitem. Er hatte sie also schon vom Fenster aus gesehen. Elsa überreichte ihm eine Tüte Bonbons aus Forsens Gemischtwarenladen als Gastgeschenk. Olsson verneigte sich dankend.

»Kommen Sie doch herein und lernen Sie Tora kennen«, forderte er sie auf.

Elsa war nervös – so nervös, dass sie Harndrang und gleichzeitig einen brennenden Durst verspürte. Welches Urteil jene berühmte Tora Olsson wohl über sie fällen würde? Was würde sie sagen? War sie eine solche Gefahr für Menschen mit Geheimnissen, wie Elsa sich einbildete? Was nur, wenn sie sich selbst irgendwie verplapperte?

Die Frau in der Küche sah ganz gewöhnlich aus. Es war dieselbe Frau, die Elsa zufällig bei ihren Spaziergängen beobachtet hatte, einmal auf einer Waldlichtung und ein anderes Mal bei einer mächtigen Kiefer. Tora trocknete sich die Hände an einem Küchenhandtuch ab, bevor sie Elsa die Hand gab.

»Herzlich willkommen«, sagte sie.

Hätte Elsa nicht gewusst, dass Tora blind war, hätte sie es kaum bemerkt. Tora drehte Elsa bei der Begrüßung das Gesicht zu, als würde sie ihren Blick erwidern. Ihre Augen sahen aus wie zwei schwarze Steine.

Auf den kleinen Küchentisch vor dem Fenster hatte sie Hefegebäck und Kekse gestellt, und auf der Spüle stand zum Abkühlen ein frisch gebackener Hefekuchen. Tora faltete das Handtuch zu einem Topflappen und stülpte den Kuchen auf einen Teller, während der alte Olsson den Deckel des Kaffeekessels hob und hineinsah.

»Das sind keine Umstände. Wir haben uns nur so gefreut, dass Sie kommen würden, Elsa«, versicherte er ihr, als er ihren Blick bemerkte.

Die Küche war wie die meisten anderen auch. Sie sah aus wie die von Elsas Eltern – mit einem Holzofen in der Ecke, Flickenteppichen auf dem Fußboden und einer Pendeluhr an der Wand. Elsa kam der Gedanke, dass sie häufiger nach Hause fahren sollte, wenn die ganze Sache mit Becker vorbei wäre. Irgendwann musste das ja einmal vorbei sein. Es war nicht richtig, dass sie sie so selten besuchte, obwohl sie doch viel näher bei ihnen als ihr großer Bruder lebte und jederzeit den Bus zu ihnen nehmen könnte. Sie würde überhaupt versuchen, es wieder etwas schöner zu haben, sobald sie wieder frei wäre, wenn sie sich keine Sorgen mehr machen musste und alles wieder so wie früher würde. Elsa wartete schon sehnsüchtig darauf.

Hinter der Küche gab es – so wie in Gärningsberg – eine kleine Schlafkammer.

Der alte Olsson zog für Elsa einen Stuhl hervor und bedeutete ihr, am Tisch Platz zu nehmen, bevor er sich auf die Küchenbank setzte. Sie wies den gleichen blauen Farbton wie die Flügeltüren auf. Man hatte sicherlich die gesamte restliche Farbe nutzen wollen.

»Ich habe Tora schon so viel von Ihnen erzählt, Elsa«, sagte der alte Olsson.

»Nichts Nachteiliges, hoffe ich«, erwiderte Elsa und versuchte einen scherzhaften Ton anzuschlagen.

»Im Gegenteil. Ich habe ihr erzählt, wie flink und sorgfältig Sie sind, wie gekonnt Sie die Waren einpacken und wie beliebt Sie bei der Kundschaft sind. Schließlich meinte Tora, dass wir Sie ja einmal zu uns einladen könnten, damit sie selbst diese famose Elsa von Forsens auch einmal kennenlernen könnte.«

Er lächelte Elsa an. Seine raue Haut legte sich auf den Wangen in markante Falten. Tora stand noch mit dem Rücken zu ihnen an der Arbeitsplatte, ohne etwas zu sagen. Eine unangenehme Stille machte sich breit. Elsa fragte sich, was Tora bisher wohl von ihr halten mochte.

»Wohnen Sie beide schon lange hier?«, fragte Elsa.

Sie wollte über etwas anderes als sich selbst sprechen.

»Wir haben das Haus von einem Mann gemietet, den wir in Amerika kennengelernt haben. Er wollte es vor seiner Ausreise nicht verkaufen, aber ich glaube nicht, das er jemals wieder nach Schweden zurückkehren wird. Wir haben uns hier inzwischen richtig eingelebt und werden auch nicht wieder nach Amerika gehen, werden also sicherlich hier wohnen bleiben. Ich bin zu alt, um dort drüben noch Arbeit zu finden. Also heißt es hierbleiben und von dem wenigen an Rente leben, das einem vergönnt ist«, sagte er.

An der Wand hinter der Küchenbank hingen zahlreiche gerahmte Fotografien.

»Sehen Sie nur, was wir gebaut haben«, sagte der alte Olsson und deutete auf eines der Bilder.

Es zeigte eine Schar Männer in Arbeitshemden, die Werkzeuge in den Händen hielten. Elsa betrachtete ein Gesicht nach dem anderen, bis sie das des alten Olsson darunter fand. Sie erkannte ihn an seiner Nase wieder. Alle Männer auf der Aufnahme hatten jenen selbstsicheren Ausdruck, den diejenigen besaßen, die ihren eigenen Wert kannten. Menschen, die nicht daran zweifelten, dass er oder sie sich etwas Sinnvollem widmeten.

»Im Hintergrund kann man die Brooklyn Bridge sehen, falls Ihnen das etwas sagt, Elsa. Sie ist ja auf der ganzen Welt bekannt.«

»Das ist inzwischen lange her«, bemerkte Tora leise.

Sie stellte den Kuchenteller auf den Tisch und schnitt ein paar Stücke Kuchen auf.

Er war noch immer so heiß, dass er dampfte.

»Falls Sie jemals die Möglichkeit haben, sollten Sie nach Amerika fahren, Elsa. Die wissen dort alles über den Markt und Geschäfte, das schwöre ich Ihnen. Advertising und Reklame und all das. Und sie bauen ihre Läden Stockwerk um Stockwerk in die Höhe. Das wäre vielleicht auch etwas für Forsens?«, schlug der alte Olsson vor.

Tora setzte sich an den Tisch.

»Sie hätten die Kleider der reichen Damen dort sehen sollen, Elsa. Als wären sie der Fantasie entsprungen – Pailletten und Strass und Diamanten, die im Licht der Straßenlaternen glitzerten. Hol doch mal die Aufnahme von mir, als ich dieses eine Kleid getragen habe, damit Elsa es sehen kann«, bat Tora ihren Mann.

Der alte Olsson erhob sich, öffnete eine Schublade der Küchenbank und legte einen Stoß Umschläge mit Fotografien und wichtigen Dokumenten auf den Tisch. Elsa tat ihr Bestes, um interessiert zu erscheinen.

»Ich habe mir ein Kleid aus einem übrig gebliebenen Stück Stoff genäht, das mir eine der Madames geschenkt hat, für die ich gearbeitet habe«, erklärte Tora. »Das war noch vor meiner Erblindung. Sie selbst hatte sich ein langes Kleid daraus schneidern lassen. Ich musste mich mit einem zufriedengeben, das knapp übers Knie fiel, länger war der Rest nicht.«

»Das war nur gut, so bekam man wenigstens etwas von diesen Beinen zu sehen«, sagte der alte Olsson lachend.

Er hielt ein Bild hoch, das Tora mit dem erwähnten Kleid zeigte. Elsa sah eine selbstsicher in die Kamera lächelnde Frau.

»Ich muss mich mittlerweile ja nicht mehr im Spiegel ansehen. Vor meinem inneren Auge sehe ich also immer noch so aus«, sagte Tora. »Und mein Mann ist immer noch so gut aussehend wie eh und je, und wenn er noch so alt und grau ist. Zeig Elsa doch einmal dein letztes Passbild. Dieses Bild von meinen Mann werde ich bis zu dem Tag, an dem ich sterbe, vor mir sehen.«

Der alte Olsson wirkte verlegen, nahm aber einen Pass aus einem Umschlag und legte ihn vor Elsa hin. Das Haar des alten Olsson war dunkler und dichter als heute. Der größte Unterschied lag aber darin, dass er einen Schnurrbart trug. Im Pass stand, dass er mit Vornamen Efraim hieß. Er sah weitaus fescher aus, als Elsa erwartet hätte.

»Sind Sie erstaunt darüber, dass wir auch einmal so jung waren, Elsa? Ich weiß noch, dass es mir immer so ergangen ist, als ich knapp über zwanzig war und mir klar wurde, dass die alten Leute, denen ich begegnete, einst ebenso jung wie ich gewesen waren«, erinnerte Tora sich.

Elsa murmelte etwas Undeutliches als Antwort.

Der alte Olsson holte den Kaffeekessel vom Herd. Zuerst schenkte er Elsa ein, dann Tora und zuletzt sich selbst.

»Tora und ich waren ja zweimal hintereinander drüben. Sie hat Leuten im Haushalt geholfen, hat geputzt und gekocht, und ich, ja ich habe Gräben ausgehoben und Jobs auf dem Bau übernommen. Als mein Vater in Hammarstrand starb, fuhren wir nach Schweden zurück. Damals war die Rede davon, dass ich den elterlichen Hof übernehmen sollte, aber mein Bruder interessierte sich ebenfalls dafür und war wohl auch besser dafür geeignet, wenn ich ehrlich sein soll. Er war nie auf Abenteuer aus. Irgendwann kam es dazu, dass wir wieder nach Amerika fuhren, doch als in Europa der Krieg ausbrach, dachten wir, es wäre besser, nach Hause zurückzukehren, solange das noch ging, denn wer wusste schon, auf welche Länder er übergreifen würde? Wir dachten, dass wir sonst womöglich nie mehr zurückkommen könnten.«

»Lässt der Mensch erst einmal das Ungeheuer in sich los, gibt es keine Garantien mehr. Dann regiert nur noch die Gewalt«, sagte Tora.

Tora forderte Elsa auf, sich am Gebäck zu bedienen, während der alte Olsson die Umschläge wieder in die Schublade zurücktat.

Alles schmeckte sagenhaft lecker. Und trotzdem saß Elsa ein Kloß im Hals.

Sie ließ ihren Blick wieder über die Fotografien über der Küchenbank schweifen.

»Und wer ist der Junge dort?«, fragte sie. »Er sieht nett aus.«

»Das ist Arvo, unser finnisches Kriegskind«, sagte Tora, ohne zu wissen, welches Foto Elsa gerade betrachtete.

»Sie haben ihn den ganzen Weg aus Uleåborg hierhergeschickt. Die Russen haben dort in der Gegend ja Bomben geworfen, die Menschen haben also um ihr Leben gefürchtet«, erklärte der alte Olsson.

»Zuerst sollten wir kein Kriegskind bekommen, weil ich blind war und wir beide als zu alt dafür galten, um Fürsorge für ein Kind zu übernehmen, aber dann kam er doch. Wir erhielten erst am Tag seiner Ankunft Bescheid, dass wir ihn am Bahnhof abholen sollten. Mein Mann hat ihn auf dem Fahrradgepäckträger von Krokom hierhergebracht. Danach hat er eine Woche lang nur weinend auf der Küchenbank gelegen und auf Finnisch nach seiner Mutter gerufen. Was er da sagte, konnten wir natürlich nicht verstehen, nur sein Weinen«, sagte Tora.

Der alte Olsson schenkte Elsa Kaffee nach. Sie erinnerte sich vage daran, diese Geschichte schon früher einmal gehört zu haben. Der alte Olsson musste sie ihr gegenüber einmal erwähnt haben.

»Der Junge war wie Butter – hart und kalt bei seiner Ankunft, aber warm und weich, wenn man ihn umarmte«, sagte Tora.

»Und wo ist er jetzt?«, fragte Elsa.

»Die Eltern wollten ihn natürlich zurückhaben. Wer wollte das auch nicht? So einen prächtigen Jungen!«

»Aber er schickt uns jedes Jahr eine Weihnachtskarte«, sagte der alte Olsson. »Und er drückt ganz fest mit dem Stift auf, damit Tora mit den Fingern das von ihm Gezeichnete ertasten kann – Bäume und Straßen und Berge und alles Mögliche. Er interessiert sich für das Zeichnen und Landkarten und dergleichen.«

»Und diesen Freitag wird er uns besuchen kommen. In seiner Schule gibt es irgendwelche ›Kartoffelferien‹, und dann möchte er gerne zu seinem Schwedenvater und seiner Schwedenmutter fahren, wie er uns nennt«, meldete Tora sich wieder zu Wort. »Im letzten Jahr kam auch seine finnische Mutter mit her. Sie konnte kein Schwedisch, aber ich hatte das Gefühl, trotzdem beinahe alles zu verstehen. Jedenfalls das, was sie darüber sagte, weshalb man seine Kinder fortgibt – obwohl ihr dabei schier das Herz aus dem Leib gerissen wurde, schickt man das Beste, was man hat, so weit weg vom Krieg wie möglich, damit es ihnen hier besser ergehen würde.«

»Das muss eine große Freude für Sie sein – Besuch zu bekommen, meine ich«, sagte Elsa.

»Arvo ist so lieb und gescheit. Und er ist gerne hier, wie er sagt. Das wird sich mit der Zeit sicherlich ändern, wenn er andere Interessen entwickelt, aber wir freuen uns, dass er immer noch gern hierherkommt. Und wir wiederum bekommen dadurch etwas junges Blut ins Haus – und das ist ja nicht das Schlechteste. Wir interessieren uns dafür, was die Jugend so denkt und welche Pläne sie für die Welt hegt. Deshalb freuen wir uns ja auch so über Ihren Besuch, Elsa«, erklärte der alte Olsson. »Wir haben ja keine eigenen Kinder, darum laden wir die Sprösslinge anderer zu uns ein. Wir sagen immer, wir leihen uns eine ganze Schar zusammen.«

Aber ich bin kein Kind mehr, dachte Elsa.

Und ich bin auch nicht die verlässliche junge Frau, für die ihr mich haltet.

Tora bot an, mehr Kaffee aufzusetzen, aber Elsa lehnte ab. Der alte Olsson erwähnte irgendetwas dahingehend, dass es ja auch schon recht spät sei.

»Und Sie haben auch Besuch bekommen, Elsa? Von einer Deutschen?«, fragte Tora.

»Ich erzähle Tora ja immer alles«, erklärte der alte Olsson.

Jetzt kommt es ..., dachte Elsa.

»Ja, aber es war ein Irrtum. Sie dachte, wir seien miteinander verwandt, deshalb hat sie mich ursprünglich aufgesucht. Und nun wird sie bald wieder fahren«, sagte Elsa geschwind.

»Ja, Peterssons gibt es natürlich auch wie Sand am Meer«, sagte der alte Olsson.

»Sie hatte etwas missverstanden, das jemand geschrieben hatte«, fügte Elsa hinzu.

Hier sollte sie ihren Ausführungen ein Ende bereiten. Sonst fing sie noch an zu lügen, und Elsa wollte diese beiden gastfreundlichen Menschen nicht anlügen.

»Aber Sie haben sich ihrer ein wenig angenommen und ihr die Gegend gezeigt, Elsa? Denn wenn mich nicht alles täuscht, habe ich Sie und die Deutsche doch eines späten Abends im Wald miteinander sprechen gehört?«, fragte Tora.

Tora hatte sie im Wald gehört? Wo war das gewesen? Und worüber hatten sie da gesprochen?

Elsa hatte Tora ja auf einem ihrer Spaziergänge selbst aus der Ferne beobachtet, ohne sich zu erkennen zu geben, aber sie hätte nie gedacht, dass Tora sich auch in ihrer Nähe befunden haben könnte, ohne dass sie selbst es bemerkt hätte.

»Tora geht auch gern im Wald spazieren, genau wie Sie, Elsa«, bemerkte der alte Olsson.

»Ihr ist es egal, ob es draußen hell oder dunkel ist, sie kann ja sowieso nichts sehen. Sie streift kreuz und quer durch den Wald. Manchmal ist sie viel zu unbedacht, finde ich, entfernt sich weit von zu Hause und bleibt spätabends für mehrere Stunden fort. Dann mache ich mir Sorgen, dass sie sich verletzen oder einem Raubtier über den Weg laufen könnte. Aber sie meint, dass das ebenso gut am Tage geschehen könnte. Ich halte sie auch nicht auf. Ich weiß, dass das nicht geht. Wenn Tora sich für etwas entschieden hat, dann ist das so, das habe ich schon vor vielen Jahren lernen müssen …«

»Würde ich nicht rausgehen und dem Wald lauschen können, würde ich den Verstand verlieren«, erklärte Tora.

Elsa wagte es nicht, ihren Blick zu heben.

Von Olssons Haus zur Waldhütte war es weit, aber es existierten viele Pfade, die sich umso stärker miteinander verflochten, je näher man der Ortschaft kam.

»Es klang, als ob Sie beide etwas gesungen hätten?«, fragte Tora.

»In dem Fall muss das die Deutsche gewesen sein. Sie … hat irgendein Kirchenlied geübt«, erklärte Elsa.

»Und danach haben Sie davon geredet, zur Polizei zu gehen, Elsa?«

Elsa wusste nicht, was sie darauf antworten sollte. Sie räusperte sich, um Zeit zu gewinnen.

»Nein, das kann nicht sein. Da müssen Sie sich verhört haben …«, erwiderte sie kurz.

Der alte Olsson lachte in sich hinein.

»Ja, meine Tora hört manchmal alles Mögliche. Sie glaubt auch, dass Bäume sprechen können«, sagte er.

Aus dem Augenwinkel sah Elsa Tora lächeln.

»Erzähl Elsa doch, was du zu hören meinst, wenn die Bäume zu dir sprechen, dann wird sie aber staunen!«, bat er seine Frau.

»Er denkt, ich sei albern, aber ich glaube, wir Menschen tun den Bäumen leid, weil wir ein so kurzes, unstetes Leben führen«, sagte Tora. »Das sagen die Bäume, wenn der Wind ihre Zweige erfasst. Sie schütteln den Kopf über uns und all unsere Torheiten. Ich glaube, dass die Bäume uns so sehen wie wir die Fliegen auf der Fensterbank.«

Hier sah Elsa eine Gelegenheit, sich weiteren Fragen zu entziehen.

»Ich möchte mich herzlich bedanken«, sagte sie. »Es hat mich sehr gefreut, Sie zu besuchen, aber ich muss jetzt gehen.«

Sie stand auf, stellte ihre Kaffeetasse auf die Spüle und betrat den Vorraum. Der alte Olsson blieb auf der Küchenbank sitzen, Tora aber geleitete sie zur Tür und griff nach Elsas Händen.

»Falls Sie jemals Hilfe nötig haben sollten, wissen Sie, wo Sie mich finden, Elsa. Dann dürfen Sie gerne zu mir kommen. Mein Mann muss nichts davon erfahren, wenn es etwas ist, auf das er sich nicht versteht«, flüsterte sie.

Elsa wagte es nicht, auch nur irgendetwas zu antworten. Solange sie noch vom Küchenfenster der Olssons zu sehen war, ging sie langsam, danach begann sie zu rennen – den ganzen weiten Weg bis nach Hause.

25

Obwohl Uli sich nach Kräften bemühte hatte, Elsas Wegbeschreibung zu lauschen und ihre Karte dabeihatte, war sie sich unsicher, wo sie sich jetzt befand. Ihre Blasen machten jeden Schritt zur Qual, und der Rucksack prallte immerzu gegen ihre Hüfte. Sie war stehen geblieben und hatte sich gefragt, ob sie vielleicht besser umdrehen sollte, als sie den Geruch von Rauch wahrnahm.

Er macht Feuer, dachte sie. Die Waldhütte musste irgendwo in der Nähe sein.

Nachdem sie ein weiteres Stückchen gegangen war, konnte sie sogar das Knistern im Holzofen hören. Als sie vor der Hütte stand, vergaß sie anzuklopfen und öffnete ohne Vorwarnung die Tür.

Hansi schoss von der Bank hoch und griff nach einem Messer.

Als er sie erkannte, legte er es wieder beiseite.

»Bist du allein?«, fragte er.

Sie nickte.

Lange sahen sie sich schweigend an.

Als sie Hansi gewaschen hatte, hatte er sich unter ihren Händen wie ein Schoßhund, der nach mehr Streicheleinheiten verlangte, gewunden. Aber das musste nichts über seine Gefühle für sie besagen, konnte ein purer Reflex gewesen sein – die unmittelbare Erwiderung des Körpers auf Kontakt. Sich jetzt zu begegnen, ohne Elsas Anwesenheit und ohne ein konkretes Vorhaben wie das Waschen, war etwas anderes. Jetzt würde Uli erfahren, ob es noch etwas zwischen ihnen gab.

Am meisten vermisste sie die miteinander geteilte Freude und bereute es jetzt, sein Lachen früher erstickt zu haben, wenn sie zusammen in Frau Müllers Haus im Bett gelegen hatten. Hätte sie gewusst, was geschehen würde, hätte sie ihm erlaubt, so laut zu lachen, wie er wollte, und anschließend gnädig Frau Müllers Standpauke empfangen. Nun wusste sie nicht einmal, ob er überhaupt noch lachen konnte. Er war in seinem Auftreten so zurückhaltend und gedämpft.

Vorsichtig näherte sie sich ihm.

»Wo ist Elsa?«, fragte Hansi.

»Sie musste zu einem Besuch bei Bekannten«, sagte Uli.

Hansis Wunde an der Unterlippe hatte sich schon gebessert. Sie hatten ihm die Salbe dagelassen, und er war Elsas Aufforderung gefolgt, sie aufzubrauchen. Er wirkte insgesamt gesehen wieder etwas gesünder, bewegte sich nicht mehr so steif.

»Ich habe einen Anzug und ein Paar Stiefel für dich dabei«, sagte Uli und packte den Rucksack aus.

Hansi schenkte der Kleidung nicht einmal einen Blick, er sah nur den Speck, den Elsa Uli mitgegeben hatte, und schnitt sich sofort ein großes Stück davon ab.

»Wir wollen dich einkleiden und von hier fortbringen.

Dich sozusagen verkleiden und als jemand anderen ausgeben«, erklärte Uli.

Hansi erwiderte nichts, schnitt sich nur noch eine weitere dicke Scheibe Speck ab, spießte diese aber mit der Messerspitze auf und reichte sie ihr.

»Uli Hartmann …«, sagte er, als würde er seinen Augen noch immer nicht richtig trauen.

»Verstehst du? Ich habe mir schon alles ausgedacht. Wir werden von Krokom den Zug nehmen«, sagte sie.

Uli steckte sich das Stück Speck in den Mund und ließ sich den salzigen, fetten Geschmack auf der Zunge zergehen.

»Du wirst mich also retten?«, sagte er.

»Ja, ich glaube schon. Wer sonst sollte es tun?«, sagte Uli.

Sie meinte, den Anflug eines Lächelns um seine Mundwinkel zu erkennen.

Uli zeigte ihm das Hemd. Es sah nach nichts aus, das musste Uli zugeben, war aber das Beste, was sie im Augenblick hatten auftreiben können. Deshalb war sie trotz allem sehr zufrieden damit. Hansi schien immer noch nicht daran interessiert, mehr von ihrem Plan zu hören. Er schnitt den ganzen Speck in Scheiben und die kalten Kartoffeln in Stücke. Dann aßen sie um die Wette. Sie aßen mit den Fingern und tranken Wasser aus dem einzigen in der Hütte existierenden Becher.

»Wenn du nach Krokom kommst, wird ein Norweger aus dir«, sagte sie zwischen den Bissen. »Zur Sicherheit. Dann wären die Leute weniger misstrauisch, hat Elsa gesagt.«

Hansi schien Zweifel zu haben, nickte aber.

»Das klingt sehr riskant«, bemerkte er.

»Aber du kannst auch nicht hierbleiben.«

»Ich weiß. Aber falls jemand entdeckt, dass …«

Sie brachte ihn zum Schweigen und bat ihn aufzustehen. Dann zog sie ihm Hemd und Jacke aus, öffnete die Luke des Holzofens und stopfte eilends die Kleidung hinein. Sie sollten lieber in Flammen aufgehen als an seinem Leib verschimmeln. Er sollte es nicht eine Sekunde länger als nötig mit dem Dreck und dem Gestank aushalten müssen.

Seine Jacke war so feucht, dass sie beinahe das Feuer erstickte. Das Hemd dagegen brannte schnell. Bald waren nur noch die Knöpfe davon übrig.

Hansis Oberkörper war noch so nackt und blass wie an dem Tag, als sie ihn gewaschen hatte. Aber es war etwas ganz anderes, ihm jetzt so nahe zu sein, wenn sie miteinander allein waren.

Linkisch strich er ihr über die Wange.

Sie ergriff seine Hand.

»Dass du meinetwegen den ganzen Weg hierhergekommen bist …«, sagte er.

»Du hast doch gesagt, dass ich dich holen kommen solle, falls du nicht kämst«, sagte Uli.

Sie konnte ihm ansehen, dass er nicht wusste, worauf sie anspielte. Er hatte es anscheinend vergessen. Und das war vielleicht gar nicht mal so seltsam. Seit damals waren ein paar Jahre vergangen, und er hatte schon an jenem ersten Abend in der Hütte – als Elsa sie mit hierhergebracht hatte – gesagt, dass er sich gezwungen hätte, alles zu vergessen, was mit seinem Leben vor dem Krieg zu tun hatte.

Sie verstand ihn.

Sie hatte schließlich auch versucht zu vergessen.

Uli ließ seine Hand los und half ihm, probeweise den Kittel von Elsas Tante überzustreifen, um zu überprüfen, ob er ihm passte. Er war zu eng um die Schultern und zu weit über dem Bauch, aber mit dem Anzug darüber und einem Tuch um den Hals würde er wohl als Herrenhemd durchgehen. Hauptsache, die Hose saß einigermaßen ordentlich, sodass er den Kittel in den Bund stecken konnte.

»Verstehst du die Absicht dahinter? Dass du diese Kleider und Schuhe jetzt bekommst, damit du dich in Krokom blicken lassen und von dort den Zug nehmen kannst. Und dass du, falls du etwas sagen musst, Norwegisch sprechen musst?«

»Ich bin hier so lange allein gewesen«, sagte er. »Ich weiß nicht, wie … Falls sie mich jagen, falls die Polizei nach mir sucht oder … Wie soll ich …«

»Psst, mach dir keine Sorgen«, brachte Uli ihn zum Schweigen.

Er fröstelte und zog sie an sich. Der Kittel roch nach Krankenhaus.

»Ich hatte aufgegeben. Hatte keinen Ausweg mehr gesehen. Habe da auf der Bank gelegen und mir gewünscht, dass mein Leben ein Ende hätte, es aber nicht gewagt, es selbst zu beenden. Mit dem Messer. Dem einzigen, das ich hatte«, sagte er. »Hätte ich eine Pistole gehabt, wäre es schnell gegangen, aber zu verbluten …«

»Denk nicht daran. Wir probieren stattdessen den Anzug an«, sagte Uli.

Als sie ihm beim Ausziehen der alten, dreckigen Hose half, spürte sie seine Erektion durch die lange Unterhose. Er schien darüber genauso erstaunt zu sein wie sie. Einen flüchtigen Moment sahen sie einander nur an. Dann zog Uli ihm die lange Unterhose bis zu den Kniekehlen herunter und stieß ihn sanft auf die Bank. Er legte sich auf den Rücken. Sie streifte ihre Unterhose ab, behielt aber ihre beiden langen Strümpfe und die Stricksocken an. Ohne sie wäre der Boden der Hütte zu kalt unter ihren Füßen.

Uli kletterte auf die Bank, legte sich über Hansi und führte sein Glied in sich ein. Hansi tastete unter ihrem Pullover nach ihren Brüsten, fand sie aber nicht und legte stattdessen die Hände um ihre Hüften. Er zog sie über seinen Körper vor und zurück und packte ihre kalten Hinterbacken. In diesem Moment stand nicht die Lust im Vordergrund, sondern die Vergewisserung, noch am Leben zu sein, dachte sie. Oder war das dasselbe?

Hansi schrie auf, dann war es vorbei. Uli sank auf seine Brust herab.

»Wie soll dein Name lauten?«, flüsterte sie. Dein norwegischer Name?«

Hansi schwieg eine ganze Weile.

»Ich könnte weiterhin Johan heißen, aber wie in Karl Johan. Das ist ein Osloer Straßenname«, sagte er schließlich. »Falls denn wirklich ein Norweger aus mir werden soll.«

Seine Stimme war heiser und brüchig.

»Fällt es dir schwer, Deutsch zu sprechen?«, fragte sie ihn.

»Es erinnert mich an das, was ich verloren habe. Und ich habe mehrere Jahre lang taubstumm spielen müssen. Durfte kein Wort sagen. Dann wäre alles aufgeflogen ...«

»Und dein Nachname? Wie soll dein Nachname lauten?«, fragte Uli.

Sie wollte lieber, dass er an die Zukunft dachte als an die Vergangenheit. Der Kummer, der alles zunichtegemacht hatte, lag hinter ihnen. Sie mussten ihn beide überwinden.

»Becker kannst du ja wohl nicht heißen. Gibt es etwas Ähnliches?«

Hansi wickelte sich eine von Ulis Haarsträhnen um den kleinen Finger.

»Bakke«, sagte er. »Ein Nachbar der norwegischen Familie, bei der ich gelebt habe, hieß so. Er kam immer auf Skiern über das Gebirge und hat mir Zigaretten und Trockenfisch gegeben. Er hat nie versucht, mich zum Sprechen zu zwingen, um festzustellen, ob ich auch wirklich stumm war. Er war nett.«

»Was ist danach geschehen? Was war der Auslöser für deine Flucht?«, fragte Uli.

Ihr fiel wieder ein, dass Elsa gesagt hatte, dass er es ihr womöglich erzählen würde, wenn sie ihn danach fragte.

»Ich habe etwas getan, für das ich mich für den Rest meines Leben schämen werde«, sagte Hansi. »Ich bin ein Wurm, ein Taugenichts.«

Uli fuhr streichelnd mit einem Finger über die Wunde an seiner Lippe und über sein Kinn, das schon bald wieder eine Rasur nötig hatte. Was gewesen war, war vorbei. An diesem Gedanken sollte sie festhalten. Geschehenes konnte man nicht wieder ungeschehen machen.

»Was auch immer es war, es hat keinerlei Bedeutung. Ich gehe mir dir, wohin du auch gehst«, sagte sie.

Hansi antwortete nicht.

So auf seiner Brust zu liegen war gleichzeitig so vertraut und doch so fremd. Dreh mich um, dachte sie.

Dreh mich auf den Rücken, damit du wieder etwas auf meinen Bauch schreiben kannst, wie du es in meinem Bett in Frau Müllers Dachkammer getan hast.

Zeig mir, dass du dich trotz allem noch an ein klein wenig von dem erinnerst, wer wir einmal waren und was wir geteilt haben.

Schreib, dass ich mit dir gehen darf und eine andere aus mir wird als die, die ich immer war.

Bitte Hansi! Dreh mich um und schreib!

Sie fuhr mit ihrer Hand über seine Brust bis zum Bauchnabel.

»Aus mir könnte Uli Bakke werden. Wenn wir abreisen. Ich könnte deine Frau sein. Mehr als das muss niemand wissen«, sagte sie.

Hansi lag reglos unter ihr.

»Ich habe kein Geld«, sagte er. »Nicht eine Öre. Wie sollen wir ohne Geld von hier fortkommen? Und wohin sollen wir gehen? Ich besitze noch nicht einmal das Geld für eine Zugfahrkarte, weder für dich noch für mich. Ich besitze gar nichts.«

»Ich frage Elsa. Vielleicht hat sie welches«, erwiderte Uli.

Hansi sagte nichts, schlang nur die Arme um sie und starrte weiterhin in die Dunkelheit.

26

Elsa wachte in der Nacht mehrmals auf und fragte sich, wie es Uli wohl ergangen war. Der Morgen verlief wie immer: Sie zog sich an, trank eine Tasse Kaffee und aß ein Butterbrot, bevor sie zu Forsens ging. Es gelang ihr aber nicht, die Unruhe ganz von sich abzuschütteln.

Mittags ging sie eine Runde spazieren, um nach der Deutschen Ausschau zu halten. Hinter der Gemischtwarenhandlung standen Forsen und Nils und bewunderten den neuen Lastwagen, den Nils von Östersund hierhergefahren hatte. Auch Ville war da, das konnte Elsa schon von Weitem sehen. Er klopfte gegen die gebogenen Radkästen und schien die hinteren Kotflügel auf Rost zu untersuchen.

»Kommen Sie her, Elsa!«, rief Forsen. »Sie wollen doch sicherlich eine Jungfernfahrt machen?«

Widerstrebend ging Elsa zu ihnen. Forsen legte einen Arm um ihre Schultern und trieb sie beinahe vor sich her zum Lkw. Nils sprang hinein und setzte sich hinter das Lenkrad. Ville sah aus dem Augenwinkel zu ihr hinüber, das spürte sie.

»Der ist in einem hervorragendem Zustand!«, sagte er, als sie in seine Richtung sah.

»Welch ein Glück«, erwiderte Elsa nur.

Falls Ville böse auf sie gewesen war, war er es jetzt zumindest nicht mehr.

Elsa verspürte Erleichterung bei dieser Erkenntnis.

»Spring auf der anderen Seite rein, dann können wir eine Runde drehen. Elsa kann heute schon mit den Übungsfahrten beginnen. Dann fängt sie gar nicht erst an, sich davor zu ängstigen«, sagte Forsen.

»Ich habe jetzt keine Zeit dafür«, erklärte Elsa.

»Aber das entscheide doch wohl immer noch ich? Ich als Chef? Oder wurde ich abgesetzt?«, sagte Forsen. »Ist das hier eine Revolution?«

Ville lachte über Forsens Scherz, hörte aber sofort damit auf, als er bemerkte, dass Elsa das ganz und gar nicht lustig fand. Sie würde lieber hier auf dem Parkplatz mit Ville stehen bleiben, als mit Nils davonfahren, aber es fiel ihr immer schwer, Forsen etwas abzuschlagen, besonders, wenn er so eine Begeisterung zeigte wie jetzt. Ville trug seine weiße, doppelreihig geknöpfte Jacke, die er immer anhatte, wenn er im Dienst war und für die Meierei Waren ausfuhr, seine Mütze aber hatte er abgenommen. Das Schweißband hatte sein Haar ganz platt gedrückt, und Elsa ertappte sich dabei, dass sie ihm am liebsten durch das Haar fahren und es verwuscheln wollte.

»Komm jetzt!«, rief Nils ungeduldig und startete den Motor.

Die gesamte Motorhaube des Lastwagens erzitterte.

Nils wies Forsen auf irgendetwas am Lenkrad hin. Ville stellte sich neben Elsa. »Wir beide sehen uns doch am Samstag, oder?«, fragte er.

»Tun wir das?«, erwiderte Elsa erstaunt.

»Harry hat gesagt, dass er die Deutsche gefragt hat, ob ihr

beide uns am Samstag zum Tanz nach Hissmofors begleiten wollt, und sie hat für euch beide eingewilligt. Wir holen euch vorher ab, dann können wir zu viert dorthin spazieren. Jedenfalls, wenn das Wetter mitspielt. Ansonsten fahren wir euch auch in unserem Volvo.«

Elsa starrte Ville nur an und wusste nicht, was sie sagen sollte.

»Ach so. Ich wusste nicht …«, begann sie.

»Aber du kannst doch mitkommen, oder? Es wird bestimmt nett«, sagte Ville.

Elsa sah einen Anflug von Röte auf seinen Wangen und wurde verlegen.

»Ja, vielleicht«, sagte sie.

Nils rief wieder nach ihr, und Elsa stieg ein. Forsen und Ville winkten ihnen beiden nach, als sie vom Parkplatz auf die Straße bogen.

Nils ständiges Rotzen zu hören und seinen festen Griff um den Schaltknüppel zu sehen, reichten schon, um Elsas Irritation zu wecken. Er thronte wie ein König auf dem Fahrersitz und kommentierte alles, was ihnen auf ihrem Weg begegnete.

»Mein Vater scheint es für eine gute Sache zu halten, dass wir den Lkw angeschafft haben. Das hast du gut hingekriegt«, bemerkte Nils.

Elsa sagte nicht, dass sie nach Nils' Bitte noch gar nicht mit Forsen darüber hatte reden können und es danach vollkommen vergessen hatte – sie hatte ganz andere Dinge im Kopf. Aber er durfte gern glauben, dass Forsens Meinungsänderung ihr Verdienst war. Es würde sich beizeiten noch herausstellen, ob der Lkw wirklich eine sinnvolle Investition wäre.

»Wie soll das mit den Bestellungen vor sich gehen? Wer soll sie aufnehmen? Machst du das bei der Lieferung?«, erkundigte sich Elsa bei ihm.

Nils schlug den Weg in Richtung Föllinge ein.

»Ja, das kann ich tun. Ich kann ja einen Notizblock mitnehmen. Wie ein Kellner«, sagte er.

»Sollen wir die Waren vorher bei uns zusammenpacken? Im Lager oder an der Kasse? Wir müssen sie für den Transport sicherlich extra einwickeln, wenn es sich um empfindliche Dinge handelt, damit sie uns nicht auf der Fahrt kaputtgehen, oder? Aber die Preise sollen dieselben bleiben, obwohl die Frei-Haus-Lieferungen Forsens den Lastwagen und das Benzin kostet?«

»Du musst das nicht durchrechnen, das habe ich schon getan«, sagte Nils.

Sie hatte ihm diese Fragen gestellt, weil sie ihn in die Schranken verweisen und demonstrieren wollte, dass er ganz und gar nicht der Geschäftsmann war, für den er sich hielt, fühlte sich nun aber von ihm in die Schranken gewiesen und schwieg eine Zeit lang.

Nils bog von der Hauptstraße auf einen kleinen Kiesweg ab. Sollte Elsa das Fahren üben, wäre es sicherlich dort am besten, wo sie kaum anderen Autos begegneten, sagte er. Sie solle nicht glauben, dass es so einfach sei, Schwerlastfahrzeuge zu fahren.

»Er hat sich in den Kopf gesetzt, dass du um jeden Preis den Führerschein machen sollst«, sagte Nils. »Und ich habe ihm versprochen, dir dabei behilflich zu sein.«

Elsa biss die Zähne zusammen und bemühte sich, Nils nicht zu fragen, warum in aller Welt er das bloß versprochen hatte.

Sie tauschten die Plätze. Der Vordersitz bestand aus einer einzigen Bank, und Elsa fand, dass Nils sich unnötig dicht neben sie setzte; es störte sie. Außerdem erklärte er ihr alles so langsam und detailliert, dass sie meinte, verrückt zu werden, bis er endlich einmal damit fertig war. Wenn er fahren konnte, müsste ihr das doch auch gelingen, oder? Streng genommen war sie auf den meisten Gebieten doch begabter als Nils. Schließlich durfte Elsa versuchen, den Motor zu starten.

Zweimal machte der Lkw einen kräftigen Satz nach vorne, und der Motor erstarb wieder. Nils sagte ihr, sie solle vorsichtig sein. Beim dritten Mal gelang es Elsa, den Motor am Laufen zu halten und das Fahrzeug langsam ein kleines Stück vorwärts zu fahren. Die Kupplung saß allerdings so fest, dass sie das Lenkrad loslassen und mit beiden Händen den Schaltknüppel betätigen musste.

»Fahr nicht in den Graben!«, schrie Nils. »Man darf das Lenkrad nie loslassen, das musst du doch wissen!«

Schließlich gelang es Elsa, mit den Pedalen und dem Lenkrad zurechtzukommen, und sie fuhr eine Strecke von beinahe einem halben Kilometer. Dabei vermied sie es weitestgehend zu schalten. Schnell ging es nicht voran, aber immerhin vorwärts. Sie wollte nicht, dass Nils sich einbildete, das Fahren sei schwierig. Deshalb nahm sie eine Hand vom Steuer und ließ sie so lässig wie möglich auf dem Schaltknüppel liegen.

»Bei dieser Sache mit den Übungsfahrten geht es Forsen wohl vor allem darum, dass er gern möchte, dass wir beide häufiger miteinander verkehren«, sagte Nils. »Er hofft wohl immer noch, dass aus uns ein Paar werden könnte.«

»Aber das werden wir nicht«, erwiderte Elsa und trat stärker als geplant auf das Gaspedal, sodass der Motor aufheulte.

Sie sollte diesmal am besten ganz deutlich sein, dachte sie. Nicht strategisch vorgehen wie letztens. Nicht dem Glauben anhängen, dass man verliebt war, nur um sein Ziel zu erreichen.

»Warum eigentlich nicht? Wir hatten es doch ganz nett miteinander, oder? Und du könntest einen schlechteren Kerl bekommen. Nur damit du's weißt – ich habe schon viele Angebote gekriegt, aber du und ich, wir passen ja doch ganz gut zusammen.«

Elsa merkte, wie ein böses Lachen in ihr aufstieg, konnte es aber noch rechtzeitig unterdrücken. Nils vertraute nicht auf ihre Fahrkünste; er hatte seine Hände die ganze Zeit neben ihr in Habtachtstellung, als fürchtete er, jederzeit Lenkrad oder Kupplung übernehmen zu müssen.

»Nein, das tun wir nicht«, sagte sie.

»Als wir zusammen auf deinem Sofa gelegen haben, hat man dich aber nicht erst lange bitten müssen«, schnaubte Nils. »Aber vielleicht war das damals ja etwas anderes …«

»Was willst du damit sagen?«

Nils starrte geradeaus.

»Na ja, da war diese Deutsche noch nicht da, über die alle reden. Jemand hat erzählt, dass sie sogar bei dir übernachtet hat. Vielleicht magst du ja lieber Frauenzimmer? So wie Anna Karlström? Früher hat sie häufig umsonst Zimmer bei sich für junge Untermieterinnen angeboten, um möglichst viel weibliche Gesellschaft zu haben. Das sagen alle, die ein bisschen über sie wissen. Deshalb ist sie wohl auch nicht verheiratet. Vielleicht bist du ja auch so jemand?«

»So ein Unsinn!«, rief Elsa und trat hart auf die Bremse.

Sie hatte gehofft, dass Nils das Gleichgewicht verlieren, nach vorne fallen und sich den Kopf anschlagen würde, aber das tat er nicht. Er verlangte nur von ihr, dass sie anhielt und sie wieder die Plätze tauschten. Für heute reichte es mit dem Übungsfahren, sagte er. Vielleicht besitze Elsa ja kein richtiges Talent dafür. Falls sie selbst das Gefühl habe, könne sie Forsen das ja gleich sagen, dann könnten sie den Plan, dass Elsa den Führerschein machen sollte, sofort fallen lassen.

»Wenn das so ist, dann sag es. Wenn dir das zu schwierig ist.« Elsa lagen nur hässliche Worte auf der Zunge. Sie kochte zwar vor Wut, doch es gelang ihr, sich zu beherrschen und einfach nicht zu antworten. Nils sagte auch nicht mehr viel. Als sie wieder auf den Parkplatz hinter Forsens fuhren, kehrten Nils' Mut und Selbstsicherheit anscheinend wieder zurück.

»Wenn du nicht so eine Angeberin wärst, würde dich bestimmt irgendein Mann haben wollen«, sagte er.

Elsa öffnete wortlos den Wagenschlag und sprang hinaus.

»Hochmut kommt vor dem Fall. Sagt man nicht so? Vergiss das nicht, Elsa.«

27

Es dämmerte schon, als Uli endlich zurück nach Krokom fand. Sie war bis zum darauffolgenden Morgen in der Waldhütte geblieben und dann aufgebrochen. Aber ihr Kopf war so sehr mit lauter anderen Dingen beschäftigt – ihr neuer Name und wo Hansi und sie schließlich leben würden –, dass sie irgendwo einen falschen Weg einschlug. Bei Tag sah alles so anders aus.

Elsa hatte einen Bach erwähnt, den Uli auch erreichte und dem sie ein Stück gefolgt war. Doch er hatte sich schließlich zu mehreren Bachläufen verzweigt, und da hatte sie überhaupt nicht mehr gewusst, wo sie sich befand.

Ein Hase war durch das Dickicht geflitzt. Für einen flüchtigen Moment hatten er und sie sich angestarrt, um festzustellen, ob der andere eine Bedrohung darstellte, aber dann war der Hase weitergehoppelt. Zwischendurch strömte der Regen nur so hernieder. Um das Schlimmste abzuwarten, suchte sie Schutz unter einer mächtigen Tanne. Als sie jedoch Schneeflocken zwischen den Regentropfen sah, dachte sie, dass sie sich lieber mit dem Rückweg beeilen sollte. Nachher erfror sie noch hier im Wald, und nichts von dem, was Hansi und sie in der Nacht ersonnen hätten, würde jemals Wirklichkeit werden.

Wenn Uli Bakke aus ihr würde, könnte sie von einer norwegischen Reederfamilie abstammen, hatte sie zu Hansi gesagt. Sie wollte gern einen wetterharten Seekapitän zum Vater und eine Mutter mit so dick geflochtenen Zöpfen wie ein Seil haben, die tagsüber zu einem Kranz um den Kopf aufgesteckt wären, abends gelöst würden und dann bis zum Boden reichten.

»Warum das?«, hatte Hansi gefragt.

»Weil meine Tante Anke solche Zöpfe hatte«, erwiderte Uli.

Sie hatte sich auch schon ihre Kleider und ihre spätere gemeinsame Wohnung ausgemalt. Dafür diente ihr Frau Cederstams Wohnung als Vorbild – mit den dicken Teppichen und den Esszimmermöbeln mit geschwungenen Beinen, ja sogar mit einer Berta in der Küche und einem durch die Räume hallenden Radio.

Hansi fand, dass das alles ganz herrlich klang.

Er selbst wolle sich auf die Suche nach seinem Vater machen, sagte er.

»Die Frau, in die er sich verliebt hatte, besaß Verwandte in New York, deshalb sind sie auch dorthin ausgewandert. Er hat mir früher eine Ansichtskarte geschickt, auf der stand, dass ich ihn einmal besuchen könne, wenn ich älter sei, aber meine Mutter hat mir die Karte weggenommen. Ich glaube, dass ein Elefant und ein Vergnügungspark auf der Karte abgebildet waren. Sie kam aus Coney Island.«

Uli hatte von ihrem Besuch bei seiner Mutter nur so viel erzählt, dass sie dort gewesen war und von ihr Elsas Briefe bekommen hatte. Wenn Hansi und sie sowieso nicht wieder nach Hamburg zurückgehen würden, könnten sie beide diese hochmütige Frau endlich vergessen.

Stattdessen unterhielten sie sich immer wieder darüber, wie herrlich warm die Decken sein würden, die sie sich anschaffen würden, wenn sie endlich Geld hätten. Dann müssten sie nicht länger abwechselnd aufstehen, um Brennholz in den Ofen zu legen.

»Und dann könntest du vielleicht sogar diese Strümpfe ablegen«, schlug Hansi vor und zupft spielerisch an ihrem Strumpfband. Für einen kurzen Augenblick meinte Uli in ihm wieder jenen altvertrauten Hansi aus der Vorkriegszeit durchscheinen zu sehen.

»Und wovon sollen wir dann leben?«, spann sie ihre Geschichte weiter.

»Ich habe in Norwegen etwas über die Landwirtschaft gelernt. Vielleicht kann ich ja Bauer werden oder eine Anstellung als Knecht finden ...«

»Aber in New York gibt es doch wohl kaum irgendwelche Bauern?«

»Nein, das natürlich nicht. Dort muss ich mir sicherlich eine andere Arbeit suchen«, sagte Hansi.

»Was würdest du am liebsten tun?«, fragte Uli.

»Was auch immer, solange ich dafür tauge. Vielleicht wird ja ein Geschäftsmann aus mir wie Johan Bakke. Oder ein Bauarbeiter oder Barbier, Hotelportier oder Straßenkehrer. Irgendetwas jedenfalls, bei dem man sich nicht verstecken muss. Wo man ein ganz gewöhnlicher Mensch unter anderen Menschen sein kann.«

Er gab einen Seufzer von sich.

»Wenn uns bloß ein normales Leben beschieden wäre«, sagte er. »Und wir alles hinter uns lassen könnten. Wenn ich nicht mehr mit der Schande über das leben müsste, was ich getan habe, und von Neuem beginnen könnte.«

Obwohl er niedergeschlagen klang, schien er jetzt etwas leichteren Sinnes als vorhin bei ihrem Eintreffen zu sein.

Das haben die Gedanken über die Zukunft bewirkt, dachte sie.

Solange man träumt, kann einen die Hoffnungslosigkeit nicht vollständig ergreifen.

Sie wollte mehr von Hansi darüber hören, wie es ihnen zusammen ergehen würde. Deshalb verleitete sie ihn dazu, erneut in die Traumvorstellung über ihre zukünftige Wohnung einzutauchen. Hansi verlegte sie in die Spitze eines Wolkenkratzers. Dort hatten sie eine Penthousewohnung, könnten über die ganze Stadt blicken, und niemand außer ihnen kannte ihre Geheimnisse.

Damit meint er meinen Namen und woher ich stamme, nicht die Pferde, dachte Uli. Irgendwann einmal muss ich ihm von den Pferden erzählen und wie sie manchmal mit mir durchgehen, damit Hansi ihnen dann nicht im Weg steht.

Zuletzt hatte Uli einen Forstweg gefunden, der nach Krokom führte. Der Ortsname stand auf einem Wegweiser, den jemand in den Boden gesteckt hatte. Sie atmete auf und war geradewegs zu Elsa nach Hause gegangen. Sie wollte ihr ja sowieso den Rucksack zurückbringen und ihr erzählen, dass alles wie geplant gelaufen war und die neue Hose gepasst hatte, obwohl Hansi sie mit einer Schnur in der Taille festhalten musste. Die Schnur hatten sie ganz unten im Ranzen gefunden.

»Ich dachte schon, dass ich mich gleich nach dir auf die Suche machen müsste«, sagte Elsa beim Öffnen der Tür.

Sie schien erleichtert.

»Ich habe mich verlaufen. Aber nur ein bisschen«, beeilte Uli sich zu sagen.

Sie zog ihre nasse Kleidung aus, ließ sie einfach auf dem Boden liegen und kroch auf Elsas Sofa unter die Decke. Elsa sammelte die Kleider auf und hängte sie in der Rumpelkammer auf die Wäscheleine, sodass sie ins Waschbecken abtropfen konnten.

»Hat Becker unseren Plan nachvollziehen können?«, fragte Elsa.

»Natürlich. Er heißt jetzt Johan Bakke. Ist irgendein Norweger. Auf der Durchreise. Der Geschäfte wegen.«

»Er wird ein ziemlich wortkarger Norweger sein müssen, damit die Leute seinen Akzent nicht bemerken«, sagte Elsa.

Sie setzte Kaffee für sie beide auf und erwärmte etwas Fleischbrühe für Uli, damit sie aufhörte zu frösteln. Uli erzählte von Hansis stinkenden alten Kleidern, die sie im Ofen verbrannt hatte, und dass Hansis Wunde allmählich verheilte. Und das, was sie nicht erzählte, konnte Elsa vermutlich ahnen.

»Tora Olsson hat erwähnt, dass sie uns im Wald gehört hat«, sagte Elsa. »Sie wusste, dass es sich um uns handelte und wir von der Polizei gesprochen haben. Ich bin schnell aufgebrochen, nachdem ich das erfahren habe«, sagte Elsa. »Und es wird in Krokom über uns geredet – über dich und mich. Was wir eigentlich miteinander zu schaffen haben. Es ist also nur gut, dass ihr jetzt fahrt, bevor es noch mehr Gerede gibt und noch mehr Fragen aufgeworfen werden, auf die ich keine Antwort weiß.«

Uli schlürfte die Brühe in sich hinein und überlegte, auf welche Weise man jemanden am besten um Geld bitten konnte. Es gab keine, ihrer Erfahrung zufolge. Alle wollten immer etwas zurückhaben, und sie hatte Elsa nichts anzubieten. Hansi auch nicht. Wäre das Seidennachthemd nicht so fleckig, hätte Uli Elsa das geben können, aber damit käme sie nicht weit. Außerdem wusste sie gar nicht, ob Elsa überhaupt Wert auf dergleichen legte. Sie schien an schönen Dingen so uninteressiert zu sein.

»Hast du Harry Sällström eigentlich versprochen, dass wir am Samstag mit ihm und Ville zum Tanzen gehen?«, fragte Elsa.

Uli hatte den auf dem Fahrrad herbeifahrenden Harry und die Fantasien, denen sie sich vor dem Postamt hingegeben hatte, schon ganz vergessen, sagte Elsa aber, dass sie das wohl getan habe.

»Warum denn bloß? Haben wir denn nicht schon genug Sorgen?«

»Ich habe das einfach nur so gesagt. Er war höflich und hat gefragt. Ich wollte Harry nicht enttäuschen und habe davon geträumt, mal wieder tanzen zu gehen, weil das Ewigkeiten her ist. Deshalb habe ich zugesagt. Kennst du Harry eigentlich?«

Uli konnte schließlich schlecht sagen, dass sich für sie alles in einer Filmfantasie zugetragen hatte. In einem Film, in dem sie der listige Fuchs gewesen war, der nur darauf wartete, seine Zähne in den weichen, wolligen Hasen zu schlagen. Ein Film, in dem der wahre Held noch nicht erschienen war.

Elsa wirkte skeptisch. Tiefe Schatten lagen unter ihren Augen, und sie musste immer wieder gähnen.

»Aber die Tanzveranstaltung ist doch erst am Samstagabend? Dann sind Becker und du doch vermutlich schon abgereist? Ihr fahrt doch sicherlich schon bald, oder?«, fragte Elsa weiter.

Heute war Donnerstag. Uli erkannte, dass Elsa gedacht hatte, dass Hansi und sie so bald wie möglich abfahren würden, schon morgen oder am Samstagvormittag.

Uli hob den Suppenteller zum Mund und trank die restliche Brühe direkt aus dem Teller.

»Wir haben kein Geld«, sagte sie, als sie ihn wieder abstellte.

»Leih uns alles, was du glaubst, entbehren zu können. Sonst fahren wir nirgendwohin. Wir können uns noch nicht einmal die Fahrkarten leisten.«

28

»Und das ist Arvo, von dem wir kürzlich bei Ihrem Besuch gesprochen haben, Elsa«, sagte der alte Olsson.

Neben ihm vor dem Kassentresen stand ein Junge von etwa dreizehn Jahren. Die Wangen, die auf der Fotografie noch rund und glatt ausgesehen hatten, waren jetzt von kleinen Bartstoppeln übersät, und sein Kinn wirkte markanter. Nett und sympathisch sah er trotzdem aus. Verlegen gab er Elsa zur Begrüßung die Hand.

Unverkennbarer Stolz lag im Blick des alten Olsson.

»Er bleibt für eine Woche bei seiner Schwedenmutter und seinem Schwedenvater«, sagte er. »Die ganzen Ferien über.«

Elsa bot ihnen beiden einen Bonbon aus dem Bonbonglas an. Der alte Olsson und Arvo waren beide lang und schmal, sodass sie beinahe tatsächlich Vater und Sohn hätten sein können.

»Tora und wir beide werden heute Abend ein Festmahl zu uns nehmen. Am Wochenende aber wollen wir beide mit meinem Fahrrad einen Ausflug in den Wald machen und uns die Abholzungen im Osten anschauen. Dort werden die Bäume gerade in Schichtarbeit gefällt, die Arbeiten müssen natürlich vor dem ersten großen Schneefall abgeschlossen sein. Arvo interessiert sich sehr für die Forstwirtschaft, sagt er. Sein leiblicher Vater kann kaum noch laufen, seitdem seine Füße im Winterkrieg erfroren sind, und auch nicht mit Arvo auf Entdeckungstour gehen, deshalb tun wir das, solange er hier ist«, erklärte der alte Olsson. »Ich habe Arvo gesagt, dass er ja Förster werden könnte, wenn er die Schule schafft, und das wird er mit Sicherheit. Er ist schlau, und eine Ausbildung schenkt einem ja immer eine Zukunft.«

Elsa erinnerte sich an Toras Worte über Arvo, über den kleinen finnischen Jungen, der bei seiner Ankunft wie Butter gewesen sei. Ihr fiel auch wieder ein, was Tora noch weiter gesagt hatte – dass Elsa sich an sie wenden könne, falls sie einmal Hilfe nötig hätte. Elsa wollte das alles aber am liebsten vergessen. Tora anzulügen war ihr unangenehm gewesen. Obwohl Tora Olsson keine imposant auftretende Person war und mit leiser, zaghafter Stimme sprach, hatte sie Elsa dasselbe Gefühl eingeflößt, das sie manchmal überfiel, wenn sie sich einem gewaltigen Findling oder einer steilen Felswand gegenübersah – als wäre es etwas ganz und gar Unnachgiebiges.

Mit einer gewissen Erleichterung dachte Elsa, dass sie nicht wieder Gefahr laufen würde, Tora die Unwahrheit zu sagen. Sie hatte heute Nacht nämlich eine Entscheidung gefällt: Sie würde Uli und Becker eine kleine Summe Geld geben. Dann würden sie fortgehen. Und dann musste Elsa nicht länger unehrlich sein.

Elsa lächelte den alten Olsson und Arvo zaghaft an und hielt ihnen noch einmal das Bonbonglas hin.

»Nehmen Sie noch einen, bevor Sie zu Tora fahren«, forderte sie die beiden auf.

Das Gehalt, das Elsa bei Forsens verdiente, war nicht hoch, aber sie hatte auch keine großen Ausgaben. Die Miete für ihre Wohnung war niedrig, und die Möbel hatte sie von Tante Stina geerbt. Kleidung kaufte sie sich selten, und auch kostspielige Vergnügungen gönnte sie sich so gut wie nie. Deshalb hatte sie jeden Monat von ihrem Gehalt einen kleinen Betrag zurückgelegt. Sie sparte auf nichts Besonderes, wollte aber vielleicht einmal ihren Bruder Jonas in Västerås besuchen und seine kleinen Söhne kennenlernen. Sie wollte ihnen ein schönes Geschenk machen und als ihre Tante Elsa wahrgenommen werden, nicht nur als irgendeine x-beliebige Verwandte aus Jämtland, die sie nie sahen. Vielleicht könnte sie bei der Gelegenheit – wenn sie sowieso schon so weit in den Süden Schwedens fuhr – ja auch bis Stockholm weiterfahren und sich dort die Geschäfte und das Schloss ansehen und Straßenbahn fahren, denn das hatte sie noch nie getan. Das dachte sie jedes Mal, wenn sie mit den restlichen Kronen ihres monatlichen Gehalts zur Bank ging.

Heute ging Elsa das erste Mal seit vielen Jahren zur Bank, um Geld abzuheben.

Als sie in den frühen Morgenstunden über die Angelegenheit nachgedacht hatte, wollte sie Becker und Uli eigentlich nur das Geld aus der kleinen Metalldose in ihrem Küchenschrank geben. Aber das war so wenig, dass sie sich dessen beinahe schämte.

Sie war sich auch klar darüber geworden, dass Ulis Worte wahr waren. Becker hatte bei seiner Flucht alles zurückgelassen und besaß kein Geld, und Uli hatte ihre Stellung in Malmö verloren, hatte also auch keine Öre. Und ohne Geld konnten sie weder Krokom verlassen noch irgendwo hinreisen.

Während Elsa in der Warteschlange stand, überlegte sie, wie viel sie sich auszahlen lassen sollte. Wie viel besaß sie eigentlich? Und wie viel war nötig? Becker und Uli würden sicherlich versuchen, eine Arbeit zu finden, aber es könnte ja ein Weilchen dauern, bis das geregelt wäre. Und wie viel war Elsa bereit zu opfern?

Ulla Rikardsson saß heute am Schalter. Sie musste mit jedem Kunden einen Plausch halten. Dabei sprach sie geziert, fand Elsa, wollte immer lustig und keck klingen. Früher einmal hatte sie Revuetheater gespielt; eine Rolle, die sich anscheinend nicht abschütteln ließ.

Schließlich kam Elsa an die Reihe.

»Und Sie möchten wie üblich etwas einzahlen, Elsa?«

Elsa hatte den Eindruck, dass es vor dem Schalter nach Kuhmist roch. Vielleicht hatte der Mann vor ihr ja den Gestank dagelassen, sie wusste, dass er ein Kleinbauer aus der Gegend von Aspås war.

»Ich möchte etwas abheben«, erwiderte Elsa kurz.

»Ach ja? Und sich einmal etwas gönnen? Sich vielleicht etwas kaufen?«

»Ich möchte hundert Kronen abheben«, sagte Elsa nur.

»Na so was, dann haben Sie wohl etwas ganz Besonderes ins Auge gefasst, Elsa?«

Elsa unterdrückte den Impuls, Ulla zu sagen, dass sie das nichts angehe und die Leute auszufragen kaum eine angemessene Art des Kundenumgangs sei. In ihren Fernkursen zur Geschäftsgehilfin hieß es, dass man immer den Kunden die Initiative ergreifen lassen sollte, wenn es um Privates ging, und niemals neugierig sein oder über eine Bemerkung die Nase rümpfen sollte. Das musste doch wohl auch für die Bank gelten.

Ulla schrieb die entsprechenden Ziffern in das Auszahlungsformular und zählte das Geld.

Elsa konnte sehen, dass sich Ullas Gesichtspuder in den kleinen Augenfalten abgesetzt hatte. Ulla war schon etwas älter als Elsa, hatte die Hoffnung aber noch nicht aufgegeben, eines Tages wieder für das Theater entdeckt zu werden, weshalb sie Fotos von sich an die Magazine mit Schönheitswettbewerben schickte. Das hatte Elsas Freundin Maj Elsa erzählt, über so etwas war sie immer informiert.

Das Theater … dachte Elsa. Damit meinte sie doch sicherlich das Königliche Dramatische Theater?

Das Königliche Theater, das wie das Schloss in Stockholm zu finden war.

Elsa selbst hatte bisher weder das Schloss noch das Königliche Theater gesehen. Ob man wohl mit der Straßenbahn dorthin fahren konnte? Dann wanderten ihre Gedanken zu den Gesichtern ihrer Neffen auf dem Foto, das Elsas Eltern in Gärningsberg mit der Post bekommen hatten, und an die fast gleich kurzen Hosen, die die Jungs trugen, trotz des Altersunterschieds von fast zwei Jahren. Danach kam ihr wieder in den Sinn, wie zärtlich Uli Becker gewaschen hatte.

Sie hatten nur sich und konnten sich an niemand anderen als Elsa wenden.

»Ich hebe lieber dreihundert ab«, hörte Elsa sich sagen.

»Dreihundert Kronen?«, fragte Ulla erstaunt.

Elsa nickte.

Sie merkte, wie ihr Traum, nach Västerås zu reisen, verblasste. Aber Jonas' kleine Jungen würden kaum darunter leiden, und Stockholm würde auch nicht weglaufen. Sie hatte schließlich eine Arbeit und konnte wieder mehr Geld ansparen, nachdem Uli und Becker fort waren.

Ulla erhob sich und verschwand für einen Moment. Als sie zur Kasse zurückkam, weigerte Elsa sich aufzusehen. Sie bekam die ganze Summe in die Hand und steckte sich das Geld und ihr Sparbuch in die Tasche. Heute Abend mussten Uli und sie ein letztes Mal zu Becker gehen.

Becker war wahrlich ein anderer Mensch als der, der vor ihr auf dem Weg erschienen und sie um Hilfe gebeten hatte, und auch ein anderer als der, der im Winter kaum noch Kraft besessen hatte, um sich von der Bank in der Hütte zu erheben. Er würde in dem Anzug frieren, sagte er, würde aber wie ein richtiger Mensch und nicht mehr wie ein Gespenst darin aussehen. Mit seinen hohen Wangenknochen und dem Kurzhaarschnitt konnte man ihn nun beinahe fesch nennen. Uli hatte den Inhalt ihres Reisekoffers bei Elsa entleert und den Koffer mit in den Wald genommen.

»Es macht einen besseren Eindruck, wenn er Gepäck bei sich hat«, erklärte sie. »Dann denkt man, dass sich sein Mantel darin befindet. Dass er deshalb keinen trägt, selbst wenn es windig ist.«

Unter den Dingen, die Uli auf Elsas Bett zurückgelassen hatte, waren auch die Briefe. Nachdem Uli und Becker fort wären, würde Elsa sie noch einmal lesen, um sich zu vergegenwärtigen, wie sie in diese ganze Angelegenheit hineingeraten war.

»Johan Bakke«, sagte Becker vor sich hin, wie um sich selbst einzuschärfen, wer er von nun an wäre.

Uli fuhr streichelnd über seinen Brustkorb.

Auf dem Anzugrevers war ein Fleck, das Hemd war über der Brust zerknittert und die Hose zu weit, aber er konnte durchaus als ein Geschäftsreisender durchgehen, fand Elsa.

Es wäre sicherlich am besten, sich ruhig und gelassen zu geben, selbst wenn es nicht stimmte, dachte Elsa.

»Das Geld«, sagte sie und reichte ihnen die von der Bank abgehobene Summe. Becker zählte es rasch durch und nickte. Das würde auf alle Fälle für eine Weile reichen, dachte Elsa. Für die Zugfahrkarten und eine Zeit lang für ihren Lebensunterhalt. Becker steckte das Geld in die Hosentasche. Elsa sah sich in der Hütte um. Von den von ihr mitgebrachten Dingen wollte sie eigentlich nur das Rentierfell wiederhaben. Das gehörte schließlich ihrem Vater und nicht ihr. Vielleicht ließ es sich ja waschen, und sie könnte es ihm zurückgeben, ohne dass er es einer genauen Musterung unterzog. Seinen Dienst hatte es jetzt getan.

»Johan Bakke«, sagte Becker erneut.

Er schien nervös zu sein, murmelte ein paar unzusammenhängende Wörter auf Norwegisch, nahm Ulis Koffer und richtete sich auf, als stünde ihrer beider unmittelbare Abreise bevor. Er übt seine Rolle, wie Elsa klar wurde.

»Papiere!«, rief er plötzlich aus.

»Was?«, sagte Elsa irritiert.

»Einen Pass«, sagte er.

»Was mcinst du damit?«, fragte Uli.

Ohne irgendwelche Papiere könnten sie nicht fahren, sagte er. Das wage er nicht. Das wäre das Erste, wonach man ihn fragen würde, wenn jemand misstrauisch war.

»Und ohne einen Reisepass kann ich nicht aus Schweden ausreisen«, fügte er hinzu.

»Wir wollen nach Amerika und dort nach Hansis Vater suchen«, erklärte Uli Elsa.

Zum ersten Mal überhaupt hörte Elsa von ihnen etwas über ihre Pläne. Sie war erstaunt. Das war eine weite Reise, und Amerika kam ihr so groß und furchteinflößend vor. Obwohl Becker früher schon klar und deutlich gesagt hatte, dass er nicht nach Hause zurückkehren würde, war sie doch davon ausgegangen, dass sie wieder nach Deutschland wollten. Es war ihr nicht einmal in den Sinn gekommen, sie danach zu fragen. Sie hatte sich einfach darauf eingestellt, dass sie Krokom verlassen würden, und sich darauf gefreut, nicht mehr zur Waldhütte gehen zu müssen. Ihr wurde klar, dass Uli und Becker in der Nacht, in der sie allein in der Hütte gewesen waren, über ihre Zukunft gesprochen haben mussten. Becker hatte also einen Vater in Amerika? Auf einmal fühlte Elsa sich ein klein wenig als Außenseiterin, schob den Gedanken aber hastig fort.

»Ja, ich brauche Papiere und einen Pass. Sonst geht das nicht«, bekräftigte Becker.

Uli nickte.

»Aber wie zur Hölle sollen wir so etwas beschaffen können? So etwas wie einen Pass?«

Elsa schrie die Worte beinahe. Entmutigt sank sie auf die Bank hinab.

»Denk dir etwas aus, Elsa. Du bist doch so gescheit«, sagte Uli.

Ausnahmsweise einmal klangen ihre Äußerungen fast wie eine Bitte, nicht frech wie sonst.

»Ich wüsste nicht, wie so etwas aussehen sollte«, sagte Elsa. »Ich kann weder einen Pass noch Ausweispapiere organisieren, und erst recht nicht für einen Norweger namens Johan Bakke. Wie soll das gehen?«

Sie verschränkte die Arme vor der Brust.

Es war noch nicht vorbei, dachte Elsa. Es hörte nie auf. Ihre Verantwortung kannte kein Ende. Es erschien ihr wie eine Strafe für Ihre Naivität und Dummheit, an jenem Tag Beckers Zettel vom Bahnsteig aufgehoben zu haben, und noch naiver und dümmer war es gewesen, dass sie sich darauf eingelassen hatte, ihn zu verstecken.

Wie oft hatte sie sich nicht schon selbst dafür verflucht?

»An welchem Tag sind in Krokom nicht so viele Leute auf den Beinen?«, fragte Uli und richtete Beckers Halstuch.

»Sonntags«, sagte Elsa. »Da sind alle Läden geschlossen. Manche gehen dann in die Kirche, und am späten Nachmittag wird mit der Familie zu Abend gegessen.«

»Dann musst du am Sonntag nach Krokom kommen«, sagte Uli und gab Becker einen Kuss auf die Wange.

»Das geht nicht«, sagte Elsa. »Welchen Sinn soll das haben?«

»Hier kann er nicht bleiben. Er friert, und der Anzug geht perdu. Einen weiteren kann ich nicht nehmen«, sagte Uli.

Becker war still geworden. Er sah genauso aus, wie Elsa sich fühlte – hoffnungslos. Er hatte auch nicht um die Ausweispapiere gebeten, um Schwierigkeiten zu machen, sondern weil er die ganze Angelegenheit gründlich durchdacht hatte.

»Und wo soll er dann bleiben? Ich wohne mitten im Zentrum, zu mir können wir ihn nicht hineinschmuggeln«, gab Elsa zu bedenken.

Sie merkte, dass ihre Geduld sie gleich endgültig im Stich lassen würde.

»Zu Björkegrens«, sagte Uli. »Sie haben bei meiner Ankunft keine Ausweispapiere von mir verlangt.«

»Das ist viel zu gefährlich«, gab Elsa zu bedenken.

»Nein. Dort heißt es, einfach hineingehen. Sie haben mir kaum eine Frage gestellt. Ich habe bei meiner Ankunft im

Voraus bezahlt, und damit waren sie zufrieden. Und Geld hat er jetzt ja. Er kann einige Nächte lang dort wohnen, während wir etwas organisieren.«

»Und wie das?«

»Vielleicht kann man etwas fälschen?«, fragte Uli, die offenkundig noch nicht die Hoffnung aufgegeben hatte. »Im Krieg ging das Gerücht um, gefälschte Pässe seien im Umlauf. Dass Menschen falsche oder mehrere Papiere hätten, solche Dinge. Sie konnten unbehelligt von Land zu Land reisen.«

»Ich kenne keine Dokumentenfälscher – in ganz Krokom nicht«, sagte Elsa, wusste aber, dass ihr Sarkasmus an Uli verschwendet war. Uli beharrte weiterhin darauf, dass die Pension die beste Alternative darstellte. Dann könne Becker sich daran gewöhnen, wieder unter Menschen zu sein, sagte sie. Sich unters Volk zu mischen. Sich frei zu bewegen, nicht so, als wäre er auf der Flucht oder fürchtete um sein Leben. In einem Bett schlafen. Wieder mit allem vertraut werden.

»Und dann? Was tun wir dann?«

Elsa verstand nicht, wie sie Dokumente besorgen sollten, die Becker auch nur ansatzweise vorzeigen könnte, falls jemand seine Identität infrage stellte. Sie versuchte ihnen darzulegen, dass sich das womöglich später einfacher lösen ließe, wenn Becker und Uli Krokom verlassen und eine größere Stadt erreicht hätten, aber Becker schüttelte den Kopf.

»Es gibt niemanden, dem wir sonst vertrauen können«, sagte er.

Er klang deprimiert. Elsa fühlte einen Anflug von Übelkeit in sich aufsteigen. Uli schien die Einzige zu sein, die noch an ihren Plan zu glauben schien. Sie stand auf, gestikulierte und erzählte, was für ein Durcheinander bei Björkegrens herrschen würde. Von dem Abwasch, den Hühnern, den Gästen, die kamen und gingen. Unter anderen Umständen hätte es etwas Unterhaltsames an sich gehabt zu erleben, wie jemand so unstrukturiertes wie Uli über das Chaos sprach, dachte Elsa, aber in diesem Moment fand sie es kein bisschen amüsant.

Becker allerdings hörte Uli zu, das konnte man sehen.

»Bist du dir da sicher?«, fragte er Uli.

Sie bestätigte es.

Becker sah Elsa fragend an.

Schließlich ließ Elsa sich auf Ulis Vorschlag ein. Sie sah keine andere Lösung und hatte nicht die Kraft, dem ein Ende zu setzen. Becker würde also am Sonntag mit Anbruch der Dämmerung in Krokom eintreffen. Er bekam eine Wegbeschreibung zur Pension und sollte bei seinem Auftauchen so wenig Aufhebens wie möglich von sich machen. Zu der Zeit sollten sich nur wenige Gäste in der Pension aufhalten.

»Du solltest nicht da sein«, wandte Elsa sich an Uli. »Solltest dich am Sonntag überhaupt nicht blicken lassen. Dann ist das Risiko geringer, dass man euch miteinander in Verbindung bringt.«

Von Elsas Wohnung aus waren drei Fenster der Pension zu sehen. Falls Becker eines der entsprechenden Zimmer bekäme und alles wie geplant liefe, würde er mehrmals hintereinander eine Lampe als Signal ein- und ausschalten. Erhielte er ein anderes Zimmer, sodass weder Uli noch Elsa sehen könnten, wenn er da wäre, würde eine von ihnen bei einem Spaziergang um das Haus gehen und in die anderen Fenster lugen. Ein wasserdichter Plan war das nicht, aber etwas Besseres fiel ihnen im Augenblick nicht ein. Becker bekam für den Notfall außerdem Wegbeschreibungen zu Forsens und zu Elsa. Elsa brach schon allein beim Gedanken daran, dass er bei ihr zu Hause vor der Tür stehen könnte, der Schweiß aus.

»Antworte auf Ansprache, sag selbst nichts«, empfahl Elsa ihm. »Sag so wenig wie möglich, und nur auf Norwegisch.«

Sie hörte selbst, wie verärgert sie klang.

»Wir schaffen das«, sagte Uli. »Wir müssen es schaffen. Wir denken uns wegen der Papiere etwas aus, und dann fahren wir, Hansi.«

»Dann wird Johan Bakke am Sonntag kommen«, sagte Becker.

29

»Du hast doch selbst gesagt, dass die Leute reden. Die Tanzveranstaltung ist unser Deckmantel.«

»Deckmantel?!«, schnaubte Elsa.

»Warum denn nicht?«, fragte Uli.

»Wann ist aus mir jemand geworden, der einen Deckmantel braucht?«

Forsen schloss samstags um zwei Uhr. Nachdem Elsa ihren Arbeitstag hinter sich hatte, hatte sie Uli in ihrem Zimmer bei Björkegrens aufgesucht. Sie schien böse zu sein. Eigentlich war sie das schon seit dem Moment, als sie Hansi gestern Abend in der Hütte zurückgelassen hatten. Sie war raschen Schrittes nach Hause gegangen und hatte sich nicht unterhalten wollen, hatte nur etwas Unverständliches gezischt, als Uli sie dazu bewegen wollte, darüber zu reden, wie sie die Situation mit den Papieren lösen sollten.

»Ich habe keine Ahnung, das habe ich doch schon gesagt!«, hatte Elsa gestern im Wald geschrien und anscheinend völlig vergessen, dass sie dort so leise wie möglich sein mussten.

Elsa begriff nicht, weshalb sie zum Tanzen gehen sollten. Sie war zu Uli gegangen, um zu erfahren, welchen Grund sie Harry für ihre Absage nennen sollten, sagte sie. Irgendetwas müssten sie ihm doch schließlich sagen, oder? Dass sie krank geworden seien? Beide urplötzlich die Grippe bekommen hätten, aber nur Uli das Bett hüten musste? Oder vielleicht eine Magenverstimmung? Dergleichen konnte plötzlich auftreten. Aber weshalb hatte man Uli in dem Fall früher am Tag bei Forsens gesehen? Das klänge ja so, als wäre sie an etwas erkrankt, das sie dort gekauft hätte, und das wollte Elsa nicht.

»Wir gehen zum Tanzen. Du kannst ganz beruhigt sein, Elsa, es ist doch nur ein einziger Abend. Alle werden da sein. Wir stellen uns zur Schau, sind wie alle anderen. Die Leute sehen zwei junge Frauen beim Tanz, und dann hören sie auf zu klatschen. Daran ist nichts Besonderes, nichts Seltsames. Ein Norweger taucht an einem Sonntagabend auf und bleibt für sich – ja, das ist etwas ganz anderes. Etwas, das nichts mit uns zu tun hat.«

Elsa saß mit gefalteten Händen auf dem Bett, als betete sie, obwohl sie selbst gesagt hatte, nicht gerade gläubig zu sein.

»Geh nach Hause und hol eine Bluse. Eine rote, wenn du hast. Eine so kräftige Farbe wie möglich. Hol zwei, nimm auch eine für mich mit«, forderte Uli Elsa auf. »Ich habe Harry gesagt, dass sie uns um Viertel nach sechs hier abholen können, als ich ihn heute getroffen habe.«

»Du hast Harry getroffen?«

»Er kam mit dem Fahrrad vorbei, als ich draußen war«, erklärte Uli. »Hat mich nach heute Abend gefragt. Ville und er kommen uns abholen.«

Elsa fragte nicht weiter. Sie ging und kam nach ein paar Stunden wieder.

Schweigend legte sie eine rote und eine violette Bluse auf den Bettüberwurf. Eine grüne hatte sie auch dabei, aber die war zu dunkel, wie Uli sofort feststellte. In dunkler Kleidung war man unauffällig, und das ging nicht – nicht, wenn es Absicht war aufzufallen.

Für Elsa suchte sie die rote Bluse aus, sie selbst wählte die violette.

»Ich habe kein gutes Gefühl dabei«, sagte Elsa nur.

»Aber wird es denn nicht lustig sein, tanzen zu gehen?«, fragte Uli.

Elsa schüttelte den Kopf. Uli selbst dagegen freute sich auf den Abend. Sie würde andere Menschen zu sehen kriegen, Musik hören und Harry wiedersehen, der so umgänglich war. Er war nett und schien über die meisten Dinge zu scherzen. Die Sorgen um Hansi würden für ein Weilchen in den Hintergrund treten, und sie würde sehen, wie sich die Leute hier amüsierten.

Uli hatte sich zu Augusta Björkegren hinuntergewagt und sie gefragt, ob sie etwas dahätte, das sie ihrem Gast anbieten könnte, bevor sie zum Tanzen aufbrachen. Überraschend guter Laune hatte Augusta eine Flasche Likör und zwei grüne Dessertweingläser aus dem Schrank im Esszimmer geholt.

»Gut zu hören, dass Sie sich etwas vergnügen wollen«, sagte sie. »Man darf das Leben nicht so ernst nehmen. Das hat keinen Zweck. Man kann genauso gut tanzen gehen und sich eine schöne Zeit gönnen.«

Augusta schien beinahe eifersüchtig zu sein.

»Wenn man nur wieder jung wäre …«, seufzte sie, als Uli die Treppe hinaufging. »Dann würde man dafür sorgen, sich etwas zu amüsieren.«

Uli hatte fast erwartet, Augusta ein paar Stunden später an die Tür klopfen zu hören, weil es so geklungen hatte, als hätte sie sich ihnen gern angeschlossen.

»Ich trinke keine starken Sachen«, sagte Elsa, sowie ihr Blick auf den Likör fiel, den Uli auf den Nachttisch gestellt hatte.

Uli überzeugte sie davon, dass er nicht stark, sondern vor allem süß sei und dass ein einziges Glas Elsa kaum betrunken machen würde.

»Vor dem Krieg haben wir oft im Abendkeller Sherry getrunken«, sagte sie. »Anne-Marie und ich. Sie war meine beste Freundin.«

Sowie Uli Anne-Maries Namen sagte, verspürte sie einen Stich im Herzen.

Der Blick, mit dem Anne-Marie Uli angesehen hatte, nachdem Uli sie nach ihrer monatelangen Depression in der Fleischerei aufgesucht hatte, radierte sich nicht von selbst aus, er vernichtete ihre Freundschaft im Nachhinein.

Mit dir stimmt etwas nicht, hatte ihr Blick gesagt.

Mit dir stimmt etwas nicht, du stinkst, und du bist ein seelischer Krüppel.

Du bist all das, was Horst behauptet hat, männerverrückt und jähzornig und geil, und du widerst mich an.

Uli sah aus dem Augenwinkel zu Elsa hinüber und schenkte beide Gläser randvoll. Um Elsa zu demonstrieren, dass man Likör wie einen Schnaps am besten in einem Zug hinunterkippte, sagte sie *Skål!* und trank ihr Glas aus. Trotzdem nippte Elsa nur an ihrem und verzog nach dem ersten winzigen Schluck das Gesicht. Der Likör musste schon lange offen gestanden haben, denn er schmeckte nicht nur süßlich und nach Kirschen, sondern auch furchtbar abgestanden.

Na ja, man trank ja auch nicht nur um des Geschmackes willen …

Uli schenkte Elsa nach und goss sich selbst einen weiteren Likör ein.

»Und wo ist Anne-Marie heute? Ist sie …«

»In Hamburg. Wo sie immer gewesen ist. Ihr Mann Horst starb im Krieg. Sie hat ihren Ehering abgenommen und gibt allen gegenüber vor, dass sie unverheiratet ist, damit sie leichter Arbeit findet.«

Elsa nickte.

Uli trank auch das zweite Glas aus. Der Geschmack wurde davon zwar nicht besser, aber der übelste Nachgeschmack legte sich, wie Uli feststellte. Sie bewegte Elsa dazu, auch zwei tiefe Schlucke von dem Getränk zu nehmen. Elsa sah anders aus in der roten Bluse, lebendiger. Uli bot ihr an, ihren Lippenstift zu benutzen, doch Elsa lehnte ab.

»Man kann auch etwas davon auf den Wangen verreiben«, sagte Uli und demonstrierte Elsa, wie das ging und man damit frisch und rosig aussah, aber Elsa schien nicht daran interessiert zu sein.

Als Uli sich selbst die Lippen nachzog, spürte sie, wie ihre Hand zitterte. Im Spiegel sah sie, dass der Lippenstift ein wenig danebengegangen war, wischte den Strich aber rasch mit dem Daumen fort. Wäre Hansi hier gewesen, hätte er ihn fortgeküsst, dachte sie. Die Nacht in der Hütte hatte ihr einen blauen Fleck auf dem Oberschenkel beschert, das hatte sie während eines Toilettenbesuchs bemerkt. Sie hätte ihm den Fleck am liebsten zeigen wollen, hätte gern Scherze darüber gemacht, hätte Hansi ausgezogen und untersucht, ob er wie sie von ihrer Liebesstunde gezeichnet war. Hätte gern wieder sein Glied in ihre Hand genommen, es in sich eingeführt, es für ein Weilchen besessen. Gespürt, wie das Entzücken in ihrem Körper aufflammte.

»Was soll das Tanzengehen bezwecken?«, fragte Elsa.

»Habe ich das nicht schon gesagt? Aufzufallen und als zwei fröhliche, unbeschwerte Frauen gesehen zu werden. Einfach nur zwei Frauen zu sein, die tanzen und sich amüsieren und keine besonderen Pläne hegen. Alle lieben sorglose Mädchen.«

Ein Klopfen ertönte an der Zimmertür. Augusta Björkegren rief durch die geschlossene Tür, dass unten im Vorraum zwei Herren auf sie warteten.

»Lüge bei Tageslicht, aber sprich die Wahrheit im Dunkeln«, flüsterte Uli Elsa zu, bevor sie hinuntergingen. »Ein kleiner Rat von Ulrike Hartmann.«

Uli hörte, dass sie nuschelte, dachte aber, dass das sicherlich nicht auffiel. Sie zog ihren Mantel an. Gut, dass er so weit geschnitten war. Da fiel es nicht weiter auf, dass sie den Likör in die Manteltasche steckte.

30

Elsa richtete sich auf, als sie Ville sah. Sie wollte es sich nicht anmerken lassen, diesen lausigen Likör probiert zu haben. Ville wirkte ganz anders als in Arbeitskleidung, größer und irgendwie fremder. Bei seinem Anblick befiel sie beinahe Verlegenheit, aber als er zu reden anfing, war er genauso wie immer.

»Es regnet nicht, wir können also einen Spaziergang dorthin machen«, sagte er.

Uli gab irgendetwas Dummes darüber von sich, dass sie gehofft hatte, Harry würde heute wieder den Hasenpulli tragen. Auf seinem heutigen Pullover waren aber weder Hasen noch andere Tiere, nur ein Karomuster, das einen ganz schwindelig machte, wenn man es zu lange betrachtete.

»Es liegt ja ganz in der Nähe«, ergänzte Harry.

Elsa schluckte und schluckte, sagte aber nichts. Sie verließen die Pension und schlugen den Weg zum Bürgerhaus ein. Harry schob sein Fahrrad, und Uli ging neben ihm her und unterhielt sich mit ihm. Ville ging mit Elsa. Höflich erkundigte er sich bei ihr danach, wie es mit der Lkw-Übungsfahrt gegangen war.

»Nils und ich sind nicht so gut miteinander ausgekommen«, antwortete Elsa. »Anschließend hat er gesagt, dass ich mir jemand anderen zum Üben suchen müsste. Er habe Forsen zwar versprochen, dass ich den Führerschein machen und den Lastwagen zum Üben nehmen dürfte, wenn er ihn nicht selbst braucht, möchte aber nicht mehr selbst mitfahren.«

»Vielleicht kannst du ja mit mir üben? Falls du Lust dazu hast«, bot Ville ihr an.

»Ich bin mir nicht sicher, ob ich wirklich den Führerschein machen soll. Nils war nicht der Ansicht, dass ich Talent dafür besäße«, sagte Elsa entmutigt.

Ville lachte, und sie versuchte ein Lächeln. Es fiel ihr nicht leicht.

Die Rolle des sorglosen Mädchens lag ihr nicht so. Die Worte, die Nils über ihren Hochmut gesagt hatte, ließen sich nicht ganz verdrängen, und sowie sie an Becker dachte, bekam sie Bauchschmerzen.

»Das, was ich neulich über dich und Nils gesagt habe, kam nicht richtig rüber«, sagte Ville. »Dass ihr beide, meine ich …«

»Ich weiß«, sagte Elsa.

»Es ist also vorbei und vergessen?«

»Ja, das ist es«, sagte sie.

Uli und Harry hatten sich vor ihnen eingehakt. Wenn sie nur nichts verrät, dachte Elsa.

»Sie scheint nett zu sein«, sagte Ville und nickte zu Uli hinüber.

»Ja, das ist sie«, bestätigte Elsa.

Sie versuchte Villes Blick aufzufangen, um festzustellen, ob er auf etwas Bestimmtes aus war, sah aber nur ein Lächeln darin liegen.

»Und Forsen? Ist mit ihm alles so, wie es sein soll?«

Ville betrieb weiter Konversation. Elsa hatte selbst gerade so viel im Kopf, dass sie Forsen und seine sporadische Wehmut beinahe vergessen hätte. Sie wusste auch nicht, wie viel sie Ville darüber verraten sollte. Sie war Forsen und der Gemischtwarenhandlung gegenüber loyal und wollte nicht zu Klatsch beitragen. Sie hielt Ville zwar nicht für ein Klatschmaul, wusste aber nicht, wie sie es formulieren sollte, damit es nicht seltsam klang.

»Er hat seine Angelleidenschaft, in der er aufgeht. Solange er fischen gehen kann, bleibt er gesund, sagt er immer.«

Ville grinste.

»Er ist, wie er ist«, sagte Elsa beschönigend.

»Das sind wir wohl alle«, bemerkte Ville.

In Sichtweite des Bürgerhauses lehnte Harry sein Fahrrad gegen einen Baum. Uli holte die Likörflasche aus ihrer Manteltasche, von deren Existenz Elsa gar nichts geahnt hatte.

»Was tust du?«, sagte sie zu Uli.

»Das ist doch nichts weiter als Likör. Ein passendes Getränk für ausgelassene junge Frauen, Elsa, ich schwör's!«, sagte Uli.

Uli selbst trank zuerst und reichte die Flasche dann an Harry weiter. Ville nahm auch einen Schluck. Er gab Elsa die Flasche, die zwar nicht mehr davon trinken mochte, aber auch nicht als Spielverderberin dastehen wollte. Sie schloss die Lippen um die Flaschenöffnung und füllte ihren Mund mit dem Likör, ließ den Großteil aber wieder zurück in die Flasche rinnen. Den Gedanken an den widerlichen Speichel in der Flasche, der sich ansammelte, wenn es jeder so machte, versuchte sie zu verdrängen.

Jetzt griff Uli nach der Flasche, verschloss sie wieder und

stellte sie zwischen die langen Gräser neben dem Baum auf den Boden.

»Wenn wir mehr davon wollen, treffen wir uns hier«, zischte sie.

Von ihrem Lippenstift war nichts mehr zu sehen, aber der Kirschlikör hatte die Umrisse ihres Mundes dunkelrot gefärbt. Sie verschränkte ihren Arm mit Ulis. Gemeinsam gingen sie zum Kartenschalter. Uli hatte kein eigenes Geld, Elsa musste für sie bezahlen.

Elsa hatte den Eindruck, dass Uli schwankte, und bekam es mit der Angst zu tun.

»Du bist doch wohl nicht betrunken und petzt, oder?«, flüsterte sie ihr zu.

Uli grinste und lehnte sich so dicht an sie, dass Elsa meinte, anschließend Likör von ihrem Ohr abwischen zu müssen.

»Lüge bei Tageslicht, Elsa Pettersson. Lüge bei Tageslicht …«, sagte Uli und klopfte sich großkotzig auf die Brust. Elsa begriff gar nichts. Uli redete vom Tageslicht, während sich gerade die herbstliche Dunkelheit herabsenkte.

Nils war auch da. Elsa sah ihn mit jemandem an der Garderobe sprechen, als er seine Lederjacke aufhängte. Er stand mit dem Rücken zu ihr. Sie sah in eine andere Richtung. An der Kaffeebar begegnete sie Brita, die sie von einem Abendkurs über das Güterschlachten her kannte, und unterhielt sich ein Weilchen mit ihr über Bratenstücke, Britas Verlobten und die abendliche Lotterie. Danach hängte sie ihren Mantel auf und war überrascht, als sie im Spiegel ihre eigene leuchtend rote Bluse sah. Sie hatte ganz vergessen, dass sie sie anhatte, und sie gefiel ihr nicht. Die Bluse ließ ihr Gesicht leichenblass wirken, und es war schwer, darin in der Menge unterzutauchen. Uli hatte angeführt, dass gerade das ja der Sinn der Sache sei – dass sie hier seien, um die Blicke auf sich zu ziehen –, aber Elsa fühlte sich in dem Kleidungsstück sehr unwohl. Ulis Geschwätz über einen Deckmantel hatten sie in Angst und Schrecken versetzt. Sie war es doch nicht, die einen Deckmantel brauchte, sondern Becker, oder? War das nicht die ganze Zeit über das Ziel, das sie mit so viel Kraft und Energie verfolgten?

Harry, Ville und Uli drängten sich an ihr vorbei zur Tanzfläche. Ulis lautes Lachen übertönte fast die von dort kommende Musik. *Lilien für dich* und *The Woody Woodpecker Song* verklangen, bis Ville zu ihr zurückkehrte und sie aufforderte.

»Du siehst nachdenklich aus«, sagte er.

»Ach nein, es ist nichts Besonderes«, erwiderte Elsa.

»Möchtest du nicht mit mir tanzen?«

»Doch, gern«, sagte Elsa.

Er hielt sie fest und sicher, und sie wünschte, dass sie nicht eine solche Unruhe verspüren würde. Frauen und Männer wirbelten im Tanz um sie herum. Sie wirkten ausgelassen. Uli und Harry winkten zu ihnen herüber und gaben scherzhaft vor, einen Tango aufs Parkett zu legen, zum großen Ärger der ruhiger tanzenden Paare.

Uli hielt sich also an ihren Plan, um jeden Preis aufzufallen, dachte Elsa. Ville zog sie näher an sich. So nahe wie jetzt war sie ihm noch nie gewesen. Sie spürte jeden seiner Atemzüge.

Fühlte man sich so, wenn man ein sorgloses Mädchen war?

Ein Mädchen, das von allen geliebt wurde, wie Uli behauptet hatte?

Elsa versuchte sich, so gut es ging, zu entspannen.

Ville sagte beim Tanzen nicht viel, meinte nur, dass Lindvalls Orchester gut sei und erfreulich viele Leute hergekommen seien. Elsa stimmte ihm zu, danach hatte sie nichts mehr zu sagen. Das war so seltsam mit dem Tanzen – jemandem so nahe zu sein, sich im Takt mit einem anderen Menschen zu bewegen, zu spüren, wie sich Muskeln anspannten und wieder entspannten, und mit diesem Menschen trotzdem kein Wort zu wechseln, keine Fragen zu stellen, nicht zu sagen, welche Gedanken einem gerade durch den Kopf gingen.

Sie nahm jetzt nur Ville wahr, fühlte nur noch ihn. Ville, den sie so gern hatte und mit dem sie sich fast immer ein bisschen unterhielt, wenn er die Molkereiprodukte lieferte. Doch obwohl er ihr jetzt so nahe war, schien ihr, als wäre er weiter von ihr entfernt als je zuvor.

Als der Tanz zu Ende war, stellte sie sich an die Wand. Dort hielten sich schon jede Menge Frauen auf, die hofften, aufgefordert zu werden. Sie selbst wäre am liebsten für den Rest des Abends unsichtbar gewesen, und wich deshalb so weit zurück, wie sie konnte. Ob die jungen Frauen ringsum wohl auch dieses Gefühl kannten? Hatten sie jemals in einem Bach gestanden und gedacht, dass das Wasser ebenso kühl war wie sonst ihr Kopf?

Hatten sie Ambitionen, die sie nachts aus dem Schlaf rissen und sie quälten?

Grübelten sie wohl jemals darüber nach, was richtig und was falsch war?

Gerieten sie in Schwierigkeiten, nur weil sie zeigen wollten, wie gut sie eine Fremdsprache beherrschten?

Elsa wusste es nicht. Sie hatte nie Freunde besessen, jedenfalls keine wirklichen Freunde, mit denen sie sich über dergleichen hätte austauschen können. Wie dachten diese Frauen über das Sexuelle? Stellte es auch für sie einen Eimer mit schleimigen Aalen dar? Und wenn ja, wie hielten sie es dann aus? Oder konnte es auch anders sein? Wussten sie um andere Dinge, die die ganze Angelegenheit schöner machten?

Ville tanzte jetzt mit Ulla Rikardsson. Es fehlte nur noch, dass sie verlauten ließ, dass Elsa Geld abgehoben hatte, dachte Elsa. Als Elsa Villes Lächeln sah, wurde sie überraschend von Eifersucht gepackt, und sie wandte sich in Richtung Ausgang. Lieber keine Gefühle entwickeln, sonst wurde man womöglich noch von ihnen mitgerissen und geriet in etwas hinein, für das man später leiden musste. Aus Liebe taten die Menschen schließlich die seltsamsten Dinge.

Elsa sah wieder Brita, die jetzt Lotterielose verkaufte, wollte aber nicht noch einmal zu ihr gehen. Im Grunde hatte sie nicht mehr zu sagen, weder über das Grundstück, das Brita und ihr Verlobter freikaufen wollten, noch darüber, wie nett die Atmosphäre im Abendkurs doch gewesen war. So erging es Elsa immer – das Gespräch mit Menschen, die zu Freundinnen werden könnten, reichte nicht weit, dann verließen sie die Gesprächsthemen, und sie wusste nicht mehr, was sie sagen sollte. Wenn Uli und Becker fort wären, würde sie wieder wie früher allein sein. Niemand würde mehr auf ihrem Sofa übernachten. Niemand auf sie warten. Sie würde von Neuem ziellllos durch den Wald streifen können, den ganzen Tag lang spazieren gehen und selbst über ihre Schritte und Gedanken bestimmen.

Von Uli hatte sie schon lange nichts mehr gesehen, aber sie war doch sicherlich irgendwo in der Nähe? Vielleicht tanzte sie ja gerade wieder? Oder war sie nach draußen gegangen, um sich etwas abzukühlen? Elsa ging zur Tür und ließ ihren Blick über den Hof schweifen. Die Laternen waren eingeschaltet, aber ihr Schein reichte nicht weit. Viele Leute standen draußen. Einer von ihnen konnte Uli sein, aber das war von Weitem unmöglich zu erkennen. Elsa sah flüchtig Nils, der bestimmt wieder eine seiner Angeberreden vom Stapel ließ, und dachte über das nach, was er über Anna Karlström gesagt hatte.

Ob Elsa womöglich Frauen den Vorzug gäbe? Elsa wusste es nicht. Sie wusste nur eines – dass sie nicht in Nils verliebt war.

Elsa drehte sich auf dem Absatz um und ging wieder zurück zur Tanzfläche. Da drüben war Ville. Er tanzte nicht länger mit Ulla, unterhielt sich aber noch mit ihr. Ulla hing an seinem Arm. Elsa drängte sich zu ihnen durch.

»Hast du Uli gesehen?«, fragte sie ihn.

»Nein, schon länger nicht mehr«, sagte Ville.

»Wer ist Uli? Ist das die Deutsche?«, fragte Ulla an Elsa gewandt. »Ist das deine neue Freundin?«

Ulla befeuchtete die Lippen mit der Zungenspitze und zeigte ihr übliches Lächeln.

Elsa nickte.

»Ich gehe sie mal draußen suchen«, sagte sie.

Zu Elsas Freude sagte Ville, dass er sie begleiten könne. Sie ließen Ulla stehen. Elsa holte ihren Mantel und sie liefen hinaus.

»Es ist ja nicht so, dass sie nicht auf sich selbst aufpassen könnte …«, sagte Elsa. »Das kann sie, aber ich fühle mich trotzdem ein wenig für sie verantwortlich …«

»Sie wird sicherlich mit Harry zusammen sein. Ihn habe

ich seit diesem ominösen Tango auch nicht mehr gesehen. Hast du bemerkt, dass er ihr eine von den Kunstblumen am Bühnenrand gegeben hat? Ganz vorn, bei der Band? Danach hat er noch eine aus der Dekoration gerissen und sie sich ins Knopfloch gesteckt«, sagte Ville.

»Nein, ich habe in dem Moment wohl woanders hingeschaut«, sagte Elsa.

»Er wirkte wie ein Matador«, sagte Ville. »Aber er kann sie gut leiden. Harry, meine ich. Er mag Uli. Er sagt, sie habe irgendetwas Außergewöhnliches an sich.«

Auf dem Hof standen Männer in Grüppchen, unterhielten sich lautstark und tranken aus ihren mitgebrachten Flaschen. Uli war nicht unter ihnen. Und auch nicht auf der Damentoilette.

»Drüben beim Fahrrad vielleicht? Wo wir den Likör hingestellt haben?«, meinte Ville.

Ohne etwas zu sagen, nahm er Elsas Hand. Sie wollte sie erst wegziehen, kam aber nicht dazu. Villes Hand umschloss ihre groß und warm. Das Fahrrad stand noch am Baum, aber die Flasche fand Elsa nicht.

»Vielleicht sind sie irgendwo anders hingegangen. Um einen Moment allein zu sein«, sagte Ville.

Elsa konnte ihm nicht sagen, weshalb das kaum wahrscheinlich wäre.

Zaghaft schlang Ville einen Arm um Elsas Taille. Er sagte etwas, aber in dem Moment fuhr der Wind in den Baum, und in dem Rauschen konnte Elsa nicht hören, was es war. Sie spürte, dass sein Herz ebenso schnell wie ihres schlug, und wagte es nicht, ihm in die Augen zu sehen. Dafür fiel ihr Blick auf seine halb geöffneten Lippen. Sie stellte sich auf die Zehenspitzen und küsste ihn. Er erwiderte den Kuss.

Elsa lehnte sich gegen den Baumstamm. Für einen schwindelerregenden Moment erfasste sie eine Welle der Begierde, bevor ihr der Verstand sagte, dass sie nach Uli suchen musste. Sie konnte hier nicht stehen bleiben, sosehr sie es auch wünschte.

»Wohin können Uli und Harry bloß hingegangen sein?«, fragte sie besorgt, als sie sich recht abrupt von Ville gelöst hatte. Ville wirkte erstaunt.

»Das weiß ich nicht.«

Sie bemerkte, dass er sie nicht losließ.

»Sie kommen schon zurecht …«, flüsterte Ville in ihr Ohr.

»Ich bin mir nicht sicher, ob sie … ob es ihr auch gut geht«, sagte Elsa. »Sie ist erst vor Kurzem krank gewesen. Hatte die Grippe. Und sie war dünn gekleidet. Sie ist so empfindlich.«

Sieh an, sieh an, jetzt lügst du Ville auch noch an, dachte Elsa. Ist ja enorm, wie leicht dir das Lügen derzeit fällt. Die Lügen fließen ja nur so aus deinem Mund heraus, Elsa.

Sie schämte sich.

»Vielleicht da drüben in dem Hain. Dahin ziehen sich die Leute dann sicherlich zurück«, sagte Ville.

»Wenn sie für sich allein sein wollen, meine ich«, fügte er erklärend hinzu.

»Zeig mir doch, wo er liegt«, bat Elsa ihn.

Schlanke Birkenäste spannten sich über dem Weg zu einem Bogen. Im Sommer sah das sicherlich schön aus, dachte Elsa. Dann bilden die Blätter ein üppiges Dach. Hierher hatten sie ihre Spaziergänge noch nie geführt.

»Harry?«, rief Ville ins Unterholz.

Es klang halbherzig.

»Vielleicht sind sie ja schon nach Hause gegangen?«, sagte Ville. »Zu Harry oder zurück zu Björkegrens?«

Elsa schüttelte den Kopf. Sie glaubte nicht, dass Uli ohne sie gegangen wäre. Selbst wenn sie betrunken war und sich auf der Tanzfläche wild gebärdet hatte, hätte sie Elsa doch wohl nicht, ohne etwas zu sagen, allein auf der Tanzveranstaltung zurückgelassen? Der Zweck des Ganzen war schließlich, dass sie zusammen unter den Leuten gesehen wurden und so taten, als gäbe es Becker überhaupt nicht.

»Komm, wir gehen noch ein Stück tiefer in den Hain«, forderte Elsa Ville auf.

Sie hoffte, dass Ville wieder ihre Hand nehmen würde, aber das tat er nicht. Der Weg, dem sie folgten, war schmal; sie konnten darauf nicht nebeneinander hergehen.

»Wo ist denn eigentlich dieser Rückzugsort, den du erwähnt hast?«

»Ich weiß es nicht«, sagte Ville. »Ich bin noch nie hier gewesen. Ich habe nur gehört, dass manche … Dass Paare … Dass manche … Aber ich war noch nie mit jemandem hier.«

Elsa konnte seiner Stimme nicht anhören, ob das die Wahrheit war.

Vor ihrem inneren Auge sah sie Ulla Rikardssons spitze Brüste.

»Uli?«, rief Elsa aufs Geratewohl zwischen die weißen Birken.

»Harry?«, rief Ville.

Ihre Stimmen gingen im Rauschen des Windes unter.

»Vielleicht sollten wir lieber umdrehen? Sonst fällt uns gleich noch ein Baum auf den Kopf«, sagte Ville.

»Ich mache mir Sorgen um sie«, sagte Elsa.

»Harry?«, rief Ville von Neuem.

Diesmal rief er, so laut er konnte. Ein Stück entfernt war ein schwaches Ja zu hören.

»Wo bist du, Harry? Hast du Uli gesehen?«

Es klang so, als würde jemand durch das Dickicht trampeln; ein Zweig knackte. Ehe sie sich's versahen, stand Harry neben ihnen und zog seinen Pullover so weit es ging über seinen geöffneten Hosenschlitz.

»Sie ist hier«, sagte Harry verlegen.

Jemand anderes rührte sich in seiner Nähe.

»Ist es denn noch nie vorgekommen, dass die Füchsin ihre feuchte Nase in den Bauch des Hasen bohren wollte, statt ihn zu beißen? Doch, das ist schon vorgekommen«, gab Uli lallend von sich.

»Kleine, süße Füchsin. Und kleiner, süßer Hase. In dem kleinen, süßen Hain.«

Als Uli aus dem Unterholz kam, roch Elsa ihre Fahne.

»Kleine, süße Elsa«, sagte sie noch.

Dann wandte sie hastig den Kopf zur Seite und erbrach sich.

31

Sie lag im Bett. Die Betttücher fühlten sich unbequem an, und in ihrem Kopf pochte es. Ihre Ohren schmerzten, ihre Augen schmerzten, ihr Bauch schmerzte. Sie hörte einen Schlüssel im Schloss. Es war Elsa. Uli sah sich um und erkannte, dass sie in Elsas Bett lag. Mit bloßem Oberkörper. Von der Taille abwärts trug sie Rock und Strümpfe, aber keine Schuhe mehr. Sie hatte nach dem Erbrechen noch den bitteren Nachgeschmack von Galle im Mund.

»Ich war bei Björkegrens und habe sie darüber informiert, dass du krank geworden bist. Ich habe ihnen gesagt, dass du hier bei mir bist und ich nur kurz deine Habseligkeiten holen wolle«, sagte Elsa.

Auf dem Arm hielt sie das Kleid, das Uli im Pensionszimmer zurückgelassen hatte, sowie ihre eigene verschmähte Bluse.

»Ich habe ihnen gesagt, dass du nicht wiederkommen wirst. Ich dachte, dass es das Beste sei, wenn man bedenkt, dass Becker heute Abend zu Björkegrens geht«, fügte Elsa hinzu.

Uli erinnerte sich daran, dass jemand sie zu Elsa nach Hause getragen hatte und jemand anderes – Elsa vermutlich – sie mit hartem Griff die Treppe hochgeschubst hatte. Elsa hatte ihr auch die Bluse ausgezogen, dessen war Uli sich sicher. Schon draußen in der Diele. Uli wusste noch, wie sich in dem Moment die Wand in ihrem Rücken angefühlt hatte – so fest und sicher, während sich alles andere drehte, und dass sie auf Elsas kleine rosafarbene Finger hinuntergesehen hatte, als diese ihr die Bluse aufknöpfte.

Dann fiel Uli wieder der Hase ein, und erneut wallte Brechreiz in ihr auf.

Harry, der Hase und seine sanften Pfoten.

Die Füchsin, die Füchsin, die Füchsin.

Neben dem Bett stand ein Eimer. Uli beugte sich halb über ihn, aber es kam nichts. Der Eimer war leer, sein Boden noch feucht. Elsa hatte ihn also ausgespült.

Uli hatte das Gefühl, auch Elsa – und nicht nur Harry – gegenüber von dem Hasen gesprochen zu haben, als Harry und sie miteinander im Gebüsch waren. Seine Pfoten waren so sanft und samtigweich gewesen, als sie unter ihren Rock geschlüpft waren ... Und trotzdem wollte Uli jetzt nur noch das Kissen auf ihre Augen pressen und alles ungeschehen machen, als sie an Harry dachte. Sie wusste, dass sie auch etwas über einen Schwanz gesagt hatte – wie man das kleine Bäuschlein dazu bewegte, sich groß und stolz zu erheben. Und *wie* stolz und groß er tatsächlich geworden war, bevor er wieder zusammenschrumpfte und sich zwischen den Schenkeln verbarg.

Der Hase und die Füchsin. Der Film, der von ihr selbst handelte. All diese Fantasien, die sie zu weit spann, denen sie kein Ende zu setzen vermochte. Die sie immerzu überstrapazierte, bis alles zerbrach.

Krepier doch einfach, Uli!

Hinfort mit dir und krepier!

Krepier, du abscheuliche, abstoßende Kreatur!

Laut sagte sie das nicht, sagte es nur zu sich selbst. Trotzdem meinte sie, Elsa zusammenzucken zu sehen.

»Wie geht es dir?«, fragte sie.

Uli hatte nicht die Kraft, sich eine Antwort zu überlegen. Sie hatte das Gefühl, ihr drehte sich der Magen um und ein Nagel würde zwischen ihren Augenbrauen stecken.

»Hier ist Wasser, falls du Durst hast.«

Elsa deutete auf ein Glas auf dem Nachttisch. Uli wollte den Geschmack in ihrem Mund loswerden, befürchtete aber, sich wieder zu erbrechen, wenn sie etwas trank.

»Bist du böse?«, flüsterte Uli.

»Weshalb sollte ich das sein?«, erwiderte Elsa.

Uli wusste trotzdem, dass es so war. Es reichte schon zu sehen, mit welcher Haltung Elsa ihr beim Abwaschen den Rücken zuwandte. Uli hatte viele solcher Rückenansichten in ihrem Leben gesehen – sich von ihr abwendende, wütende, stumme Rücken, die sie lautlos anschrien, sich zu benehmen, sich zu beruhigen oder am liebsten sich gar nicht mehr bei ihnen blicken zu lassen und nicht länger Chaos in ihrem Leben zu stiften. Nicht alles zunichtezumachen.

»Verzeih mir«, flüsterte Uli. »Verzeih mir, liebe Elsa.«

Sie wusste nicht, ob Elsa sie gehört hatte, aber das spielte auch keine Rolle. Jedes einzelne Wort kostete sie unendliche Mühen. Uli lehnte sich zurück in die Kissen.

Nachdem Elsa das Geschirr abgetrocknet und es in den Küchenschrank gestellt, die Arbeitsplatte abgewischt hatte und nichts mehr fand, das sie noch tun könnte, trat sie wieder zu Uli ans Bett.

»Mir ist da eine Idee gekommen, wie wir für Becker ein

Dokument beschaffen könnten«, sagte sie. »Ich kann zwar nichts versprechen, werde aber mein Bestes tun.«

»Hast du mich eingeschlossen, als du zu Björkegrens gegangen bist?«, fragte Uli sie.

Sie musste nicht erst Elsas Antwort hören, um zu wissen, dass das stimmte.

Elsa setzte sich auf den Stuhl am Bettende.

Uli fiel wieder ein, dass Elsa heute Nacht dort gesessen und über sie gewacht hatte, als sie sich erbrochen hatte.

»Ich versuche heute Abend etwas zu erreichen. Du bleibst hier und hältst Ausschau nach Becker«, sagte Elsa.

»Lass mich bitte nicht allein!«, flehte Uli sie an.

Elsa wirkte ungerührt.

»Wenn es mir gelingt, einen Pass zu beschaffen, könnt ihr womöglich schon morgen fahren«, sprach sie weiter.

»Lass mich nicht allein, bitte! Ich weiß nicht, was ich dann tun werde. Ich befürchte, dass ich mir dann etwas antun könnte.«

Uli merkte, wie die Angst sie innerlich und äußerlich auffraß.

Elsa biss sich auf die Lippe und dachte nach.

»Dann steh am besten auf, wenn du dich zurechtmachen willst«, sagte sie.

»Wenn du möchtest, backe ich dir einen Pfannkuchen, falls du glaubst, ihn bei dir behalten zu können.«

32

In der Nacht, als sie an Ulis Bett saß, hatte Elsa darüber gegrübelt, ob es überhaupt möglich wäre, falsche Papiere zu organisieren. Die Wut hatte so in ihr gebrodelt, dass sie sich noch nicht einmal auf das Sofa legen mochte. Wie müssten solche Papiere überhaupt aussehen? Müssten es zwangsläufig norwegische Dokumente sein? Elsa konnte sich nicht daran erinnern, jemals solche gesehen zu haben. Aber aus Becker sollte schließlich Bakke werden, sie mussten also norwegisch sein. Wie stellte man es an, dass die falschen Papiere glaubwürdig wirkten? Was musste darin stehen?

Während Uli abwechselnd sehr leichte, ruhige und dann wieder schwere, lang gezogene Atemzüge machte, holte Elsa sämtliche Dokumente hervor, die sie selbst besaß, einschließlich ihres Sparbuchs. Außerdem suchte sie alle Kapitel ihres Fernkurses über Beschilderung und Beschriftung heraus, deren sie habhaft werden konnte. Darin wurde abgehandelt, wie man etwas gestochen und glaubhaft schrieb. Die entsprechenden Buchstaben konnte sie schreiben, weil sie die Übungen dazu gemacht hatte. Identitätsnachweise müssten aber doch sicherlich maschinengeschrieben sein, oder? Sofern etwas offiziell aussah, guckte man doch nicht sonderlich genau hin? Schreibmaschinen gab es hier und da, unter anderem auf dem Postamt und bei der Bank, aber Elsa hatte keinen Zugang zu einer. Forsens hatte keine, und dass sie Ulla Rikardsson bitten würde, sie in der Bank leihweise zu benutzen, war ausgeschlossen. Elsas Bekannte Maj hatte vor ihrer Heirat mit Mats Eriksson als Sekretärin bei der Telekommunikationsbehörde gearbeitet und konnte Schreibmaschine schreiben, das war ihr bescheinigt worden, obwohl sie wohl kaum eine eigene besaß. Aber wenn man schwarze, schnurgerade Striche mit einem Lineal über ein Blatt Papier zog und anschließend von Hand etwas über dem Strich notierte? Johan Bakke, und noch etwas darüber hinaus? Etwas wie den Geburtsort und die zugehörige Amtsgemeinde?

Hatte man nichts, das als Vorlage dienen konnte, war die Sache wirklich schwierig, stellte Elsa fest.

Wie also könnte ein Pass für jemanden wie den frei erfundenen Bakke aussehen? Pässe hatten doch einen festen Einband, oder nicht? Könnte sie womöglich aus ihrem Sparbuch einen Pass herstellen? Aber es mussten sich ja sicherlich auch noch Bilder und Stempel darin befinden, oder?

An dieser Stelle, während Elsas Gedanken um ihre Wut über Ulis feucht-fröhlichen Abend und das eigene Unbehagen über Beckers Ankunft in der Pension kreisten, war Elsa wieder Tora Olssons Hilfsangebot eingefallen.

Am frühen Morgen waren sie beide auf dem Weg zu den Olssons, Uli schleppte sich schwerfällig hinter Elsa her. Sie wolle unter keinen Umständen allein sein, hatte Uli behauptet, war aber anscheinend auch kaum in der Verfassung, vernünftig zu gehen. Uli war nicht mehr so übel wie zuvor, fröstelte aber, erschauderte und bewegte sich langsam.

Elsa merkte, wie die Wut, die sie schon in der vergangenen Nacht verspürt hatte, wieder in ihr wuchs, wollte sich dadurch aber nicht von ihrem Plan abhalten lassen.

Ville und Harry hatten ihr geholfen, Uli zu Elsa nach Hause zu bringen. Das war freundlich von ihnen gewesen. Nun ja, von Harry vielleicht nicht, sondern vielmehr seine Pflicht, nachdem er zu einem gewissen Teil ja auch selbst daran beteiligt gewesen war. Er hatte sein Fahrrad beim Bürgerhaus stehen gelassen, und er und Ville hatten Uli zwischen sich getragen. Harry hatte kein Wort gesagt, Ville dagegen hatte geradezu geplappert. Über alles Mögliche – nur nicht über die betrunkene Frau, die irgendein unverständliches Zeug über Hasen und Füchsinnen und Heldinnen geschrien hatte. Irgendwann wurde Elsa klar, dass Ville mit seinem Geschwätz nur Ulis Rufe und Harrys schamvolles Schweigen rücksichtsvoll übertünchen wollte. Elsa hätte ihm gerne gesagt, dass sie das zu schätzen wusste, kam aber nicht dazu. Vor Elsas Haustür bedankten sich Ville und Harry eilends für ihre Gesellschaft und gingen. Sie wollten natürlich nicht mit der betrunkenen Deutschen in Verbindung gebracht werden. Womöglich auch nicht mit Elsa. Über Uli würde mit Sicherheit getratscht werden, waren sie auf dem Rückweg vom Tanzlokal doch einigen Leuten begegnet, die bemerkt hatten, was Sache war. Sie würden sich später über Uli das Maul zerreißen.

War das nicht immer so?

Über Harry würden sie das dagegen wohl kaum tun, obwohl er mit ihr zusammen gebechert und in dieses Gehölz gegangen war. Ein Mann ergriff die Gelegenheiten, die sich ihm boten – darüber verlor man nicht viele Worte –, während eine Frau mit den Konsequenzen leben musste und der

Lächerlichkeit preisgegeben war. Elsa wollte sich am liebsten nicht eingestehen, dass sie genauso gedacht hatte.

Ulis waghalsige Unternehmungen, ihr Geschwätz, ihre Trunkenheit und alles, was mit Harry zusammenhing, hatten sie wahnsinnig gemacht. Und Elsa tat auch Becker leid, der in einer Waldhütte darauf wartete, dass die Stunden vergingen, während Uli sich amüsierte. Als Elsa zwischen Ulis Erbrechensanfällen ihren Schluchzern lauschen musste, hatte sie sich auch selbst leidgetan. Inzwischen war sie sich dessen nicht mehr so sicher. Sie hegte erneut die Hoffnung, die ganze Angelegenheit bald endlich los zu sein, was auch immer passierte. Ab und zu drehte Elsa sich um, um zu überprüfen, ob Uli immer noch da war.

Es dauerte eine Weile, bis sie das Haus der Olssons erreichten. Drinnen brannte kein einziges Licht. Womöglich waren sie gar nicht daheim. Dann wäre der Spaziergang hierher umsonst gewesen. Elsa wusste nicht, ob sie in dem Fall erleichtert oder enttäuscht sein sollte.

Was hatte Tora ihr neulich überhaupt sagen wollen?

Und über was genau hatte sie Uli und Elsa im Wald sprechen gehört? Worin bestand die eventuelle Hilfe?

Als Elsa heute Nacht über die falschen Papiere nachgedacht hatte, war ihr wieder eingefallen, dass der alte Olsson einen Pass besaß. Tora hatte ihr ja das Passfoto zeigen wollen, um ihr zu erläutern, dass er für sie nach ihrer Erblindung immer so wie auf diesem Bild aussehen würde. So könnte sie sich noch mal anschauen, wie so ein Pass aufgebaut war.

Elsa hatte sich noch nicht entscheiden können, ob sie Tora ganz offen um Hilfe bitten und sagen sollte, dass sie gern noch einmal den Pass ihres Mannes sehen würde, um ihn als Vorlage zu verwenden, oder ob sie einfach nur kühl-berechnend versuchen sollte, das Gespräch wieder auf die Zeit des Paares in Amerika zu lenken – womöglich mithilfe der gerahmten Fotografien über der Küchenbank –, und sie so dazu bewegen sollte, den Pass erneut hervorzuholen. Und jetzt war sie ja auch noch im Beisein von Uli hier. Das hatte sie nicht so geplant. Wie sollte sie ihr das bloß erklären?

Elsa klopfte an die blaue Haustür.

Uli blieb am Torpfosten stehen. Man sah ihr an, dass sie sich nicht gut fühlte.

Elsa klopfte zweimal, doch niemand öffnete.

»Hallo?«, rief sie.

Keine Antwort.

Sie drückte die Klinke herunter, um festzustellen, ob die Tür verschlossen war. Das war sie nicht.

»Komm her!«, rief sie Uli zu, die sich immer noch gegen den Pfosten lehnte. »Es scheint niemand zu Hause zu sein«, sagte Elsa, als Uli widerwillig zur Veranda geschlurft kam. »Aber sie haben im Haus einen Pass, mit dem der alte Olsson nach Amerika gereist ist. Er hat ihn mir bei meinem letzten Besuch gezeigt.«

»Willst du ihn nehmen und …?«, fragte Uli.

»Nein! Ich bin keine Diebin, das habe ich dir schon mal gesagt! Ich möchte ihn mir nur gerne näher ansehen, vielleicht kann ich dann etwas Ähnliches aus meinem Sparbuch machen.« Ungebeten konnte Elsa ja eigentlich nicht das Haus betreten. Sie wusste allerdings genau, wo der Umschlag lag. Sie musste nur geradewegs zur Küchenbank gehen und einen hastigen Blick hineinwerfen, dann würden ihre Chancen, etwas Glaubwürdiges zu fabrizieren, enorm steigen.

Wenn sie schon gezwungen war, zur Dokumentenfälscherin zu werden, wollte sie ihre Arbeit wenigstens gut machen.

Elsa drückte die Klinke erneut herunter.

Es gibt kein Zurück, dachte sie.

Sie konnte genauso gut weitermachen und das hinter sich bringen, wofür sie hergekommen war. Womöglich war das sogar einfacher, wenn niemand zu Hause war, da musste sie nicht erst irgendwelche Erklärungen abgeben.

»Hallo, ist da jemand?«, rief Elsa noch einmal.

Auch diesmal erhielt sie keine Antwort.

Sie ging hinein. Uli folgte ihr. Elsa blickte sich in der Küche um. Wie schon beim letzten Mal erinnerte die Küche sie an die in ihrem Elternhaus. Was sie jetzt tat, würden ihre Eltern als einen Einbruch und als verabscheuungswürdige Tat bezeichnen – und als die schlimmste Sorte von Einbruch noch dazu, bei zwei unschuldigen alten Leuten. Niemand durfte es jemals erfahren.

Elsa ging rasch zur Küchenbank und zog die Schublade heraus, die den Umschlag enthielt. Uli ging an ihr vorbei in die Kammer hinter der Küche, anstatt Elsa beim Suchen zu helfen.

»Was tust du?«, fauchte Elsa sie an.

»Wenn ich schon mal hier bin, kann ich mir doch auch anschauen, wie sie wohnen«, sagte Uli. »Und mich vielleicht einen Moment hinlegen.«

»Rühr ja nichts an!«, sagte Elsa scharf.

Uli erwiderte nichts. Elsa raffte einen Stoß Umschläge an sich und sah sie, so schnell sie konnte, durch, fand aber keinen Pass. Sie schielte zu Uli hinüber und sah, wie diese ihr eigenes Spiegelbild in einem Kommodenspiegel anstarrte. Flüchtig fragte Elsa sich, was Uli wohl gerade durch den

Kopf gehen mochte. Von ihrem Gesichtsausdruck ließ sich nichts ablesen.

Elsa nahm einen weiteren Stoß Umschläge aus der Schublade. Dazwischen lagen ein paar gefaltete Papierbögen und ein Rezept für eine Arznei gegen Herzschwäche.

Auf einmal hörte sie Schritte im Flur.

Das Blut gefror ihr in den Adern.

Elsa drehte sich um, um festzustellen, wer da kam.

Es war Tora.

»Hallo?«, rief diese.

Elsa hielt den Atem an. Sie blickte zu Uli, die ebenfalls bemerkt hatte, dass jemand gekommen war. Ihre Blicke trafen sich im Spiegel.

»Ist da jemand?«, fragte Tora.

Sie hatte anscheinend gemerkt, dass die Haustür einen Spalt offen gestanden hatte.

Wenn ich jetzt losrenne, wenn ich jetzt geradewegs an Tora vorbeirenne und kein Wort sage, muss sie nie erfahren, dass ich es war oder was ich getan habe, dachte Elsa. Aber dann würde natürlich noch Uli da sein. Und sie würde wohl kaum den Mund halten und Elsa einfach hinterherrennen, oder?

Elsa versuchte Uli mit Gesten klarzumachen, dass Tora blind war. Sie war sich aber nicht sicher, ob Uli verstanden hatte, und wusste auch nicht mehr, ob sie es ihr früher schon einmal erzählt hatte.

Elsa hatte das Gefühl, als wären ihre Füße auf dem Boden festgenagelt.

Vielleicht wäre es doch das Beste, sich zu erkennen zu geben. Tora hatte immerhin gesagt, dass sie sich an sie wenden könnte, wenn sie Hilfe bräuchte.

»Ich bin es. Elsa von Forsens«, sagte sie mit schwankender Stimme.

»Ach so?«, erwiderte Tora zögernd.

»Ich bin ins Haus gegangen … Ich war in der Nähe und wollte bei Ihnen vorbeischauen, und die Tür war offen …«

Tora hielt zwei Fichtenzweige in der Hand. Sie legte sie auf den Küchentisch.

Was sollte Elsa jetzt tun? Was sagen? Wie sollte sie erklären, dass sich Uli in der Schlafkammer befand? »Ich schließe eigentlich nie ab«, sagte Tora, nahm ihre rote Srickmütze vom Kopf, ging zurück in den Flur und hängte ihre Jacke auf. Ihre Bewegungen waren genauso exakt wie schon bei Elsas letztem Besuch.

»Sie waren also hier in der Nähe, Elsa? Gab es einen bestimmten Grund dafür?«, fragte Tora.

Elsa guckte wieder zu Uli hinüber.

Würde Uli sich aus der Kammer schleichen können, ohne dass man es hörte?

Die Küche zu betreten, wie Elsa es getan hatte, war eine Sache – aber jemandes Schlafzimmer zu betreten und vor jemandes Kommode zu stehen, in der sich womöglich Schmuck oder Bargeld befanden, war etwas ganz anderes. Das würde sie beide wirklich wie Diebe dastehen lassen. Warum sonst sollte man dergleichen tun?

Tora trat näher an Elsa heran.

»Mein Mann ist mit Arvo zu den Waldabholzungen gegangen. Außer mir ist also niemand hier«, sagte sie.

Elsa versuchte hinter ihrem Rücken die Schublade der Küchenbank zu schließen, aber sie war schwergängig.

»Mir …«, begann Elsa. »Mir ist eingefallen, was Sie über Hilfe gesagt haben, Tora …«

»Ja?«

Die Schublade knarrte. Tora reagierte auf das Geräusch. Elsa ließ sie offen stehen.

»Falls ich womöglich in eine kleine Schwierigkeit geraten wäre …«, fuhr Elsa fort.

Sie dachte fieberhaft nach. Was könnte sie noch sagen? Würde sie Tora darum bitten können, sich den Pass anzusehen? Aber dann müsste sie ihr erzählen, aus welchem Grund sie das wollte, und alles verraten müssen, oder nicht? Oder könnte sie einen anderen Grund angeben, etwas, das ihr jetzt gerade spontan in den Sinn käme, einfach irgendetwas zusammenlügen und erklären, dass sie unerlaubt das Haus betreten hatte, und den ganzen ursprünglichen Plan verwerfen? Einsehen, dass es ein Ding der Unmöglichkeit war, einen Pass für Becker zu organisieren? Ganz einfach abhauen?

Elsa schielte wieder zu Uli hinüber.

»Es ist gut, dass Sie zu mir gekommen sind, Elsa«, sagte Tora da unerwartet. »Ich hatte sowieso geplant, mich mit Ihnen in Verbindung zu setzen, weil wir bei Ihrem letzten Besuch nicht alles endgültig besprochen haben. Ich habe mir noch ein bisschen Gedanken über das gemacht, was ich im Wald gehört habe. Da ist etwas, das ich nicht verstehe. Zum Beispiel, warum Sie die Deutsche gefragt haben, ob Sie nicht zur Polizei gehen sollten.«

Elsa blickte einen flüchtigen Moment in Toras undurchdringliche Augen, die wie Kohlenstücke aussahen.

Dann nahm Tora den Kaffeekessel vom Abtropfgestell, tat ihn auf den Herd und stellte einen Teller mit Hefekuchen auf den Tisch. Ob es derselbe war wie kürzlich oder ob Tora inzwischen einen neuen gebacken hatte, konnte Elsa nicht sagen. Als Tora nach einem Messer suchte, um damit den Kuchen aufzuschneiden, spürte sie, dass die Schublade hinter Elsa offen stand. Tora sagte nichts, schloss sie nur mit einer entschiedenen Bewegung.

Ein Glück, dass sie nicht sehen kann, wie sehr ich mich schäme, dachte Elsa.

»Sie dürfen Platz nehmen, Elsa. Es dauert ein Weilchen, bis der Kaffee kocht«, forderte Tora sie auf. »Und wollen Sie mir nicht Ihre Freundin vorstellen? Ich merke doch, dass wir nicht unter uns sind.«

33

Einmal angefangen, konnte Elsa gar nicht mehr mit dem Reden aufhören. Die Worte strömten nur so aus ihr heraus, als wäre in ihrem Innern ein Damm gebrochen. Woher wollte Elsa wissen, dass die blinde Frau das ihr Erzählte nicht weitertratschen und ihren Plänen ein Ende bereiten würde? Und wie sollten sie sie daran hindern, falls sie es versuchte? Uli betrachtete Tora, die ihnen reglos und kerzengerade am anderen Ende des Küchentisches gegenübersaß.

Elsa erzählte von Hansi, den Briefen und weshalb sie einen Pass benötigten, sprach aber auch von ihren Waldwanderungen, vom Tiefschnee, von der Verantwortung, von einem Mann namens Almkvist, der ihr die deutsche Sprache beigebracht hatte, und einer Frau, die die Mata Hari des Nordens genannt wurde – einer Spionin und Landesverräterin, die im Växsjöer Frauengefängnis gesessen hatte.

Elsa redete ausnahmsweise einmal so schnell und so viel, dass Uli ihr nicht mehr ganz folgen konnte. Sie war nur überzeugt davon, dass Elsa ein unerhörtes Risiko einging, indem sie ausgerechnet jetzt alles verriet. Damit setzte sie nicht nur ihr eigenes Dasein, sondern womöglich auch Ulis und Hansis gemeinsame Zukunft aufs Spiel.

Uli versuchte Elsa einen kleinen Stoß in die Rippen zu versetzen, um ihr begreiflich zu machen, dass sie schweigen sollte, aber es war zwecklos. Elsa redete weiter, während Tora Olsson ihr aufmerksam lauschte.

»Aber ich wusste nichts davon, als ich die Briefe geschickt habe! Ich wusste nichts über die Lager und die Juden, ich habe ihm ja nur über Kühe und Schweine geschrieben«, sagte Elsa verzweifelt.

Bisweilen nickte Tora leise, bisweilen stellte sie eine kleine Frage, ließ Elsa ansonsten aber erzählen und sagte selbst nur wenig.

»Als ich ihn versteckte, wusste ich es allerdings. Wusste von den Nazis. Ich hatte es aus den Zeitungen erfahren. Und als Becker kam und mich um Hilfe bat, wusste ich, dass er etwas getan hatte, etwas, für das er von der Polizei gesucht wurde. Aber ich wusste nicht, dass er jemanden getötet hatte. Wenn ich das gewusst hätte …«

Elsa beendete den Satz nicht. Uli sah Tränen in ihren Augen aufsteigen.

Weshalb weinte sie nur?

Weil sie die Wahrheit gesagt hatte?

Welch eine Erleichterung das sein musste, konnte sie sich allerdings vorstellen.

Sie selbst nahm sich noch ein Stück von Toras Kuchen. Er linderte vorübergehend ihre Angst. Sie hätte einfach alles davon in sich hineinstopfen können.

»Und niemand anderes weiß davon?«, fragte Tora.

»Nur Uli und ich«, sagte Elsa.

»So ein Geheimnis zu schultern ist für zwei junge Menschen wie Sie eine große Last«, bemerkte Tora.

Sie wandte sich an Uli.

»Und Fräulein Uli? Was haben Sie zu all dem zu sagen?«

Tora trug eine hochgeschlossene Bluse, die eine glitzernde Brosche zierte, obwohl sie gerade erst von einer Waldwanderung wiedergekommen war. Uli zögerte und starrte auf die Brosche. Das war einfacher, als in Toras Blick nach etwas suchen zu wollen, was es dort nicht zu finden gab.

Ihr Mantel, den Elsa in der Nacht grob gesäubert und zum Lüften hingehängt hatte, dünstete immer noch den Geruch nach Erbrochenem aus. Ablegen konnte Uli ihn trotzdem nicht, weil sie aus jeder Pore Alkohol verströmte. An diesem Geruch hatte Tora Olsson auch erkannt, dass sich außer Elsa noch jemand anderes im Haus befand, das hatte sie gesagt, als sie sich zu dritt an den Tisch gesetzt hatten. Am Geruch und weil sie glaubte, Ulis Atemzüge gehört zu haben. Wie Tora behauptete, waren all ihre übrigen Sinne – bis auf den Sehsinn – geschärft. Außerdem hatte Tora jemanden in der Küche reden gehört, als sie zur Haustür hereinkam. Uli fröstelte, hatte gleichzeitig aber das Gefühl, innerlich zu kochen. Dieses Gefühl kannte sie – diese lebensbedrohliche Vorahnung, dass sich in ihrem Innern alles auflöste und nicht länger kontrollierbar war.

Sie war eifersüchtig auf Elsa, die wenigstens noch weinen konnte.

»Doktor Kraus hat mir gesagt, dass ich den richtigen Gehrhythmus für mein Lebenslicht finden müsse, damit die Flamme nicht erlischt oder mich verbrennt, aber das gelingt mir nicht«, hörte sie sich sagen. »Ich kenne nur zwei Gangarten: volle Kraft voraus oder absoluten Stillstand. Früher oder später mache ich immer alles kaputt.«

Wenn Elsa dieser Frau gegenüber so offen gewesen war, konnte sie es wohl auch sein.

Elsa sah Uli verwirrt an.

»Wer ist Doktor Kraus?«, fragte Tora.

»Ein junger Arzt, der mich verstanden hat«, sagte Uli. »Ein Arzt, zu dem meine Mutter mich gezerrt hat.«

Uli fiel wieder ein, wie vorsichtig später alle vor der scherbenübersäten Arztpraxis ihre Füße gesetzt hatten, damit sie sich nicht an den Glasscherben schnitten. Doch hatten sie das wirklich getan, um nicht mit den scharfen Scherben in Berührung zu kommen, oder nicht vielmehr, um nicht hinsehen zu müssen? Um die Augen vor dem zu verschließen, was geschehen war?

»Und was können Sie mir noch über Ihren Hansi erzählen, Fräulein Uli?«, fragte Tora.

»Er war der einzige Mensch, der nie auf mich herabgesehen hat«, sagte sie mit vollem Mund.

»Er war nie grob zu mir und hat mich am ganzen Körper liebkost. Wir konnten uns heftig streiten, aber er hat sich nie für mich geschämt. Er saß sogar neben mir im Abendkeller, während andere Männer, mit denen ich … Dinge getan hatte, so taten, als würden sie mich nicht wiedererkennen. Er schrie mich nie an oder hat mich nie als nicht ganz richtig im Kopf bezeichnet. Er hat gesagt, dass er zu mir gehören wolle, hat den Leuten erzählt, dass wir ein Paar seien, hat es sogar Heinrich Oppelt aus seiner Kompanie erzählt, der mich aufgesucht hat, um mir von …«

Uli wollte nicht an Oppelt denken. Sie griff nach einem weiteren Stück Kuchen. Das musste das letzte sein, sonst würde sie sich bald aufs Neue erbrechen.

»Hansi hat mich einmal geliebt, dessen bin ich mir sicher. Dann kam der Krieg und hat alles verändert. Hansi wurde einberufen. Er starb, jetzt lebt er wieder. Er verdient es, zu leben. Und er schämt sich für das, was er getan hat. Für das, was ihn dazu getrieben hat zu flüchten. Das merkt man ihm an.«

»Aber Sie wissen nicht, in was genau er verstrickt war, Fräulein Uli?«, fragte Tora.

»Das spielt für mich keine Rolle. Ich habe auch abstoßende Dinge getan – furchtbar abstoßende. Meine Mutter hat immer über mich gesagt, dass ich ein Mädchen sei, das allem Schönen einen hässlichen Anstrich geben würde und alles, was heil sei, kaputt machen würde. Das hat sie gesagt, nachdem ich eine Porzellanvase heruntergerissen hatte, aber sie hat alles damit gemeint – alles im Leben.«

»Und Sie möchten Hansi gern helfen?«

»Ja. Und ich möchte mit ihm nach Amerika gehen. Er will sich dort auf die Suche nach seinem Vater machen. Ich habe nichts und niemanden, zu dem ich zurückkehren kann, weder in Hamburg noch irgendwo sonst«, erklärte Uli.

Tora gab lange keinen Ton von sich, strich nur mit den Händen nachdenklich über die Tischoberfläche. Uli sah zu Elsa hinüber um festzustellen, wie sie ihre, Ulis, Geschichte aufgenommen hatte, aber von ihrer Miene ließ sich nichts ablesen. Ihre Augen waren gerötet, und sie wischte sich mit dem Ärmel ihres Pullovers ein paar Tränen fort.

Als Tora schließlich das Wort ergriff, sagte sie zu Elsa, dass sie in der Küchenbank nach dem Pass des alten Olsson suchen solle, wenn sie doch deshalb hergekommen seien. Elsa hatte ihr erzählt, dass Hansi Ausweispapiere brauchte und dass sie die Olssons ursprünglich hatte aufsuchen wollen, um einen genaueren Blick auf den Pass werfen zu können.

Also zog Elsa erneut die Schublade heraus und fing an, die Umschläge durchzusehen.

Ziemlich schnell fand sie den Pass des alten Olsson.

»Staatsbürgerschaft, Vor- und Zuname, Geburtsdatum, Beruf, Größe, Haarfarbe, Augenfarbe«, murmelte sie, wie um sich alles einzuprägen, was dort stand.

»Aber ich habe doch auch keinen Pass!«, rief Uli da aus.

»Was?«, fuhr Elsa auf. »Du musst doch einen deutschen Pass haben? Wie konntest du denn sonst nach Schweden einreisen?«

Dass sie nicht länger im Besitz ihres Passes war, hatte Uli komplett verdrängt.

»Frau Cederstam hatte ihn an sich genommen. Wollte ihn an einem sicheren Ort aufbewahren, wie sie sagte. Vielleicht wollte sie mich aber auch nur daran hindern, einfach fortzugehen. Als ich meine Stellung bei ihr verloren habe, ging alles so schnell, dass ich ganz vergessen habe, dass sie ihn in einen Tresor getan hat. Darin liegt er jetzt immer noch. In Malmö.«

»Und das sagst du erst jetzt?!«, schrie Elsa.

Man konnte ihr anhören, wie wütend sie war, so wütend wie schon zuvor über Ulis Unvermögen, in ihrem Leben Ordnung zu halten.

Tora bat Uli um Erlaubnis, ihr Gesicht erspüren zu dürfen. Nach ihrer Zustimmung lehnte Tora sich vor und fuhr sanft mit den Händen über Ulis Wangen, Nase, Augenbrauen und Mund.

»Holen Sie meinen Pass auch heraus, Elsa«, sagte sie. »Es ist sicherlich einfacher, beide Pässe mitzunehmen, als etwas Vergleichbares zusammenzuschustern. Nehmen Sie beide.«

Elsa fand Tora Olssons Pass im selben Umschlag wie den ihres Mannes.

»Die beiden Reisepässe sind schon alt und längst abgelaufen, aber Sie dürfen sie haben, falls Sie meinen, dass sie Ihnen von Nutzen sein können. Mein Mann und ich werden Schweden sicherlich nicht mehr verlassen. Wir sind wie die Bäume, sind hier fest verwurzelt. Uns bleibt nur, die jungen Bäume vor den schlimmsten Stürmen zu bewahren, damit sie nicht umknicken und zerbrechen«, erklärte Tora.

Elsa unterzog die Dokumente einer genauen Betrachtung.

»Wenn Ihr Hansi den Pass meines Mannes nimmt und Sie meinen, Fräulein Uli, können Sie als Ehepaar nach Amerika einreisen. Als ein schwedisches Paar – als Tora und Efraim Olsson«, erklärte Tora. »Ich trage eine schwarze Bluse auf dem Passbild, nicht wahr? So eine sollten Sie sich auch besorgen, Fräulein Uli. Und was steht da über meine Augenfarbe? Blau-grau, oder? Könnte das stimmen?«

Uli antwortete mit Ja, wusste aber nicht genau, welche Farbe ihre Augen hatten.

Sie waren zumindest nicht braun wie Elsas.

»Nur schade, dass du Becker erst rasiert hast. Dem Bild zufolge trägt Efraim Olsson schließlich einen Bart«, sagte Uli und hielt den Pass hoch, damit Uli das Foto sehen konnte.

Elsa klang jetzt so, als hätte sie sich wieder etwas beruhigt.

»Der Bart wächst sicherlich wieder«, sagte Tora. »Oder er muss bei der Einreise einen Schnurrbart vortäuschen. Etwas Erde oder Sand zu Hilfe nehmen und verreiben. Heute tragen in Amerika wohl nur noch wenige Männer einen solchen Bart, aber damals war das gang und gäbe.«

Elsa las die Personenangaben laut vor.

Toras Haare waren braun, erfuhr Uli aus dem Pass, aber

das würde womöglich trotzdem gehen. In ungewaschenem Zustand waren die Haare ja immer dunkler, und sie konnte sich einen Schal um den Kopf binden.

In Uli glomm wieder ein kleiner Hoffnungsfunke auf.

Eine Uli Bekker würde wohl nicht aus ihr werden, aber womöglich eine Tora Olsson.

Vielleicht könnten Hansi und sie New York ja als Paar erreichen. Und die Träume, die sie in der Waldhütte gesponnen hatten, doch noch wahr werden.

»Wirken Sie verglichen mit meinem Mann und mir zu jung, müssen Sie sich etwas Schmutz unter die Augen schmieren und die Falten rings um die Augen und den Mund damit betonen. Dann sehen Sie älter aus, könnte ich mir vorstellen.«

Tora klang jetzt beinahe munter. In ihrer ansonsten so gedämpften Stimme lag ein anderer Unterton.

»Ich glaube aber nicht, dass die Beamten von der Einwanderungsbehörde überhaupt so genau hinschauen werden. Die Einreisenden sind für sie wie eine Herde Schafe; der einzelne Mensch mit seinen Erfahrungen und Hoffnungen wird nicht wahrgenommen, nur die ganze Menge, die nach Amerika kommt, um sich den Traum zu erfüllen, den sie alle hegen – dort irgendwann mal Millionär zu werden. Solange Sie nur wie armselige Kreaturen wirken, die mit der billigsten Sorte Fährfahrkarten nach Amerika kommen, lassen sie Sie schon hinein. Machen Sie deutlich, wie dankbar Sie sind, Amerika erreicht zu haben, aber geben Sie sich nicht so dankbar, dass sie lachen und lächeln. Verbeugen Sie sich, knicksen Sie und sehen Sie zu Boden … dann glauben sie nämlich, dass Sie ihre neuen Dienstboten sind. In Amerika lässt man diejenigen einreisen, die aussehen, als würden sie Nachttöpfe leeren oder einem die kaputten Hosen flicken.«

Elsa reichte Uli Toras Pass.

Aus dem Pass flatterte ein gefalteter, abgestempelter Fahrschein dritter Klasse für ein Passagierschiff der Reederei Swedish American Line heraus. Uli faltete ihn auseinander. Auf der Rückseite stand ein langer Text auf Englisch, auf dem stand, wer auf keinen Fall in die Vereinigten Staaten einreisen dürfte. Sie konnte nicht gut Englisch, vor allem nicht Geschriebenes, aber einige Wörter darunter waren ihr doch bekannt.

Die Bedeutung des Wortes *insane – verrückt* kannte sie, wie auch von *imbecile – schwachsinnig.*

Das reichte.

Schnell faltete sie den Fahrschein wieder zusammen.

Von Pferden wusste man, dass sie nicht aufzuhalten waren, wenn sie erst einmal mit einem durchgingen. Dann konnte noch nicht einmal ein guter Reiter etwas ausrichten. Sprangen sie über einen hinweg, hinterließen sie überall nur Zerstörung, vernichteten einen körperlich und geistig, zerschlugen einem alles – die Gedanken, die Pläne, die Träume. Alles landete auf dem Boden, zwischen den Hufabdrücken der Pferde.

Ihre Pferde musste Uli in Krokom zurücklassen.

Sonst könnte niemals Tora Olsson aus ihr werden, und sie würde niemals nach Amerika einreisen können. Verrückte durften schließlich keinen Fuß in das Land setzen.

Elsa beobachtete sie eindringlich. Dann bat sie Tora um ein Vergrößerungsglas und einen Füllfederhalter, falls sie dergleichen hätten. Tora sagte, Elsa müsse selbst in den Schubladen danach suchen, sie hätten dort keine Geheimnisse. Elsa kehrte mit zwei verschiedenen Stiften zum Tisch und einer ziemlich ramponierten Lupe zurück.

»Was hast du vor?«, fragte Uli.

»Ich will versuchen, die Pässe zu korrigieren. Damit eure Einreise wahrscheinlicher ist«, erklärte Elsa.

Sie wirkte hochkonzentriert. Wischte einen Stift sorgfältig ab und hob das Vergrößerungsglas an. Mit dem Stahlkopf des einen Stiftes schabte sie vorsichtig die oberste Papierschicht in dem Feld ab, in das das Ablaufdatum des Passes eingetragen war, und machte mit dem anderen Stift aus einer »3« in der Jahreszahl 1939 eine »4«.

»Zumindest das Jahr stimmt schon mal«, sagte sie zufrieden.

Sie musterte die übrigen Felder und nahm eine weitere kleine Korrektur vor. Welche es war, wusste Uli nicht.

»Und jetzt läuft er erst Weihnachten ab.«

Danach bat Elsa Uli um Tora Olssons Pass und verfuhr ebenso mit ihm. Das Ergebnis war beinahe noch besser als beim Pass des alten Olsson. Es war nur schwerlich erkennbar, dass Einzelheiten geändert worden waren. Über die Pässe hinaus befanden sich in dem Umschlag noch zwei weitere Dokumente, die bescheinigten, dass es Efraim und Tora gestattet war, innerhalb eines gewissen Zeitraums erneut einzureisen. Auf diesen Papieren änderte Elsa auch die Jahreszahlen. Die zuunterst von einem Mr Blumberg und einem Mr Chapman unterzeichneten Dokumente – Beamte der amerikanischen Einwanderungsbehörde – verfälschte sie so, dass diese unleserlich wurden.

»Wo hast du so etwas gelernt?«, fragte Uli erstaunt.

»Ich habe in meiner Kindheit die Zeugnisse meines Bruders gefälscht, um ihn an der Nase herumzuführen«, bekannte Elsa. »Habe ihm in allen Fächern bis auf »Zeichnen« Bestnoten gegeben und in einem Kommentar hinzugefügt, dass die Kirche verlangt, derartig begabte Jungen sofort in Skara zum Bischof zu weihen. Mein Bruder ist beinahe darauf reingefallen, jedenfalls vorübergehend.«

Beim Gedanken an ihren Bruder wirkte Elsa auf einmal fröhlicher. Uli wusste gar nicht, dass sie einen Bruder hatte. Sie hatten ja auch noch nicht viel darüber geredet, wie Elsas Leben vor Hansis Auftauchen ausgesehen hatte.

»Danach hat er mich quer über den Hofplatz gejagt, mich erwischt und im Sudhaus eingesperrt und geschrien, dass er den Schlüssel im Brunnen versenken würde«, erzählte Elsa weiter. »Aber dann hat er mich doch wieder rausgelassen, und wir haben an alten Papieren – Kaufverträge und dergleichen, die unser Vater in einer Kiste neben dem Bett aufbewahrte – das Fälschen geübt. Heute Nacht ist es mir wieder eingefallen.«

Uli musste schlucken und trank etwas von dem inzwischen erkalteten Kaffee.

»Vielleicht kann man ja auch mit den Passbildern etwas anstellen?«, sagte Tora da nachdenklich. »Sie vielleicht etwas undeutlicher aussehen lassen?«

Der Kuchenteller war mittlerweile leer, nur noch ein paar Krümel lagen darauf. Elsa nahm einen davon zwischen Daumen und Zeigefinger, verrieb das Schmalz zwischen den Fingerkuppen und drückte den Daumen leicht, aber entschieden auf das Passbild von Efraim Olsson. Ob das Foto Hansi dadurch mehr ähnelte oder nicht, war kaum zu sagen, aber die Unterschiede zwischen den beiden Männern zumindest waren schwerer ersichtlich. Mit dem Passbild von Tora verfuhr Elsa ebenso. Dann schob sie die Pässe und die übrigen Dokumente zurück in den Umschlag und sagte, dass sie sie bis auf Weiteres bei sich behalten würde.

Uli wusste, weshalb.

Sie vertraut mir nicht, dachte sie.

Deshalb hat sie mich heute Morgen auch eingeschlossen.

Bevor sie aufbrachen, bat Elsa Tora ein weiteres Mal um Verzeihung für ihr unerlaubtes Eindringen, und fragte sie, weshalb sie ihnen trotzdem geholfen habe.

»Weil ich an die Rettung glaube«, erwiderte diese. »Woran soll man sonst glauben, wenn nicht daran? Nach der Beschreibung zu urteilen, die das Fräulein Uli über Hansi abgegeben hat, nehme ich an, dass er – egal, was geschehen ist – wenigstens etwas Anständiges an sich hat.«

Obwohl Tora inzwischen Ulis Aussehen kannte, umschloss sie noch einmal mit ihren Händen deren Gesicht.

»Und das Fräulein Uli sollte ihr Licht weiterhin so mit sich tragen, wie es der Doktor Kraus ihr geraten hat: Aber sie sollte bei alldem nicht vergessen, dass sie schon alles in ihrer Macht Stehende tut. Dessen bin ich mir sicher.«

34

Die Lampe im Fenster der Pension, das gerade noch von Elsas Wohnung aus zu sehen war, wurde dreimal hintereinander an- und ausgeknipst. Das konnte Elsa sehen. Ihre Anspannung ließ etwas nach.

»Er ist da«, sagte sie.

Uli war wieder – erschöpft und noch immer etwas angeschlagen – zurück in Elsas Bett gekrochen. Sie hatte noch nicht einmal die Kraft besessen, ihre Kleidung auszuziehen. »Wir müssen ihm von den Pässen erzählen. Morgen früh musst du zur Pension gehen und Augusta Björkegren gegenüber vorgeben, dort etwas vergessen zu haben, und versuchen, Kontakt mit ihm aufzunehmen.«

»Morgen, in Ordnung. Das mache ich«, willigte Uli ein.

Elsa hatte geplant, heute Nacht wieder das Sofa zu beziehen. Uli durfte ihr Bett gerne haben, das spielte für Elsa keine so große Rolle. Auch wenn sie auf dem Sofa vielleicht nicht so viel Schlaf bekäme, würde es schon gehen. Wichtig war jetzt vor allem, die letzten Stunden dieser ewig langen, schmachvollen Geheimniskrämerei erfolgreich durchzustehen.

Sie zog sich aus, streifte sich das Nachthemd über den Kopf und schlüpfte unter die alte Decke. Sie roch immer noch so stark nach Pferd, dass Elsas Gedanken automatisch zu dem alten, fleißigen Arbeitspferd Blecka im Stall in Gärningsberg schweiften. Und bei dem Gedanken an Blecka wanderten sie auch zu ihrem Vater. Ein Glück, dass sie ihm nie würde erklären müssen, was sie heute Abend getan hatte.

Elsa wälzte sich im Bett hin und her, fand aber keine Haltung, die bequem genug zum Einschlafen gewesen wäre. Sie dachte an Becker, der jetzt das erste Mal seit unzähligen Monaten in einem gemachten Bett schlafen durfte, und wie das für ihn sein musste. Er hatte natürlich keine Ahnung von Harrys Existenz und der Tanzveranstaltung und wusste nichts darüber, wie sie bei den Olssons gezwungenermaßen vorgegangen war. Aber vielleicht wäre ihm das ja auch egal. Er hatte den Wald verlassen können – das war für ihn das einzig Wichtige. Ein weiteres Hindernis war aus dem Weg geräumt. Tora war so hilfsbereit gewesen, wie man nur sein konnte. Trotzdem würde Becker womöglich nie ganz verstehen, wie es dazu gekommen war, dass Uli und er schwedische Pässe erhalten hatten. Uli würde es ihm nach ihrer beider Abreise sicherlich sofort erzählen. Aber Elsa würde niemals in Worte fassen können, welche Gefühle sie beim unerlaubten Eindringen ins Haus der Olssons und beim Nachhausekommen Toras durchströmt hatten.

So war das also, wenn man über Grenzen ging, dachte Elsa.

So einfach war das.

Sie hätte so etwas nie getan, wenn nicht vorher schon ihr ganzes Dasein komplett auf den Kopf gestellt worden wäre.

Ihr Blick fiel auf Uli, die sich unruhig im Bett bewegte. Obwohl Uli sich so zerschlagen fühlte, fand sie kaum Schlaf. Elsa kam wieder in den Sinn, was Uli Tora anvertraut hatte – nichts und niemanden zu haben, zu dem man zurückkehren konnte –, kein Zuhause zu besitzen, nichts Eigenes. Das war für Elsa nur schwer vorstellbar, da sie immer so viel von dem gehabt hatte, was Uli zu vermissen schien: eine Mutter, einen Vater, ein geborgenes Zuhause in Gärningsberg. Einen großen Bruder namens Jonas und darüber hinaus noch Tante Stina, die immer für Elsas Bestes gesorgt hatte. Eine Arbeit – und nicht nur einfach irgendeine Arbeit, die ihr ein Gehalt einbrachte, sondern eine Arbeit, die sie auch interessierte. Ein eigenes Bett mit Bettbezügen und mit Monogrammen bestickten Kissen, zwischen denen jetzt Uli lag. Es war sicherlich nur recht und billig, Uli eine weitere Nacht in ihrem Bett verbringen zu lassen – die Nacht, die womöglich ihre letzte in Krokom wäre, falls es Becker und ihr gelänge, morgen fortzugehen.

Und was wäre eigentlich passiert, wenn Uli niemals hier hergekommen wäre? Wie lange hätte Elsa Becker noch verstecken müssen? Wäre er eines Tages von sich aus gegangen, so wie sie es jedes Mal gehofft hatte, wenn sie zur Waldhütte gekommen war?

Obwohl Elsa Uli erst so kurze Zeit kannte, würde sie die Deutsche doch eine Spur vermissen, dachte Elsa. Ohne sie würde es leer sein. Leer, aber friedlich.

Ein Klopfen ertönte an der Tür. Hastig erhob sich Elsa vom Sofa, ging nur im Nachthemd in die Diele und öffnete die Wohnungstür.

Es war Becker.

»Die Polizei!«, keuchte er. »Sie ruft die Polizei!«

Sein Gesicht war leichenblass. Er trug nur seine Hose und den Kittel. In der Hand hielt er ein Bündel. Sicherlich das Anzugjackett, dachte Elsa verwirrt.

Er drängte sich an ihr vorbei in die Wohnung, bevor sie etwas sagen konnte.

Uli kam ebenso verschlafen wie Elsa in den Flur.

»Sie hat den Anzug wiedererkannt!«, schrie Becker. »Die Frau in der Pension. Sie ist in mein Zimmer gekommen, als ich schlief, und hat gesagt, dass das der Anzug ihres Mannes sei. Dass ich ein Einbrecher sei und sie die Polizei rufen werde. Ich bin sofort hierhergerannt.«

»Du meine Güte!«, rief Elsa aus.

»Wir fliehen zur Hütte!«, rief Uli.

»Das geht nicht«, wandte Elsa ein. »Dort würden sie euch sofort finden.«

»Woher konnte sie bloß den Anzug wiedererkennen?«, fragte Uli erstaunt.

»An einem Fleck«, erklärte Becker. »An dem Fleck auf dem Revers, der davon kam, dass ihr Mann einmal Soße darauf gekleckert hatte, hat sie gesagt. Sie hatte in den Schrank gesehen und bemerkt, dass sein Anzug fehlte.«

Becker war vor Schreck wie zur Salzsäule erstarrt. Uli und Elsa suchten in der Dunkelheit auf dem Fußboden nach ihren Schuhen. Vor dem Fenster wurde es bereits hell, aber es musste noch immer sehr früh am Morgen sein.

»In den Wald könnt ihr nicht gehen, nicht jetzt, wenn sie von deiner Existenz wissen«, sagte Elsa an Becker gewandt.

Was auch immer sie tun würden, sie mussten fort aus ihrer Wohnung, dachte Elsa. Sie zog ihre gefütterte Jacke über ihr Nachtkleid. Uli riss ihren Mantel vom Garderobenhaken.

»Wir müssen uns verstecken!«, rief Becker. »Wenn die Polizei mich zu fassen bekommt, dann …«

»Die Pässe!«, schrie Uli da.

Elsa durchwühlte die Jackentasche nach dem Umschlag mit den Pässen und den Dokumenten. Da waren sie. Elsa fühlte, wie ihr der Schweiß ausbrach. Sie starrte Uli und Becker an.

Was sollte sie jetzt tun?

Uli und Becker ihrem eigenen Schicksal überlassen oder ihnen helfen?

Was hatte Tora noch gleich über das Retten gesagt?

Dass man sonst an nichts glauben könne?

Ein flüchtiger Gedanke tauchte in Elsas Kopf auf, aber ihr Herz schlug immer schneller, und auch Becker und Uli wirkten zunehmend panischer.

Möge Gott mir verzeihen, dachte Elsa.

Möge Gott mir verzeihen, wenn es ihn gibt, und er mich und mein Tun sieht.

Ja, nicht nur Gott – möge auch Forsen mir verzeihen.

Elsa zog den Schlüsselbund mit den Ladenschlüsseln von der Hutablage und sagte zu Uli und Becker, dass sie ihr zum Kaufladen folgen sollten.

Von der Polizei war nichts zu sehen. Und auch niemand anderes war zu sehen. Die Luft draußen war kalt und klar und machte das Atmen leichter. Ihre Schritte auf der Treppe waren bestimmt so laut durch das Treppenhaus gehallt, dass Elsas Nachbarn schon längst davon aufgewacht waren, aber es war jetzt zu spät, um sich noch hinunterzuschleichen. Elsa lief, so schnell sie konnte, zu Forsen. Elsa und Becker liefen ihr nach.

Währenddessen blickte sich Elsa nach allen Seiten um, um festzustellen, ob sie auch nicht verfolgt würden oder jemand versuchte, sie einzuholen, um sie zur Rede zu stellen. Aber sie sah niemanden. Beinahe wäre sie über einen Stein gestolpert und hätte sich den Fuß verstaucht, konnte sich aber gerade noch aufrecht halten.

Bei dem Versuch, den richtigen Schlüssel für die Hintertür des Gemischtwarenladens zu finden – was an jedem anderen Tag problemlos geklappt hätte –, kam ihr das Schlüsselklirren lauter als alle anderen Geräusche zusammen vor.

»Sollen wir uns etwa hier verstecken?«, schrie Uli.

»Schweig!«, kommandierte Elsa.

Sowie sie aufgeschlossen hatte, lief sie zum Schlüsselschrank neben Forsens Bürotür. Der Lkw-Schlüssel hing tatsächlich dort.

Taten sie wirklich das Richtige?

Und würde es ihr, Elsa, gelingen?

Hochmut kommt vor dem Fall, hatte Nils gesagt.

Doch wenn nun der Fall davor käme? Worauf konnte man dann noch hoffen?

Nur auf den Hochmut, dachte Elsa entschlossen.

Sie weigerte sich jedenfalls, Nils recht zu geben.

Elsa lief zurück zur Hintertür, wo Becker und Uli sich versteckten. Elsa wollte Becker schon den Lkw-Schlüssel geben, besann sich dann aber und dachte, dass sie lieber selbst versuchen sollte zu fahren. Sie hatte ja erst kürzlich mit Nils eine Übungsfahrt gemacht. Ulis Brust hob und senkte sich heftig, Becker dagegen wirkte wie paralysiert. Mit schnellen Schritten lief Elsa zur Fahrerseite des Wagens und öffnete die Tür. Sie bedeutete Becker und Uli, die Beifahrertür auf der anderen Seite zu öffnen und auf den Sitz zu klettern. Elsa drückte Uli den Umschlag mit den Pässen in die Hand. Sie versuchte sich Schritt für Schritt daran zu erinnern, welche Instruktionen ihr Nils über das Fahren gegeben hatte, und wünschte nun, sie hätte ihm ein bisschen besser zugehört, statt alles nur als Angeberei abzutun.

Den Schlüssel ins Schloss stecken. So weit war sie immerhin schon gekommen.

Elsa biss sich so fest auf die Lippe, dass sie Blut schmeckte.

Kupplung. Gas- und Bremspedal.

»Fahr!«, schrie Becker ihr zu. Er saß außen und hatte die Tür auf seiner Seite zugeschlagen. Uli saß in der Mitte.

Vollgas geben, dachte Elsa. Jetzt half nur noch Vollgas geben.

Mit einem Motorgebrüll, das in ganz Krokom zu hören sein musste, startete sie den Lkw.

Die Kupplung.

»So fahr doch endlich!«, schrie Becker erneut.

Elsa ließ die Kupplung kommen. Sie war furchtbar schwergängig, doch es gelang ihr, das Steuer so einzuschlagen, dass der Wagen langsam vor sich hin stotternd vom Parkplatz rollte. Je stärker sie auf das Gaspedal trat, umso stärker grollte der Motor.

Hatte das auch so geklungen, als Nils gefahren war?

War es wirklich so langsam vorwärts gegangen?

Elsa wusste es nicht mehr.

Sie hatte das Gefühl, sich an gar nichts mehr von ihrer Fahrstunde zu erinnern.

Bei Björkegrens brannten alle Lichter, das konnte sie sehen, als sie die Pension passierten. Dort waren alle wach. Ob die Polizei wohl schon eingetroffen war? Ob es sich um Andersson oder jemand anderen handelte? Nahmen sie gerade die Aussagen über den angeblichen Einbrecher auf? Hatte jemand verfolgt, in welche Richtung sie gelaufen waren?

Elsa wagte es nicht, den Blick von der Straße zu heben. Wohin sollten sie überhaupt fahren? Sie wusste ja noch nicht einmal, wohin sie Uli und Becker bringen sollte.

In den Wald war ausgeschlossen.

Nach Östersund, dachte sie. Das war doch wohl das Sinnvollste, wenn sie sowieso in Richtung Süden wollten, oder? So früh am Morgen wie jetzt dürfte auch nur wenig Verkehr sein, und wenn es ihr gelänge, sie so weit wie möglich in die Nähe von Östersund zu bringen, könnten sie sich vielleicht dort – in der Stadt – irgendwo verstecken. Da fiel man weniger auf. Oder sie konnten von dort aus den Zug nehmen. Am Bahnhof von Östersund wären bedeutend mehr Reisende unterwegs als in Krokom, und sie würden auch nicht so hervorstechen. Oder sollten sie womöglich lieber den Bus nehmen? Wäre das einfacher? Oder per Anhalter mit jemandem fahren? Mit jemandem, der nichts Böses ahnte, der das Paar aufsammeln und beide zumindest so weit fort von Krokom wie möglich bringen könnte? Elsa könnte den Lastwagen womöglich sogar noch rechtzeitig wieder zurückfahren und abstellen, bevor jemand sein Fehlen bemerkte … Oder war das alles nur sinnloses Wunschdenken? Wie spät war es jetzt eigentlich? Wann würde Forsen heute in die Gemischtwarenhandlung kommen?

Ihre Gedanken mahlten zäh.

Unter gewissen Schwierigkeiten schlug Elsa den Weg Richtung Östersund ein.

Becker blickte über die Schulter um festzustellen, ob sie

verfolgt wurden. Uli hatte reglos und ohne ein Wort neben Elsa gesessen, während sie losfuhr, aber als Elsa aus dem Augenwinkel zu dem Umschlag schaute, den Uli krampfhaft festhielt, sah sie, dass Ulis Hände zitterten.

»Hansi …«, setzte Uli an.

Becker reagierte nicht.

Elsa erkannte, dass sie bald den Gang wechseln müsste, sonst würden sie zu langsam vorwärtskommen, aber sie machte sich Sorgen, dass es ihr nicht gelingen würde, den Schaltknüppel zu bewegen, und sie den Motor abwürgen könnte. Der Schalthebel saß wie festgegossen, wenn sie die Hand darauflegte. Ihr fielen wieder Nils Worte ein, unter keinen Umständen das Lenkrad loszulassen. Schließlich gelang es ihr, in einen höheren Gang zu schalten. Der Motor gab ein Murren von sich, aber der Wagen blieb zumindest nicht stehen.

»Was für eine Tat hast du eigentlich begangen, Hansi?«, fragte Uli da.

Elsa hörte, dass Ulis Stimme beinahe kippte.

Wenn sie sonst mit ihm sprach, klang sie anders. Immer so liebevoll, aber jetzt schien sie heftig aufgewühlt und verzweifelt zu sein.

Ist ja auch kein Wunder, dachte Elsa. Das ist für uns alle eine gefährliche Situation.

Jetzt galt es, Uli und Becker so schnell wie möglich an einen Ort zu bringen, an dem sie aussteigen konnten. Zu mehr als das sah sie sich unter diesen Umständen nicht in der Lage.

»Sag mir doch bitte, was du getan hast, Hansi. Ich muss das wissen, wenn ich mit dir gehen soll«, flehte Uli ihn nun an.

Elsa dachte noch, dass es schon ein wenig seltsam war, dass Uli ausgerechnet jetzt so intensiv darüber nachdachte – während sie Hals über Kopf flüchteten. Doch dann versetzte Uli Elsa einen harten Stoß in die Rippen und deutete zu Boden.

Elsa konnte nur das Bündel im Fußraum des Lkw sehen, das Becker bei sich gehabt hatte und das sie für das Anzugjackett gehalten hatte. Schließlich hatte er bei seinem Kommen nur den Kittel getragen. Elsa war dabei aufgefallen, dass ihre nachlässige Naht auf der Rückseite des Krankenhauskittels aufgegangen sein musste, als er zu ihnen gerannt kam, und seinen blassen, abgemagerten Rücken entblößte.

»Er hat ein Gewehr!«, schrie Uli da.

35

Uli entdeckte das Gewehr, als ihr Fuß gegen etwas Hartes stieß. Zuerst hatte sie nur den Lauf im Fußraum gesehen, aber als sie vorsichtig das Anzugjackett zur Seite schob, auch einen Teil des Kolbens. Instinktiv rückte sie ein Stückchen von Hansi ab. Warum hatte er ihnen nichts von einer Waffe gesagt? Woher kam sie? Stimmte das, was er über den Zwischenfall in der Pension erzählt hatte, oder war etwas weitaus Schlimmeres passiert? Hatte er ihnen womöglich Geld gestohlen oder geschossen? War er ein Mörder, zu allem bereit?

Dabei hatte sie Tora und Elsa gegenüber doch noch beteuert, dass Hansi kein schlechter Mensch war. Sondern voller Zärtlichkeit und Träume. Denn so war er schließlich damals in Hamburg gewesen. Uli sah aus dem Augenwinkel zu Elsa hinüber. Sie durfte nicht wegen ihnen alles riskieren. Denn schließlich hatte ja sie, Uli, selbst dafür gesorgt, dass Hansi die Hütte verließ.

»Bitte, Hansi. Erzähl's mir!«, bat Uli ihn noch einmal. »Sag endlich, was du getan hast.«

Er warf ihr einen kurzen Seitenblick zu. Sie bemerkte den Schatten von Bartstoppeln über seiner Oberlippe und musste an das Passbild denken. Eine schwarze Bluse für sich selbst hatte sie nicht besorgen können, aber ein Schnurrbart für Hansi wäre durchaus machbar.

Sollte sie wirklich zusammen mit einem Verbrecher fliehen?

Wenn er nun das Gewehr aufnähme und es auf Elsa richtete? Wenn er vorhatte, sich den Lastwagen anzueignen? Oder wenn er sogar bereit wäre, die Waffe auf Uli zu richten?

Würde Hansi ihr Schaden zufügen können?

War das vorstellbar?

Hatte er sich in den Jahren, in denen sie voneinander getrennt gewesen waren, wirklich so grundlegend geändert?

Was für eine Sorte Mensch war eigentlich aus ihrem Hansi geworden?

Uli bemühte sich, dass Zittern ihrer Hände zu unterdrücken, aber es ging nicht. Sie sah vor sich, wie alles in einer Katastrophe enden würde. Wenn Hansi schon einmal getötet hatte, könnte er es auch jederzeit wieder tun.

»Erzähl es mir, Hansi!«, flehte sie. »Was wurde aus der norwegischen Familie?«

Sie wollte ruhig klingen, merkte aber selbst, dass ihr das nicht gelang.

»Ich will nicht darüber reden«, wiegelte Hansi ab.

»Ich will es aber wissen!«

»Jetzt nicht. Ich erzähl es dir später. Wenn wir der Polizei entkommen sind«, sagte er.

»Aber ich muss es jetzt wissen. Ich muss wissen, ob ich mit dir gehen kann …«

Abermals warf er ihr einen kurzen Blick zu. War es Verzweiflung oder pure Kaltblütigkeit? Uli wusste es nicht.

»Du hast mir gesagt, dass es keine Rolle spielen würde,

was ich getan habe«, wandte er ein. »Das hast du mir gesagt, als wir in der Hütte zusammen waren …«

»Aber jetzt hast du plötzlich ein Gewehr bei dir, ohne uns zu sagen, woher es stammt. Und ich weiß nichts über das, was du getan hast, ob du wirklich jemanden getötet hast und warum. Ich weiß nicht, wozu du fähig bist. Ich weiß ja nicht einmal mehr richtig, wer du bist!«

Uli merkte, wie starr Elsa neben ihr saß.

Sie hatte auch Angst.

»Die Familie, die mich bei sich auf dem Hof hatte wohnen lassen …«, begann Hansi zögernd zu erzählen, während er sich noch einmal nach der Polizei umsah.

»Ja?«

»Sie hatten eine Tochter. Sie hatte mit einem deutschen Offizier ein Kind. Einen Jungen. Vielleicht haben sie mich deshalb ursprünglich eingelassen. Nicht, weil ich …«

Hansi starrte blicklos vor sich auf die Straße, während er weitererzählte.

Bisher war ihnen kein einziges Fahrzeug begegnet. Die Straße war vollkommen leer.

»Und was ist passiert? Sag mir nur, was passiert ist, Hansi!«

»Der Junge war ein guter Läufer, obwohl er von seiner Gestalt her klein war. Ich habe mit ihm im Wald trainiert. Ich habe eine Stoppuhr mitgenommen, und er lief eine abgesteckte Strecke, lief, was das Zeug hielt. Schließlich wurde beschlossen, dass er im Nachbarort an einem Sprintwettbewerb für Jungen teilnehmen sollte.«

Uli atmete hörbar ein.

Bis hierher konnte sie sich Hansi bei den Norwegern vorstellen – den alten Hansi, der Scherze machte und lachte und in die Rolle des großen Sporttrainers schlüpfte, und den kleinen Jungen, der um Hansis willen über sich hinauswuchs. Hansi hatte auch als Erwachsener immer einen spielerischen Zug gehabt und kam sicherlich gut mit Kindern aus.

Uli beobachtete ihn von der Seite. Er biss nach jedem Satz die Zähne zusammen, als wäre jedes einzelne Wort eine Qual. Man konnte ihm ansehen, wie schwer es ihm fiel, sich an das Vergangene zu erinnern.

»Ich wusste, dass ich ein großes Risiko einging, aber ich wollte ihm so gerne zusehen. Inzwischen waren seit meiner Ankunft bei ihnen ja auch schon mehrere Jahre vergangen, und niemand schien länger Fragen über diesen taubstummen Knecht zu stellen, der schon so lange auf dem Hof lebte …«

Elsa riss erneut mit aller Kraft am Schaltknüppel und gab Gas.

»Und was geschah dann?«, fragte Uli.

Jetzt würde sie endlich erfahren, was schiefgelaufen war.

Ob sie dafür bereit war oder nicht, wusste sie nicht.

Falls es sich um etwas Brutales handelte, wollte sie lieber keine Einzelheiten hören. Trotzdem musste sie es einfach wissen. Nur so konnte sie herausfinden, was von dem alten Hansi, den sie geliebt hatte, noch existierte, und ob sie ihm auch heute noch vertrauen konnte.

»Wir sind alle zusammen zu dem Wettkampf gegangen. Der Junge war so talentiert. Ich konnte ihn nicht anfeuern, ich war schließlich stumm, konnte ihn aber immerhin den Sprint absolvieren sehen und wusste, dass er siegen würde. Das tat er auch. Er zog beim Zieleinlauf an einem anderen Jungen vorbei. Durch das viele Training war er der Beste in seiner Altersklasse geworden.«

Hansi befeuchtete seine Lippen, das Sprechen schien ihm schwerzufallen.

Elsa lauschte ihm genauso aufmerksam wie Uli.

»Als er seine Medaille in Empfang nehmen sollte … Wir standen im Publikum, und gerade als er vortreten und sie nehmen sollte, da … da bezichtigte ein Mann neben mir seine Mutter als Deutschenhure. Ich habe mich einfach umgedreht und ihm geradewegs ins Gesicht geschlagen. Habe nicht nachgedacht. Habe mich verraten. Der Mann fiel zu Boden, und ich hörte, wie beim Aufprall sein Schädel brach. Wie ein Ei, das auf einem Stein zerplatzt. Da bin ich geflohen.«

Für einen flüchtigen Moment sah Hansi wieder zu Uli.

Elsa zuckte zusammen.

»Scheinwerfer!«, schrie sie. »Wir werden verfolgt!«

Uli versuchte im Seitenspiegel zu erkennen, was Elsa hinter ihnen gesehen hatte. Waren das etwa Autoscheinwerfer weit hinter ihnen auf der Straße? Ohne bremsen zu können, bog Elsa in eine Nebenstraße ab. Ulis Körper wurde zuerst gegen Elsas, dann gegen Hansis gedrückt.

»Ich bringe euch so weit wie möglich in die Nähe von Östersund«, schrie Elsa. »Aber ich weiß nicht, wohin diese Straße führt. Falls ihr fliehen müsst, lauft einfach in diese Richtung«, sagte sie und deutete ihnen mit einem ausgestreckten Arm die Richtung an.

Uli hörte die Verzweiflung in Elsas Stimme. Sie selbst wurde von einer seltsamen Ruhe erfasst.

»Die Polizei hat die Familie seitdem sicherlich unter Druck gesetzt. Ich habe alles kaputt gemacht. Ihr ganzes Leben zerstört. Dabei hatten sie doch alles getan, um mir zu helfen. Vielleicht durften sie noch nicht einmal mehr auf ihrem Hof wohnen bleiben. Ich habe dir doch gesagt, dass ich ein schlechter Mensch bin, Uli!«

Zum ersten Mal erhob Hansi die Stimme.

Uli fasste nach seiner Hand. Sie hatte vorher gezweifelt, aber jetzt zweifelte sie nicht mehr.

»Und das da? Woher hast du das?«, flüsterte sie und zeigte auf das Gewehr.

Hansi lehnte die Wange gegen ihre Stirn.

»Die Frau in der Pension hatte es bei sich, als sie in mein Zimmer kam und mich des Diebstahls bezichtigte. Ich habe es ihr entwunden, bevor ich weggerannt bin.«

Eng aneinandergeschmiegt saßen sie da.

Zuerst dachte Uli, Hansi würde einen Geruch nach Nadelwald verströmen, bis sie die Baumstämme entlang der Straße sah. Sie waren erst kürzlich frisch gefällt worden, die Schnittstellen waren noch ganz frisch und gelb vom Harz … Uli sah auf ihre Schuhe hinab und dachte an das, was Elsa über das Weglaufen gesagt hatte. Das würde schwer werden. Ihre Blasen an den Füßen schmerzten immer noch, und ihre Schuhe waren in einem miserablen Zustand. Sie wusste nicht, ob sie schnell genug wäre, um mit Hansi Schritt zu halten. Sie wollte keine Last für Hansi sein, bloß das nicht.

Hinter einer scharfen Kurve tauchten plötzlich ein alter Mann und ein Junge auf dem Weg auf. Der Mann schob ein solides Fahrrad mit großem Gepäckträger neben sich her, die beiden schienen sich im Gehen zu unterhalten. Sowie sie den Lastwagen auf sich zukommen sahen, blieben sie stehen und rührten sich nicht mehr vom Fleck.

Elsa trat so hart auf die Bremse, dass der Motor des Lasters erstarb.

»Das sind Arvo und der alte Olsson!«, rief sie.

Elsa drehte den Schlüssel im Zündschloss und versuchte, den Lkw erneut zu starten, bekam den Motor aber nicht wieder zum Laufen. Sie legte ihre ganze Kraft hinein, aber es half alles nichts. Der Lastwagen machte einen großen Satz, dann erstarb der Motor von Neuem.

Das also ist Efraim Olsson, Toras Mann, dachte Uli.

Der Mann, der früher einmal einen Schnurrbart getragen hatte.

»Sie erkennen mich und den Wagen wieder. Uns nicht wiederzuerkennen, ist unmöglich«, flüsterte Elsa.

Ihre Stimme klang jetzt matt – so matt, dass Uli wünschte, sie könnte Elsa irgendwie Trost zusprechen. Aber sie wusste nicht, wie. Da spürte sie das Gewehr unter ihren Füßen.

Das wäre vielleicht eine Möglichkeit ..., ging ihr durch den Kopf.

Der einzige Ausweg.

Elsa unternahm einen erneuten Versuch, den Motor des Lkw zu starten, aber es klappte nicht. Beunruhigt ging ihr Blick zwischen dem Seitenspiegel und dem Mann und dem Jungen vor ihnen hin und her. Sie drückte die Lkw-Tür auf und sprang hinaus.

»Ich bin es, Elsa!«, rief sie.

Der Junge winkte ihr zu. Die Morgensonne fiel auf sein Gesicht, es schien zu glühen. Uli schoss der Gedanke durch den Kopf, wie schön das aussah.

»Wir machen gerade eine kleine Fahrt ... beziehungsweise, wir haben ein paar Leute dabei, die heute Morgen den Zug erreichen müssen, haben aber ein kleines Problem ... Aber wir haben es eilig. Sehr eilig, deshalb ... falls Sie sich zufällig auf Lastwagen verstehen ...«

Kleine, süße Elsa, dachte Uli. Was war sie doch für eine schlechte Lügnerin!

»Zieh dein Jackett an«, forderte Uli Hansi auf und reichte es ihm.

Hansi tat, wie ihm geheißen. Sie gab ihm den Umschlag mit den Pässen und den Papieren und sagte ihm, dass er sie in die Innentasche stecken und sich bereit machen solle.

Dann griff sie nach dem Gewehr.

36

Als Elsa Arvo und den alten Olsson erreicht hatte, hörte sie ein Motorgeräusch hinter sich. Sie fuhr herum. Zwei Autos näherten sich und blieben hinter dem Lkw stehen. Bei dem einen handelte es sich um Forsens schwarzen Volvo, den sie sogar von Weitem wiedererkennen würde, bei dem anderen um ein nahezu ähnlich aussehendes Modell mit runden Scheinwerfern und silberfarbenem Grill.

Elsas und Ulis Blicke begegneten sich durch die Scheibe des Lastwagens.

Jetzt ist es vorbei, dachte Elsa. Ist ihnen klar, dass es jetzt vorbei ist? Dass hier alles zu Ende ist? Dass all unsere Mühen vergebens waren?

Elsa nahm das Gewehr in Ulis Händen erst wahr, als Becker und Uli auf der Beifahrerseite aus dem Lkw gestiegen waren. Uli kam auf Elsa zugelaufen. Becker folgte ihr. Einige Meter vor ihr blieben sie stehen. Neben dem Lastwagen erschienen links Forsen und Nils, rechts Harry und Ville.

»Nils hat gesagt, dass Diebe unterwegs seien. Dass sie das Davonfahren des Lkw beobachtet hätten und wir die Verfolgung aufnehmen müssten. Aber das muss ja ein Irrtum sein, wenn ihr …« Weiter kam Ville nicht, als sein Blick auf das Gewehr in Ulis Händen fiel.

Er verstummte.

Alle starrten Uli an.

Wie ein Schütze legte sie das Gewehr an die Schulter und hob den Lauf.

Und nahm Arvo ins Visier.

Die Angst, die Elsa in dem Moment empfand, erstickte jeden Impuls, etwas zu unternehmen. Sie war wie gelähmt. Sie hielt den Atem an und zählte still bis zehn. Danach fing sie wieder von vorne an.

Sie sah vor sich, wie das Blut Arvos kleines Hemd befleckte, falls Uli schießen würde. Sah Toras Gesicht vor sich, als sie den Entschluss fasste, Elsa und Uli mit den Pässen zu helfen, und das des alten Olsson, als er sie für ihre Packkünste lobte, und schließlich ihr eigenes, wie es immer im Spiegel über dem Waschbecken aussah und wie ihre Augen sie daraus anstarrten. Wie sie sie jetzt verurteilten.

Wenn sie jetzt schießt, werde ich mir das niemals verzeihen, dachte sie.

Dann habe ich mich des allerschlimmsten Verbrechens schuldig gemacht. Nils und Forsen standen reglos vor der Motorhaube des Lkw, Harry und Ville waren ein Stückchen dichter herangekommen, bevor sie gemerkt hatten, was vor sich ging.

Becker stand jetzt nur einen Meter von Uli entfernt, so nahe, dass er ihr die Waffe hätte entwenden können, unternahm aber nichts. Elsa sah, wie er die Hände zu Fäusten ballte, das war alles.

»Uli«, rief Harry vorsichtig. »Jetzt beruhig dich ein bisschen. Was auch immer passiert ist, wir können doch darüber reden. Es besprechen. Wenn du nicht … Ich meine nur … Lass das sein … Das kann doch für uns alle zur Gefahr werden.«

Uli schien ihn nicht zu hören.

Ihr Mund war halb geöffnet, ihre Wangen brennend rot.

»Lauf!«, rief sie da. »Lauf, Hansi! Lauf, so schnell du kannst. Lauf ohne mich.«

Sie drehte sich nicht zu ihm um, sondern hielt ihren Blick weiterhin fest auf Arvo gerichtet.

»Lauf, Hansi!«, wiederholte sie noch einmal.

Elsa fing wieder an, still zu zählen.

Sie versuchte zu ermitteln, wie viele Sekunden inzwischen vergangen waren.

Eins, zwei, drei.

Vier, fünf, sechs.

Schieß nicht, bitte, schieß nicht!

Die Worte hallten in Elsas Kopf wider.

»Lauft ihm nicht nach. Sonst schieße ich!«, schrie Uli den Männern vor dem Lkw zu.

Elsa wagte es nicht, in ihre Richtung zu sehen.

Becker zögerte einen Moment, dann lief er davon. Er machte einen großen Sprung über einen Graben, der am Straßenrand verlief, und verschwand schnell im nur unweit entfernt liegenden Wald.

Uli wartete, bis ihn niemand mehr hören konnte. Dann machte sie ein paar keuchende Atemzüge und ließ dann ganz langsam das Gewehr sinken.

Niemand rührte sich, alle fragten sich, was als Nächstes geschehen würde.

»Hab keine Angst!«, rief Uli Arvo zu. »Das Gewehr ist kaputt, damit kann man nicht schießen. Richte das Tora aus. Und träume keine Albträume von mir, kleiner Freund.«

Mit zögernden Schritten ging Harry zu Uli hinüber, die ihm die Waffe übergab.

37

Sie wurden von ihnen in verschiedene Fahrzeuge gesetzt. Uli sah Elsa auf der Rückbank in Forsens Wagen sitzen, während Harry sie selbst zu seinem Wagen brachte. Harry und Ville bewachten die Autotüren, als erwarteten sie, dass Uli Reißaus nehmen könnte. Aber sie würde nicht fliehen. Sie würde ihre Strafe auf sich nehmen, jede Strafe auf der Welt, falls das Hansis Rettung bedeutete.

Ohne sie blieben ihm viel mehr Chancen auf der Flucht.

Vielleicht würde er ja doch bis Amerika kommen und sich auf die Suche nach seinem Vater machen, wovon er träumte. Und das wäre sowieso nur möglich, wenn sie hierblieb. Verrückte ließen sie ja nicht einreisen, das hatte schließlich auf der Rückseite jenes Fahrscheins gestanden, und das war sie doch?

Verrückt.

Ihre Verrücktheit bestand in den Pferden.

Und sie wollte, dass Hansi so wenig wie möglich mit ihnen in Berührung kam.

Jetzt bringen sie mich zur Polizei, dachte sie.

Eingesperrt zu werden, würde schön sein.

Uli hätte vorher nur noch so gern mit Elsa gesprochen und ihr gesagt, dass sie niemals geschossen hätte und dass sie sich sicher war, dass das Gewehr der Björkegrens nicht funktionierte und keine Munition enthielt, handelte es sich doch um dasselbe Gewehr, das Augustas Mann vor der Pension in die Luft gehalten und als kaputt bezeichnet hatte. Uli hatte das Gewehr an dem geschnitzten Kolben mit Rautenmuster und dem abgesägten Lauf wiedererkannt. Das hätte sie Elsa gerne gesagt, bevor sie sie abführten.

Arvo hatte sie nur ins Visier genommen, weil er am nächsten stand. Und auch, weil es dann keiner der Erwachsenen wagen würde, etwas zu unternehmen, hatte sie gedacht … Und falls wirklich jemand erschossen oder übermannt werden musste, dann wollte sie selbst es sein. Das war die Idee dahinter. Das Gewehr sollte lieber in ihren Händen als in Hansis liegen, falls sie tatsächlich von der Polizei verfolgt würden.

Mit ihrem Handeln hatte sie Hansi nur schützen wollen.

Mach dir keine Sorgen, liebe, süße Elsa, wollte sie ihr sagen und ihr über das Haar streicheln.

Ich nehme alles auf mich und bestätige überall, dass alles mein Fehler war.

Uli wollte nach ihr rufen, war sich aber nicht sicher, ob Elsa sie bei dem großen Abstand hören könnte. Stattdessen klopfte sie gegen die Seitenscheibe, um auf sich aufmerksam zu machen, aber nur Ville bekam es mit. Er sah ins Wageninnere. Uli versuchte ihm zu sagen, dass sie mit Elsa sprechen musste, aber er gab vor, sie nicht zu verstehen. Rasch wandte er wieder seinen Blick ab.

Jetzt konnte sie nur noch beten. Nicht zu Gott – Uli richtete ihr Gebet nur an Elsa. Sie faltete die Hände.

Bitte, Elsa, dreh dich zu mir um.

Ich habe es für Hansi getan, weil ich ihn liebe, aber ich

habe es auch für dich getan, damit sie die verrückte Deutsche ins Gefängnis stecken und nicht dich.

Bitte, liebe Elsa, dreh dich um.

Ich habe es doch gesagt – habe gesagt, dass ich nicht mit dem Licht gehen kann, dass man sich auf mich nicht verlassen kann.

Ich bin für alle, die mich kennenlernen, nur eine Belastung.

Ich bin die, die alles Schöne zunichtemacht.

Und mit der Zeit würde ich euch alle zerstören. Hansi. Und dich, Elsa. Alles.

Aber bitte dreh dich zu mir um, damit ich dir das alles erklären kann.

Ville schaute wieder ins Auto hinein, weil er sie etwas sagen gehört hatte.

»Sag Elsa …!«, schrie sie durch die Scheibe, »sag Elsa, dass alles meine Schuld ist. Dass ich die ganze Schuld auf mich nehme. Und dass ich niemals geschossen hätte, selbst wenn das Gewehr funktioniert hätte. Sag ihr das.«

Ville war aschgrau im Gesicht. Von Harry waren nur der Rücken und eine große Hand zu sehen, die auf dem Türgriff des Wagens lag. Ihr kam wieder in den Sinn, wie sich diese Hände am Samstag auf ihrem Körper angefühlt hatten, hoch oben unter ihrem Rock, wie sanft sie da gewesen waren. Als er sie dagegen eben zum Auto führte, hatten sie nichts Sanftes mehr an sich.

Forsen trat zu ihnen. Er trug seinen Kaufmannskittel, unter dem sich sein Bauch abzeichnete. An seinen Gesten erkannte sie, dass er Anweisungen gab. Arvo stand neben Forsens Wagen. Er hielt den Kopf gesenkt, bevor er zu ihr hinüberschielte.

»Kaputt!«, rief Uli, so laut sie konnte. »Keine Albträume. Versprich mir das!«

Ob er ihre Worte gehört hatte oder verstand, was sie damit sagen wollte, wusste sie nicht. Sie bemühte sich zu lächeln und ihm zuzuwinken, und er erwiderte ihr Winken, aber der alte Olsson fasste ihn am Arm und brachte ihn rasch außer Sichtweite.

Hansi zumindest hatte fliehen können. Niemand war ihm nachgerannt. Ob er auch wirklich in die richtige Richtung gelaufen war, wusste sie nicht, aber das konnte sie nicht mehr beeinflussen. Sie wollte sein Leben nicht zerstören. Keine Belastung für ihn sein. Ihn nicht behindern.

Draußen vor dem Auto unterhielten sich die Männer leise murmelnd über etwas. Was sie sagten, konnte sie nicht verstehen. Sie sah nur, dass dieser Nils am aufgebrachtesten zu sein schien. Er hatte versucht, den Motor des Lkw zu starten, aber es hatte nicht funktioniert. Jetzt war er wütend und enttäuscht.

Alles, was gerade geschehen war, kehrte allmählich wieder in Ulis Bewusstsein zurück. Häppchenweise, um es verdauen zu können.

Das Gewehr, der Abzug, Arvos glühendes Gesicht.

Die Stille.

Hansis Worte über den norwegischen Jungen und den Sprintwettkampf, über den zertrümmerten Schädel.

Wie sie gezweifelt hatte, bis sie erkannte, dass Hansi ein Mensch war, der das Richtige tat.

Und die Erkenntnis, dass sie das genaue Gegenteil von Hansi war.

Dass sie sich opfern könnte, wenn es nötig wäre.

Dass sie andere retten konnte, nur nicht sich selbst.

Ihre Mutter hatte sich geirrt.

Uli versuchte noch einmal heraufzubeschwören, wie sich Hansis Wange in jenem letzten Augenblick an ihrer Stirn angefühlt hatte, aber es gelang ihr nicht. Sie konnte allerdings noch Elsas Hände vor ihrem inneren Auge sehen, und wie sie so fest dass Steuer umklammert hatten, dass ihre Knöchel ganz weiß hervortraten. Elsas Hände, die Ulis Kopf Samstagnacht beim Erbrechen gestützt hatten.

Ein weiteres Mal bat Uli eindringlich, dass Elsa sich umdrehen würde.

Es zeigte keinerlei Wirkung.

Sie sah nichts weiter als Elsas zarten Nacken, ihre struppigen Haare und ihre verkrampften, hochgezogenen Schultern.

Harry und Ville öffneten den Wagenschlag und nahmen im Auto Platz. Im Rückspiegel warf Harry ihr einen hastigen Blick zu, dann ließ er den Motor an.

38

Forsen durchsuchte seinen Schreibtisch.

Er sucht sicherlich nach seiner Flasche, dachte Elsa.

»Ich habe noch nicht mit der Polizei gesprochen«, sagte Forsen. »Sie waren gerade mit etwas beschäftigt, das sich bei Björkegrens ereignet hat.«

Sein Haar trug er in langen, nassen Strähnen nach hinten über den Kopf gekämmt. Er kratzte sich unentwegt an einer Stelle am Ohr. Er sah wirklich aus wie jemand, der gar nichts mehr begriff.

»Sie haben also Geheimnisse, Elsa?«, fragte er sie schließlich.

Was sie auch sagte, alles würde falsch verstanden werden. Deshalb schwieg sie. Sie konnte genauso gut warten, bis die Polizei kam und sie verhörte.

»Geheimnisse, mit denen Sie sich nicht an Forsen wenden wollten?«

Man würde ihr natürlich kündigen – was ja auch nur recht und billig war –, aber was darüber hinaus passieren würde, war schwer zu sagen. Frauen, die Verbrechen begingen, kamen in Frauengefängnisse, so viel wusste sie; sie hatte schon von so einem in Växsjö gehört. Sie wusste aber nicht, ob alle dort untergebracht wurden oder ob es im Land verstreut mehrere solcher Gefängnisse gab. Betrügerinnen und Prostituierte würden ihr dort Gesellschaft leisten. Womöglich auch Irre, dachte Elsa. Menschen, die nächtelang schrien und die Stirn gegen die Wand schlugen, bis sie blutete.

Doch bevor sie ins Gefängnis käme, würde sie doch sicherlich erst eine Untersuchungshaft erwarten? Lief das nicht so ab? Dann bekäme sie womöglich noch die Gelegenheit, ihren Eltern zu berichten, was geschehen war, falls sie sie denn besuchen würden.

Ihren Bruder würde sie natürlich niemals wiedersehen.

Und auch nicht Ville.

Als er sie beim Lastwagen erblickt hatte, wirkte er gleichzeitig so angewidert und peinlich berührt, dass er sie wohl kaum mehr aufsuchen würde. Dieser Gedanke schmerzte.

»Sie sind für mich doch wie eine Tochter, Elsa«, sprach Forsen weiter. »Und deshalb habe ich gehofft, dass Sie wüssten, dass Sie bei Schwierigkeiten jederzeit zu mir kommen könnten.«

Jetzt ist es soweit, dachte Elsa.

Sagen Sie es doch, Forsen.

Bereiten Sie der ganzen Sache endlich ein Ende.

Werfen Sie mich raus und sagen Sie mir, dass eine Tochter nur dann etwas wert ist, wenn sie anständig und gewissenhaft ist. Es ist nahezu gemein, die ganze Angelegenheit in die Länge zu ziehen. Forsen selbst hat doch stets behauptet, das einmal gefällte Entscheidungen sofort in die Tat umgesetzt werden sollten. »Ich habe sogar gehofft, dass Nils und Sie, Elsa … Aber wie auch immer das damit ist, ja, ganz unabhängig davon, hätten Sie doch wohl zu mir kommen können und …«

Er suchte erneut nach der Flasche. Dann fing er plötzlich an zu weinen. Das war noch schlimmer, als wenn er sie angeschrien hätte, dachte Elsa. Obwohl er sein Gesicht mit dem Taschentuch abwischte, schien die Tränenflut nur noch zuzunehmen. Elsa erinnerte sich an die Fernkurse, die er ihr bezahlt hatte, und an die vielen Male, die sie in seinem Büro gesessen und sich über die Geschäfte und den Fischfang, über Kunden, Arbeitsstunden und Gewinne unterhalten hatten. Was man in einem Frauengefängnis wohl so machte? Vermutlich arbeitete man auch dort. Arbeiten konnte sie.

Wurden nicht Wäscherinnen und dergleichen aus verurteilten Frauen?

»Ich dachte, ich würde etwas Gutes tun«, hörte sie sich sagen.

Mehr fiel ihr im Augenblick nicht ein.

Forsen lehnte sich auf dem Stuhl zurück. Noch immer flossen ihm vereinzelt Tränen über die Wangen.

»Wer war der Mann, der davongerannt ist?«

»Ein Mensch, der Hilfe brauchte«, sagte Elsa.

Becker war so schnell verschwunden, dass Forsen ihn sicherlich nicht genauer hatte in Augenschein nehmen können. Aber das spielte wohl auch keine Rolle mehr.

»Und er hat nichts mit diesem Norweger zu tun, der aus der Pension verschwunden ist? Und den Augusta Björkegren beschuldigt, bei ihnen eingebrochen zu sein und einen Anzug gestohlen zu haben? Ich meine nämlich gehört zu haben, dass die Deutsche ihn Hansen nannte. Als sie ihm etwas zugeschrien hat. Vor seinem Verschwinden.«

Nichts von dem hier fragt er sich wirklich, dachte Elsa. Forsen weiß das längst.

Falls sie nicht darauf antwortete, musste sie nicht länger lügen. Was sie zu sagen hatte, würde ihn nur noch trauriger stimmen, und sie selbst war es leid, die Unwahrheit zu sagen. Die Lügen hatten ihr Leben zerstört, und sie besaß nicht mehr die Kraft, weiter zu lügen.

Was aus Uli geworden war, wusste sie nicht. Nachdem Harry und Ville sie in ihr Auto gesetzt hatten, hatte sie die Deutsche nicht mehr gesehen. Sie warteten vermutlich auch darauf, dass die Polizei bei Björkegrens fertig war. Womöglich standen sie sogar draußen vor der Gemischtwarenhandlung. Hatten womöglich Becker auch schon aufgespürt und ihn gefasst. Es war nichts mehr zu retten. Aber Elsa wollte Forsen nicht mehr Leid als nötig zufügen, indem sie ins Detail ging, das hatte er nicht verdient. Wenn die Polizei käme, würde sie alles gestehen. Das hatte sie beschlossen. Alles musste ans Licht kommen.

»Es gibt natürlich diverse Gründe dafür, Geheimnisse zu haben. Und viele Gründe, um zu fliehen«, bemerkte Forsen.

Seine Stimme klang, als würde er Elsa vom Fischfang erzählen, davon, dass der Hecht mit seinen scharfen Zähnen die Angelschnur durchbiss und der Barsch sich in der Tiefe aufhielt, doch tatsächlich redete er von etwas ganz anderem. Er hielt seinen Blick auf die Wand hinter ihr gerichtet.

»Man kann glauben, richtig zu handeln, und handelt doch falsch. Und man kann glauben, falsch zu handeln, und es stellt sich heraus, dass es das einzig Richtige war.«

Elsa verspürte bei dem Gedanken an Tora und den alten Olsson – am meisten aber bei dem Gedanken an Arvo – einen Stich im Herzen. Sie wünschte, Uli hätte stattdessen auf sie gezielt. Damit klarzukommen wäre einfacher gewesen. Arvo war immer noch ein Kind und ganz und gar unschuldig.

Ihr kam wieder in den Sinn, wie er die Augen zusammengekniffen hatte, als er sich dem Gewehrlauf gegenübersah.

»Sie sollen nicht glauben, dass Sie die Einzige sind, die Geheimnisse hat«, sagte Forsen.

Endlich hatte er die Schnapsflasche gefunden und stellte sie auf den Tisch. Er nahm ein Glas aus dem Schreibtischschrank, das er zu Elsa hinüberschob, und holte für sich einen Silberbecher hervor. Elsa bemerkte, dass die Flasche halb leer war. Forsen schenkte ihnen beiden etwas daraus ein, ohne sie zu fragen, ob sie auch etwas trinken wolle.

»Haben Sie sich denn nie gefragt, weshalb meine Watstiefel nie nass waren, wenn ich vom Angeln wiederkam? Oder weshalb ich so wenig Fische mitbringe, obwohl ich so viel über sie weiß?«

Weil Forsen lieber über den Fischfang redet, als selbst angeln zu gehen, dachte Elsa. Er möchte lieber prahlen und von seiner eigenen Selbstdarstellung als bedeutender Fischer mitgerissen werden, als dazusitzen und darauf zu warten, dass einer anbeißt.

»Es liegt daran, dass ich gar nicht angeln gehe«, gab Forsen zu. »Nur selten jedenfalls.«

Er leerte seinen Becher in einem Zug. Sie selbst trank gar nichts.

»Wenn ich vorgebe, angeln zu gehen, sitze ich im Auto vor der Nordstadt-Schule in Östersund. Ich habe nämlich eine kleine Tochter, die dort in die Schule geht.«

Er weinte jetzt nicht mehr, und seine Stimme klang wieder fester. Forsen fuhr sich durch die Haare.

»Ich darf sie sehen, wenn sie in den Pausen auf dem Schulhof spielt und wenn sie wieder in das Gebäude geht. Manchmal begegne ich ihrer Mutter, wenn sie das Mädchen abholt, und mir wird erlaubt, ihr ein Geldstück in die Hand zu drücken, und ich werde als Onkel Forsen vorgestellt. Niemals als Vater. Das geht natürlich nicht an.«

Forsen schnäuzte sich in sein Taschentuch.

»Wenn ich sie für ein Weilchen nach Hause begleiten darf, darf ich sie auf den Schoß nehmen und ein bisschen mit ihr spielen, so wie ich es bei Nisse versäumt habe. Sie lacht so herrlich, wenn man sie kitzelt. Sie heißt Ingrid«, gestand er ihr.

Für einen flüchtigen Moment vergaß Elsa, dass sie auf das Eintreffen der Polizei warteten und ihr ganzes Leben – so wie sie es kannte – gleich vorbei wäre. Sie konnte nur an Forsen und seine kleine Tochter denken und dass er Elsa geradewegs ins Gesicht gelogen hatte.

Ingrid. Das war ein schöner Name.

Sie fragte sich, wer wohl die Mutter des Mädchens war. Aber danach konnte sie Forsen natürlich nicht fragen.

»Den Fisch, den ich Ihnen geschenkt habe, habe ich in der Markthalle gekauft«, gab er zu. »Nils weiß von dem Mädchen, deshalb ist er ja auch so schlecht auf mich zu sprechen. Ich hoffe, dass Sie nicht auch so schlecht wie Nils von mir denken, Elsa, nachdem Sie jetzt auch davon wissen.«

Elsa wollte sagen, dass sie wohl kaum in der Position war, etwas zu verurteilen, bekam aber nicht die Gelegenheit dazu. Sie lehnte sich vor und nahm einen Schluck aus ihrem Glas.

»Hoffentlich lässt sich der Lastwagen wieder reparieren«, sagte sie.

»Alles Mechanische lässt sich reparieren«, sagte Forsen. Mit dem Menschlichen ist es schwieriger.«

»Ich stehe natürlich für die Reparatur gerade«, sagte Elsa. In dem Moment, als sie das ausgesprochen hatte, fiel ihr ein, dass sie kein Geld mehr auf dem Sparbuch hatte und ihre Arbeit verlieren würde.

»Ville hat gesagt, dass er nicht vorhat, mit der Polizei über das zu sprechen, was auch immer geschehen ist. Dass Sie unmöglich etwas Falsches getan haben könnten, Elsa. Das ist seine Meinung. Und wenn es Ihnen irgendwie hilft, Elsa, ist er sich in höchstem Maße unsicher, was er da auf der Straße überhaupt gesehen hat, wie er sagt. Dieser junge Mann ist ihnen gegenüber wirklich loyal, Elsa«, sagte Forsen.

Elsa sah auf. Sie spürte, dass sie errötete, wollte das aber nicht einräumen.

»Wie kommt es eigentlich, dass Ville und Harry vor Ort waren?«, fragte sie.

»Nils hat den Lkw noch davonfahren hören, als er zum Geschäft kam, und schrie mir zu, dass wir hinterher müssen, als ich mit meinem Auto vorfuhr. Drüben an der Kreuzung trafen wir auf Ville und Harry Sällström, die ihr Auto offenbar erst kürzlich gekauft hatten. Nils kurbelte die Seitenscheibe herunter und rief ihnen zu, dass sie mitkommen und uns dabei behilflich sein sollten, die Diebe zu fassen.«

Falls Elsa Ville jemals wieder begegnen würde, würde sie seinen Kopf zu sich heranziehen und ihn küssen, und das weitaus leidenschaftlicher als beim Bürgerhaus. Dann würde das seine letzte Erinnerung an sie sein. Das hätte sie schon vor langer Zeit tun sollen – hätte den Mut dazu aufbringen sollen. Falls sie ihn nie mehr wiedersah, würde sie sich zumindest immer daran erinnern, dass er ihretwegen zu lügen bereit gewesen war. Das war ihr ein kleiner Trost.

»Und was die Deutsche betrifft, sagt Harry Sällström, dass sie es im Leben sehr schwer hatte und momentan nicht ganz sie selbst ist. Er hat gesagt, dass möglicherweise sogar er selbst eine Mitschuld daran trägt.«

Forsen ließ einen tiefen Seufzer hören.

»Am schwierigsten wird es mit Nils sein. Er ist wegen des Lkw und anderer Dinge außer sich, aber ich habe ihm gedroht, ihn zu enterben, falls er über Sie beide Klatsch verbreitet. Ob es langfristig etwas nützt, weiß ich nicht, aber wir wollen es jedenfalls versuchen. Wir haben beschlossen, der Polizei gegenüber zu behaupten, dass der Lastwagen leer war, als wir ihn auffanden. Nach unserem Gespräch will ich mit ein bisschen Angelzeug zum alten Olsson und dem finnischen Jungen fahren und ihnen erläutern, wie die Sache aussieht – dass alles, was geschehen ist, ein Missverständnis war. Sofern Sie mir versprechen, beim nächsten Mal zu mir zu kommen, wenn Sie Probleme haben und mich in Zukunft als so etwas wie Ihren Vater betrachten.«

Forsen schenkte sich einen zweiten Becher ein, und Elsa trank ihr Glas in einem Zug aus.

Der Alkohol brannte in ihrer Kehle.

»Können wir uns darauf einigen? Dass Sie in Zukunft zu mir kommen, Elsa?«, fragte Forsen.

Elsa konnte nur nicken.

39

Drei Tage nach dem Jahreswechsel – mittlerweile war es 1950 –, hörte Uli Elsa die Treppe zur Wohnung hochrennen. Inzwischen kannte sie ihre Schritte gut. Draußen funkelte der Schnee, und die Sonne würde bald untergehen. Im Winter waren die Tage hier kurz. Es gelang dem Tageslicht kaum, Schatten zu werfen, da wurde schon wieder alles dunkel.

»Wir haben einen Brief bekommen!«, rief Elsa.

Sie war ganz atemlos.

Elsa schwenkte den Umschlag in der Hand. Die Adresse bestand nur aus einer einzigen Zeile: Elsa Pettersson, Krokom, Schweden. Die Briefmarken – es waren gleich mehrere – zeigten die amerikanische Flagge, und auf jeder einzelnen Marke stand U. S. A. gedruckt.

Uli – die sich vor Kurzem zum Ausruhen auf Elsas grünes Sofa gelegt hatte – setzte sich auf und sah zu, wie Elsa den Umschlag öffnete. Sie zog ein hauchdünnes Blatt Papier heraus; es hatte noch nicht einmal gefaltet werden müssen, um im Umschlag Platz zu finden.

»Ich hoffe, dass alles gut gegangen ist. Habe meinen Vater bisher noch nicht finden können. Suche ihn weiter hier in New York. Gebt gut auf euch acht. Ich bin euch zutiefst dankbar. Ihr habt einen Menschen gerettet«, las Elsa laut vor. »Schreibe später wieder.«

Der Brief sei mit »Efraim Olsson« unterschrieben, sagte Elsa.

Sie wendete das Blatt, um auch die Rückseite in Augenschein zu nehmen, aber da stand nichts mehr.

»Er fasst sich kurz und schreibt ein furchtbares Gekritzel, aber er hat immerhin geschrieben«, sagte Elsa. »Um Himmels willen, er hat es tatsächlich ganz bis nach New York geschafft!«

Elsas und Ulis Blicke begegneten sich.

»Und das hier unten in der Ecke ist sicherlich für dich gedacht«, sagte Elsa und reichte Uli den Brief.

Hansi hatte ein Herz gemalt. Darüber stand ein großes H und darunter ein U. Die Buchstaben waren schwächer gezeichnet als das Herz, als hätte er sie zuerst geschrieben und anschließend versucht, sie wieder auszuradieren, bis er sich entschieden hatte, sie doch stehen zu lassen. Uli wusste genau, was er damit meinte. Das hatte Hansi früher einmal auf ihren Bauch geschrieben.

»Stell dir vor, wir haben tatsächlich einen Menschen gerettet«, sagte Elsa.

Nicht nur einen … dachte Uli.

40

Uli war traurig und still und verließ kaum einmal Elsas Wohnung. Aber der Brief hatte sie sehr gefreut, das sah Elsa ihr an. Auch Elsa war froh. Er machte die Tage zwar nicht heller und es auch nicht leichter, das Gerede über sie in Krokom zu ertragen – alles das, was Augusta Björkegren so gerne aufbauschte und allen erzählte, die es hören wollten, die Geschichte über den Norweger und den Anzug und dass sie niemals diesen hartnäckigen Fleck vergessen könnte. Der Brief schützte sie auch nicht vor Nils' Spötteleien und den vielen gemeinen Dingen, die er zu ihr sagte, wenn Forsen außer Sichtweite war. Aber er zeigte doch, dass sie das Richtige getan hatten.

Uli hielt den Brief an ihren Bauch gedrückt.

Ihre Schwangerschaft wurde allmählich sichtbar, jedenfalls, wenn man davon wusste. Elsas Mutter hatte es auch gleich bemerkt, denn sie hatte Uli geradeheraus danach gefragt, als Elsa sie zu Weihnachten mit nach Hause gebracht hatte, und Uli hatte es nicht verneint.

Es war ein seltsames Weihnachtsfest geworden.

Am Heiligabend waren sie nur zu viert – Elsas Eltern, Uli und sie. Sie hatten kaum Gesprächsthemen gefunden, aber Elsas Mutter und Vater waren beide freundlich zu Uli gewesen und hatten sie aufgefordert, von dem Schinken, dem Hering und dem Haferbrei zu nehmen, bis keine von ihnen auch nur noch einen Bissen hinunterbringen konnte. Es war offenkundig, dass die Gerüchte, die über Elsa und Uli in Umlauf waren, sie noch nicht erreicht hatten.

Als Elsas Vater klar wurde, dass Uli in einer Großstadt und nicht auf einem Bauernhof aufgewachsen war, hatte er sie aufgefordert, mit in den Stall zu kommen und Blecka zu begrüßen, die seinen Behauptungen zufolge das außergewöhnlichste, klügste, schönste Arbeitspferd auf der ganzen Welt war.

Uli durfte sich Stiefel ausleihen und war ihm in den Stall gefolgt.

Nach einer Weile war Elsas Vater allein wieder ins Haus gekommen.

»Du musst deine Freundin wohl holen gehen, du kennst sie besser als ich«, sagte er mit einem schiefen Lächeln, das er immer dann aufsetzte, wenn er verlegen war.

Als Elsa in den dunklen Teil der Scheune gegangen war, wo die Pferde standen – den Teil, den sie Pferdestall nannten, obwohl ihn nur ein paar Bretter von den Milchkühen trennten –, fand sie Uli an den Hals der Stute Blecka geschmiegt vor. Uli hatte einen Arm um die Mähne gelegt und weinte und schluchzte vor sich hin.

»Ich bin noch nie einem richtigen Pferd so nahe gewesen«, murmelte Uli unter Tränen. »Sie ist so schön warm. Und sie geht auch nicht durch.«

Blecka ließ sich nicht stören, sie kaute stoisch weiter an ihrem Hafer. Schließlich konnte Elsa Uli dazu bewegen, das Pferd loszulassen und wieder mit in die Stube zu kommen. Bis es Schlafenszeit war, schwiegen alle vor sich hin. Elsa und Uli blieben bis zum zweiten Weihnachtstag in Gärningsberg, dann fuhren sie wieder zurück nach Krokom.

Uli wohnte seit vergangenem Herbst bei Elsa. Sie wusste schließlich nicht, wohin sie gehen sollte. Elsa hatte Angestellte von Forsen bleiben dürfen, aber es war nicht mehr so wie früher. Forsen betrachtete sie jetzt mit anderen Augen, mit einer Art von Respekt, der früher nicht in seinem Blick gelegen hatte, aber auch mit einer gewissen Distanz. Über Becker oder auch Forsens kleine Tochter hatten sie nie wieder ein Wort verloren.

So ist das, wenn man anderen gegenüber seine Wunden offengelegt hat, dachte Elsa. Man zog sich zurück.

»Was, denkst du, soll ich mit Harry machen? Soll ich Ja sagen?«, fragte Uli sie. »Er ist bereit, die volle Verantwortung zu übernehmen, nachdem sich herausgestellt hat, dass die Nacht Folgen gehabt hat, wie er sagt.«

»Ist es denn seins?«, fragte Elsa.

»Wenn es bei der Geburt ein Fell hat, ist es wohl die Brut des Hasens«, sagte Uli.

»Wenn nicht …«

Elsa konnte nicht anders, sie musste lachen. Uli verzog auch ein wenig die Mundwinkel. Das war ein seltener Anblick. Elsa machte sich an den Abwasch, weil sie beide heute Abend ausgingen.

»Wie leicht man doch in Verwicklungen gerät …«, sagte sie über die Spüle gebeugt. »Da zappelt man plötzlich am Angelhaken und weiß gar nicht, wie das zugegangen ist. Man sperrt nur sein Maul auf, und schon spürt man die Widerhaken.«

Elsa stellte Teller und Gläser auf das Abtropfgestell und griff nach dem Küchenhandtuch.

»Aber wir haben einen Menschen gerettet. Das kann uns niemand nehmen.«

Als sie sich zu Uli umdrehte, sah sie, dass sie eingeschlafen war. Sie durfte sich gerne ein wenig ausruhen, würde aber nur einen kleinen Moment schlafen können, bevor sie sich für die verspätete Weihnachtsfeier bei Tora und dem alten Olsson herrichten mussten. Für Arvo, der seine Weihnachtsferien bei ihnen verbrachte, hatten sie ein handkoloriertes Lexikon in drei Bänden über die Tiere des Waldes gekauft. Elsas allerletztes Geld war dafür draufgegangen, aber Uli hatte sie angefleht, es zu kaufen, seit sie es im November in einem Katalog gesehen hatte.

»Da kann er etwas über den Fuchs lernen«, hatte Uli zu Tora gesagt, als sie sich bei ihr danach erkundigt hatten, ob das ein passendes Geschenk für Arvo sein könnte.

»Und alles über Fräulein Ulis Lebenslicht«, hatte Tora erwidert und ein weiteres Mal mit beiden Händen Ulis Gesicht umschlossen. »Das Lebenslicht, das Sie so vorsichtig, wie Sie können, mit sich tragen. Das Sie über andere leuchten lassen können, sofern Sie es sich nur selbst gestatten.«

Zu Elsa hatte Tora gesagt, dass man die Menschen nie aufgeben dürfe.

»Sie haben alle beide den Krieg miterlebt – Arvo und das Fräulein Uli. Sie wissen, was es heißt zu verzweifeln«, erklärte Tora. »Sie haben so Schreckliches erlebt, dass wir es uns nicht einmal ausmalen können.«

Das Lexikon war schwer. Damit sie es zur Feier bei den Olssons mitnehmen konnten, hatten Harry und Ville angeboten, sie in ihrem Wagen dorthin zu fahren, so konnten Elsa und Uli das Paket zwischen sich auf dem Rücksitz stellen. Es war in mehrere Schichten Papier eingewickelt, das von einer braunen Schnur zusammengehalten wurde. Ville hatte den Vorschlag gemacht, dass sie das Auto nehmen sollten. Elsa hatte ihm draußen in der Diele zum Dank einen Kuss gegeben. Er hatte sie umarmt, und sie hatte es gewagt, sich ein Weilchen der Umarmung zu überlassen.

Elsa trat zu Uli und nahm ihr Beckers Brief aus der Hand. Noch einmal las sie die kurzen Zeilen.

Ja, in welche Verwicklungen man doch in seinem Leben geraten kann …, dachte Elsa und streichelte behutsam Ulis Wange.

Tatiana de Rosnay
Fünf Tage in Paris

Roman

Aus dem Französischen von Nathalie Lemmens

Als sich die Familie Malegarde in Paris trifft, um den siebzigsten Geburtstag des Vaters zu feiern, regnet es schon seit Tagen in Strömen. Die befürchtete Überschwemmung ist bei weitem nicht die einzige Sorge der Familie. Denn als der Vater einen Schlaganfall erleidet, brechen auch zwischenmenschlich alle Dämme. Nun müssen sich alle eingestehen, was sie so lange voreinander verborgen hatten …

»Tatiana de Rosnay ist eine großartige Schriftstellerin, der immer wieder bewegende Romane mit Tiefgang gelingen.«

Für Sie

C.Bertelsmann